MARCHIALY

LES ESCLAVES DE L'HOMME - PÉTROLE

Éditions Marchialy,
une maison créée et dirigée par
Clémence Billault et Cyril Gay
8, rue Léon-Jouhaux – 75010 Paris
www.editions-marchialy.fr

MARCHIALY

LES ESCLAVES DE L'HOMME - PÉTROLE

SEBASTIAN CASTELIER
QUENTIN MÜLLER

LES ESCLAVES DE L'HOMME -PÉTROLE

1 | VOYAGE VERS L'INCONNU

DANS LES FILETS DE LA PAUVRETÉ 21

HARUWA-CHARUWA : LE PIÈGE DE LA DETTE 33

2 | UN PAYS, DEUX SYSTÈMES

ZONE INDUSTRIELLE, COUVREZ CE QATAR
QUE JE NE SAURAIS VOIR 47

LES MAUX INVISIBLES DE LA MIGRATION 65

MALCOLM BIDALI, L'OUVRIER MASQUÉ 85

« OSEZ, RIEN N'EST IMPOSSIBLE » 95

3 | ABUS SYSTÉMATIQUES

LES BOUCLIERS NOIRS 107

ENTRE QUATRE MURS 117

ENTERREMENT AU BULLDOZER 129

AMBASSADES : L'IMPOSSIBLE
DIPLOMATIE DES DROITS DE L'HOMME 135

SEBASTIAN CASTELIER

QUENTIN MÜLLER

4 | LE COMMERCE TRIANGULAIRE DE L'ÈRE PÉTROLE

HIER LA CHAÎNE, AUJOURD'HUI LE PASSEPORT 153

LA *KAFALA*, LE SOCLE DE L'EXPLOITATION GOLFIENNE 169

ET NOUS ? LE MALAISE INDICIBLE DES QATARIS 185

5 | L'ONDE DE CHOC DU TRAVAIL DANS LE GOLFE

« SANS LA MIGRATION, MON VILLAGE N'EXISTERAIT PAS » 197

ÉMOTIONS REFOULÉES ET VIES FAMILIALES BRISÉES 207

VIOLÉES DANS LE GOLFE, DISCRIMINÉES AU NÉPAL 223

« J'AI PERDU MON MARI, JE N'AI PLUS RIEN » 243

ISLAMABAD
NEW DELH
KOWEÏT
BAHREÏN
QATAR
DUBAÏ
RIYAD
PAKISTAN
E.A.U
MASCATE
ARABIE
SAOUDITE
OMAN
BOMBAY
SOUDAN
KHARTOUM
ADDIS-ABEBA
ÉTHIOPIE
OUGANDA
KENYA
KAMPALA
NAIROBI

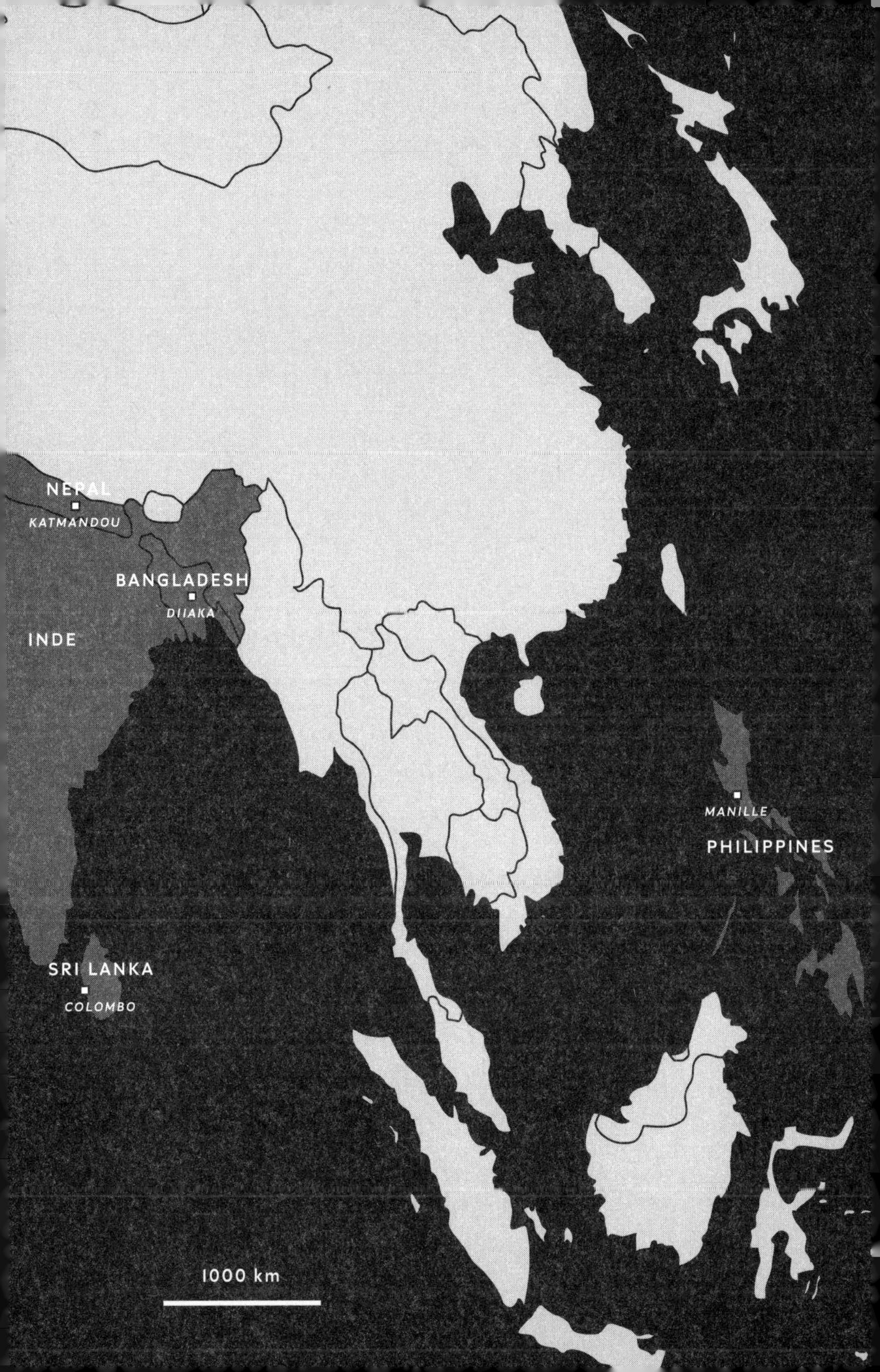

NEPAL
KATMANDOU
BANGLADESH
DHAKA
INDE
SRI LANKA
COLOMBO
MANILLE
PHILIPPINES
1000 km

AVANT-PROPOS

Plus de 6500, c'est le nombre d'ouvriers sud-asiatiques morts au Qatar durant la dernière décennie. Quand le chiffre a été révélé par le *Guardian* en 2021, il a fait le tour du monde. Une autre statistique, tout aussi intéressante, a été moins commentée : chaque année, 10000 travailleurs immigrés asiatiques meurent dans l'ensemble des pays du Golfe. Cela faisait cinq ans que nous sillonnions la région en tant que journalistes et ce que nous avions vu et entendu nous laissait présager une telle hécatombe. Durant nos reportages, nous avions croisé le destin de migrants anonymes qui travaillaient de jour comme de nuit, sous des températures extrêmes, parfois dans des conditions dangereuses. Ils composaient notre paysage et voilà longtemps que nous voulions leur donner la parole.

Au début de l'année 2022, nous avons interviewé la seule instance internationale basée au Qatar, chargée d'observer le droit des travailleurs, l'Organisation internationale du travail. Du côté des instances gouvernementales, la tâche n'a pas été si facile. Peu d'entre elles nous ont répondu : à moins d'un an du coup d'envoi de la Coupe du monde de football, l'émirat avait restreint sa communication à quelques journaux de sport ou à de grands médias internationaux. Ce que nous avons retenu de ces entretiens tenait en deux phrases : le Qatar a fait de grands progrès ; ses réformes sur le droit du travail instaurées pendant l'été 2020 ont réduit les abus des entreprises.

Et si c'était vrai ? Et si la Coupe du monde de football avait exercé une telle pression sur le pays qu'il avait fait le choix de considérer les droits des travailleurs ? Nous avons voulu en avoir le cœur net. Et pour cela, il fallait se rendre sur place. Nous avions entendu dire que, dans la Zone industrielle de la capitale, Doha, à une vingtaine de kilomètres au sud, étaient logés environ 400 000 travailleurs, essentiellement des ouvriers cantonnés aux tâches les plus pénibles, dont la construction des stades de la Coupe du monde, majoritairement des hommes venus du sous-continent indien ou de l'Afrique de l'Est. Y aller nous permettrait de rencontrer des travailleurs et de voir de nos propres yeux leurs conditions de logement et de vie.

Nous sommes arrivés un vendredi, seul jour de congé. Nous avons trouvé une Zone industrielle aride, écrasée par une lumière aveuglante, jonchée de camions abandonnés, de carcasses de voitures et de ferrailles en tout genre. Pour aborder spontanément des ouvriers, nous avons décidé d'aller au centre commercial, lieu névralgique de la Zone. C'est là que nous avons poussé le Caddie pour approcher des travailleurs. Entre les rayonnages, il a fallu se présenter discrètement et susurrer avec prudence : « Nous sommes journalistes, on voudrait en savoir plus sur vos conditions de vie d'ouvrier au Qatar, sur vos conditions de travail, d'expatriation, que vous nous décriviez votre quotidien. » Pour rassurer, on précisait : « Pas de caméra, pas de photo ».

Passé la méfiance et l'hésitation de celui qui a tout à perdre s'il parle, on nous a décrit puis dévoilé un enfer insoupçonnable. Des conditions incompatibles avec un Qatar qui vante sa richesse et son progressisme face au monde entier, qui met en avant ses avancées historiques en matière de droit du travail, qui diffuse sur son célèbre média Al-Jazeera, en partie financé par le gouvernement qatari, des messages de moralité, d'inclusion des minorités, de vivre ensemble. On nous a parlé de mendicité et de la faim des travailleurs non payés depuis des mois, de drogue et d'alcool nocturnes pour des hommes aliénés par des tâches épuisantes, de logements surpeuplés et insalubres, de suicides, d'accidents du travail dissimulés, de marchés noirs, de produits alimentaires périmés.

Quelques mois plus tôt, nous avions été invités par un officiel travaillant au Comité national des droits humains (NHRC) du Qatar. Le rendez-vous était fixé au 23 mai 2021, au très luxueux hôtel Peninsula Paris, situé à deux pas de l'Arc de Triomphe. L'individu, censé œuvrer au nom des droits de l'homme, proposait de prendre en charge notre voyage au Qatar pour écrire des articles décrivant les progrès réalisés par la monarchie auprès de ses ouvriers. En d'autres termes, de la propagande destinée à la presse française pour influencer l'opinion publique et ses dirigeants. Notre interlocuteur insistait sur le fait que le Qatar ne bénéficiait pas toujours d'une bonne image à l'international à cause de complots de pays voisins jaloux de son succès, que le pays hôte de la Coupe du monde avait changé, qu'il n'exploitait plus des milliers d'êtres humains, que son Code du travail avait évolué… Bien sûr, si nous écrivions ces articles, une rémunération alléchante nous serait remise.

Le Qatar et d'autres pays du Golfe ont toujours accordé beaucoup d'importance à leur image. Cette grossière tentative d'achat l'illustre. La Coupe du monde au Qatar n'est qu'un exemple de ce désir de rayonnement international. Aux Émirats, il y a eu l'ouverture d'une branche du Louvre en 2017. La même année, l'Arabie saoudite lançait le projet Neom : une ville futuriste 250 fois plus grande que Paris. Mais tous ces projets grandiloquents ne peuvent sortir de terre que si de petites mains se soumettent. Le Qatar, tout comme les pays pétroliers de la péninsule Arabique, profite de cette main-d'œuvre bon marché pour bâtir son prestige à travers la construction de mégalopoles attractives.

Depuis les indépendances de ces pays, survenues récemment[1], les découvertes de réserves gazières et pétrolières ont bouleversé la région, autrefois cœur battant de l'islam et terre de Bédouins nomades, de chercheurs de perles ou de pêcheurs. La demande pantagruélique en pétrole du XXe siècle, principalement destinée à soutenir la croissance des économies occidentales et le développement de la société d'hyperconsommation, est venue couvrir d'or ces modestes tribus. De grandes familles historiques ont pris les rênes des différents États et ont fait venir des millions de travailleurs pour développer leurs pays. Au départ, les travailleurs migrants étaient majoritairement palestiniens, égyptiens ou yéménites, puis une main-d'œuvre moins politisée a fait son apparition, originaire d'Asie et d'Afrique. Dès lors, une classification s'est établie. Les Arabes issus d'une Palestine, d'un Yémen et d'une Égypte pauvres sont perçus comme inférieurs et moins purs que les familles bédouines du Golfe. Puis s'opère un second échelonnage avec les travailleurs venus d'Asie et d'Afrique, en fonction de différents critères. La nationalité segmente souvent les professions attribuées aux travailleurs étrangers. Ainsi, un Indien vaudrait mieux qu'un Pakistanais, qu'un Bangladais ou qu'un Népalais, puisque sa nationalité renvoie à l'image d'un ingénieur dans le bâtiment, alors que ses voisins sont davantage perçus comme des exécutants ou des ouvriers : éboueurs, routiers ou agents d'entretien. Un Philippin, souvent associé à la vente ou au secteur tertiaire, serait supérieur à un Kényan ou à un Soudanais, régulièrement cantonnés aux métiers de la sécurité. Cette ségrégation liée au travail s'est largement imposée dans l'esprit de nombreux employeurs – qu'ils soient locaux ou étrangers, entreprises françaises comprises – et citoyens du Golfe.

[1] 1932 : fondation du royaume d'Arabie saoudite ; 1961 : indépendance du Koweït ; 1971 : indépendance du sultanat d'Oman ; 1971 : indépendance du royaume de Bahreïn ; 1971 : naissance du Qatar comme État souverain ; 1971 : création des Émirats arabes unis. *(Toutes les notes sont des auteurs.)*

Elle sert aussi de terreau pour justifier la violence et les crimes d'une population locale érigée en race supérieure par la richesse héritée de ses sols.

L'homme-pétrole est tout-puissant et intouchable. Il est aujourd'hui à l'origine d'un commerce d'esclaves modernes rendu possible grâce au silence de la communauté internationale et à la pauvreté et la corruption d'États complices d'Asie et d'Afrique. Nous employons le terme « esclaves » car il n'est pas excessif de qualifier ainsi un nombre significatif de travailleurs asiatiques et africains du Golfe. Soumis au système de la *kafala* – établi dans tous les pays de la péninsule Arabique –, qui exige que chaque travailleur étranger ait un *kafeel* (parrain) dans le pays, généralement l'employeur, responsable de son visa et de son statut juridique, les migrants se retrouvent en position de faiblesse, exposés à tous les abus possibles et imaginables. La confiscation du passeport, quasi systématique dans de nombreuses professions, et le délit de fuite les emprisonnent et les asservissent littéralement. La dépendance de leur famille à leurs revenus constitue une seconde chaîne.

Dans les sociétés du Golfe, l'esclavagisme moderne n'est jamais dénoncé, car les débats sont inexistants sur la scène publique, verrouillés par le pouvoir autoritaire de ces pétro et gazo-monarchies. Ainsi, suite à la médiatisation mondiale du mouvement Black Lives Matter, survenue après l'assassinat de l'Afro-Américain George Floyd par la police de Minneapolis en mai 2020, les débats autour du racisme dans la région se sont limités à de rares discussions sur les réseaux sociaux. Un an plus tard, un agent de sécurité kényan de 29 ans, Malcolm Bidali, était arrêté. Son forfait : avoir dénoncé, pendant plus d'une année, l'envers du décor qatari depuis l'intérieur en écrivant sous pseudo des billets peu flatteurs sur sa condition d'esclave contemporain.

Au cours de notre carrière de journaliste dans les pays du Golfe, nous avions déjà interviewé des travailleurs sur leurs conditions difficiles, voire invivables, mais jamais jusque-là nous ne nous étions intéressés à leurs sentiments, leurs ressentis, leur colère : en somme, leur humanité. A-t-on déjà essayé de comprendre pourquoi au moins deux travailleurs indiens se suicident par semaine rien qu'à Dubaï ? Jamais. A-t-on déjà essayé de comprendre ce que ressent un jeune Népalais, tout juste marié, à l'aube de son départ vers le Golfe pour plusieurs décennies ? A-t-on une seule fois essayé de comprendre comment des descendants d'esclaves kényans peuvent encore envoyer leurs filles devenir domestiques chez leurs anciens maîtres ? Cette fois, nous sommes allés chercher les réponses à ces questions.

Il nous a été difficile d'engager la conversation avec des travailleurs expatriés lorsque nous enquêtions sur place. Non pas qu'ils aient été contraints ou surveillés, mais parce qu'ils avaient tout simplement perdu l'habitude de parler. Ce livre jette un peu de lumière sur ces personnes de l'ombre. Notre démarche a consisté à écouter et à retranscrire. Il était important de laisser entendre la voix d'individus qui n'ont jamais la parole, considérés comme des automates ou habitués à réfréner leurs sentiments en permanence par peur d'expulsion ou de violences. Nous nous sommes aussi rendus dans les pays d'origine des travailleurs, là nous avons interrogé des ouvriers rentrés chez eux et leurs familles. Du Népal au Kenya, en passant par le Soudan ou l'Inde, nous avons rencontré des sensibilités, des manières différentes d'exprimer des émotions, des ressentiments. Nous sommes allés débusquer des histoires très personnelles, réveillant parfois de vieux fantômes ou des stigmates du passé. Des hommes et des femmes meurtris, oubliés, partis jeunes, revenus usés, ayant consumé pour certains plus du quart de leur vie. À propos de l'injustice, du racisme et de la violence subis dans les pays du Golfe, plusieurs dizaines d'entre eux se livrent longuement. Leurs récits sont l'essence même de leur humanité dont ils ont été largement dépossédés pendant des années, dans des pays où ils n'étaient que les rouages d'une machine qui broie de l'humain depuis trop longtemps.

VOYAGE
VERS

L'INCONNU

DANS LES FILETS DE LA PAUVRETÉ

Situés entre l'Afrique et l'Asie, les pays du Golfe sont à quelques heures d'avion de foyers de population qui comptent parmi les plus importants de la planète, et dont la pauvreté incite au départ. L'Inde, le Pakistan, le Népal, le Bangladesh, les Philippines sont les premiers pourvoyeurs de main-d'œuvre bon marché des économies arabes du Golfe. Le Kenya découvre le « filon Golfe » plus tardivement, mais s'empresse aujourd'hui d'y expédier sa jeunesse touchée de plein fouet par le chômage. En 2022, entre 100 000 et 300 000 Kényans travaillent d'arrache-pied dans le Golfe. Les hommes deviennent le plus souvent agents de sécurité, et les femmes travailleuses domestiques.

Sur les rives du lac Victoria, le plus grand d'Afrique, suffoquant sous la pollution de l'industrie agricole et les pratiques de pêche non durables, les pêcheurs kényans fragilisés se laissent séduire par l'offre des agents de migration. Indolore en apparence, source de solides bénéfices économiques pour payer les dépenses du quotidien (frais de scolarité, mariage ou construction d'une maison), l'« option Golfe » se répand lentement.

REHEMA ALI ET ALI JUMA, EN COUPLE, KÉNYANS, CUISINIÈRE ET PÊCHEUR SUR LES RIVES DU LAC VICTORIA.

REHEMA ALI | « Les pêcheurs apportent leur prise à ma petite échoppe pour que je leur cuisine des plats délicieux, et aussi que je les vende à mes clients. Ce sont des recettes typiques de la région du lac, dont je suis fière. Ma famille n'est pas originaire d'ici. Nous ne sommes pas des pêcheurs dans l'âme, c'est mon mari qui m'a fait découvrir cet univers. Dans le temps, je remplissais mes paniers de poissons et me rendais au marché en ville pour les cuisiner avec du riz et des haricots. Ça marchait bien ! Mais un jour, le gouverneur a décidé de « nettoyer la zone du marché » et nous a obligés à rentrer chez nous. J'ai donc relancé ma petite activité à Dunga, notre village. Si mon revenu est acceptable, ma situation n'est pas idéale, surtout que, avec mon mari, nous avons trois enfants et prenons soin de six autres, des enfants abandonnés. Nous avons donc au total la responsabilité de neuf enfants. Il faudrait qu'ils aillent à l'université, mais je n'ai pas assez d'argent. Du coup, ceux qui ont terminé le lycée ont dû abandonner leurs études pour se mettre à travailler. C'est tout ce que notre condition financière nous permet de leur offrir.

Je mène une vie joyeuse et difficile à la fois. Elle ne fait pas rêver mes enfants qui aspirent à autre chose que notre modeste existence au village. Ils veulent plus, et c'est bien normal. La vie de pêcheurs n'est pas vraiment faite pour eux, je crois. »

ALI JUMA | « L'éducation est un phénomène à double tranchant : d'un côté, elle ouvre l'esprit de nos enfants et les prépare à les élever socialement, mais, d'un autre côté, après leur passage sur les bancs du lycée, ils se détournent des activités manuelles comme la pêche ou l'agriculture.

Ils se voient comme appartenant à une classe supérieure et portent un regard critique sur la profession de pêcheur. Ça me rend triste. D'autant plus que notre économie n'est pas prête à absorber un tel flux de jeunes diplômés. Certains se retrouvent à contrecœur à pêcher pour pouvoir se nourrir. Une situation inimaginable dans le passé : la profession de pêcheur était exclusivement réservée aux petites gens, mais tout le monde était fier. De nos jours, un diplômé forcé de pêcher est perçu comme un moins-que-rien, un déchet abandonné.

Avant de prendre ma retraite, j'étais pêcheur sur le lac Victoria, indépendant et fier de l'être. Et je l'ai été pendant plus de trente ans, chaque matin je m'aventurais sur le lac avec ma barque. Depuis 2007, je suis secrétaire de l'Association nationale des pêcheurs du Kenya (KENAFA). Les communautés de pêcheurs manquent de confiance en elles, vous savez. Ça me révolte, car la pêche est une industrie puissante dont les pêcheurs sont un maillon important. J'essaye de leur en faire prendre conscience, de changer les mentalités, mais l'appel du Golfe est plus fort que tout ce que je peux dire. »

REHEMA ALI | « Même si nous sommes de confession musulmane, lorsque cet agent nous a approchés pour nous informer que les pays musulmans du Golfe offraient des emplois aux jeunes filles du village, je me suis méfiée. J'ai d'abord refusé d'envoyer mes filles, car j'avais entendu aux infos qu'il y avait des problèmes là-bas, que nos filles étaient maltraitées. L'agent a insisté et a fini par nous convaincre que les emplois étaient sûrs et bien payés, ce que nous avons bien sûr pris en compte, vu notre situation économique.

Je me souviens : aussitôt le feu vert donné, l'agent s'est empressé de prendre le passeport de notre fille. Pour la paperasse nécessaire au départ, a-t-il dit. Quelques semaines plus tard, ma fille s'est envolée pour l'Arabie saoudite. Elle y est restée deux ans et travaillait comme employée de maison, puis elle a passé deux ans à Dubaï. Aujourd'hui, elle est de retour au Kenya, car elle s'est mariée.

Encouragée par cette migration réussie et l'argent qui arrivait chaque mois à la maison, notre deuxième fille a exprimé elle aussi le souhait de partir travailler comme bonne dans les pays du Golfe, mais son expérience n'a rien eu de comparable avec celle de notre première fille. Les familles saoudiennes qu'elle a servies n'ont pas été honnêtes avec elle et elle est revenue au bout de six mois. C'est une battante pourtant, elle ne se décourage jamais. Elle est en ce moment même au Qatar, mais là-bas aussi, les choses se passent mal. »

ALI JUMA | « Ma fille aînée est l'une des toutes premières du coin à être partie vers les pays du Golfe. Les Kényans qui partent dans le Golfe viennent surtout des communautés musulmanes de Mombasa, une ville portuaire sur les rives de l'océan Indien, et de Nairobi, notre capitale. Mais avec la situation économique qui se détériore ici, à cause de la crise environnementale qui frappe l'écosystème de la région, les agents de migration viennent recruter sur les rives du lac Victoria.

La migration est encore un phénomène récent chez nous et la plupart des familles sont effrayées par les histoires qu'elles entendent. Pourtant, aller en Arabie saoudite pour travailler est tellement facile, rien à voir avec la complexité des procédures pour se rendre en Afrique du Sud ou en Europe. Du coup, la plupart des agents de recrutement se concentrent sur les pays du Golfe où il y a du travail pour nous. On a eu de la chance avec notre première fille, mais je ne peux pas en dire autant pour la deuxième qui est au Qatar. Un enfer. Elle s'est enfuie du foyer qu'elle servait… Je ne sais pas ce qui l'a poussée à faire ça. En ce moment, elle cherche de l'aide et se retrouve sans toit ni nourriture. Nous sommes très inquiets, car son employeur a confisqué son passeport dès son premier jour de travail. Sans papiers d'identité, nous ignorons comment elle va faire pour rentrer au village. Peut-être que l'ambassade du Kenya à Doha pourra l'aider. C'est mon seul espoir.

Certains de mes amis disent que les gens du Golfe sont racistes, mais les jeunes veulent quand même tenter leur chance. C'est le chômage ici qui les pousse à partir si loin. L'argent destiné au développement se volatilise et la population croît beaucoup plus vite que les poissons. Plus d'habitants, moins de ressources, ça signifie que nous devons nous battre pour tout, sans compter la crise économique causée par la pandémie de la Covid-19 qui n'a rien arrangé. Beaucoup d'entreprises ont fermé, les employés ont été licenciés et n'ont plus d'argent pour acheter le poisson des pêcheurs. Enfin, et c'est le plus important, le nombre de poissons dans le lac Victoria diminue à cause des méthodes de pêche utilisées : des filets aux mailles trop fines qui capturent les poissons avant l'âge de la maturité. Il y a aussi un accroissement du nombre de barques de pêcheurs en raison de l'augmentation de population autour du lac. Juste sur les rives kényanes du lac, nous sommes autant de pêcheurs qu'en Ouganda et en Tanzanie, pays avec lesquels nous partageons le lac. Les pêcheurs sont partout et perturbent les zones de reproduction des poissons, qui fuient nos rives pour se réfugier ailleurs. Dans le passé, le gouvernement contrôlait les périodes de pêche avec des trêves annuelles entre avril et juillet pour que les populations de poissons puissent se régénérer. Maintenant, la pêche est autorisée tout au long de l'année. Ce n'est pas durable. Nous nous attendons au pire si rien n'est fait pour lutter contre ces problèmes.

Je prie pour que mes enfants ne migrent pas tous vers le Golfe. Mon souhait est que l'environnement ici s'améliore, que les poissons reviennent pour que nos filles ne soient plus condamnées à partir. Le gouvernement a un rôle à jouer, bien sûr. Les entrepreneurs aussi, pour développer de nouveaux secteurs d'activité sur les rives du lac. Et sans oublier les travailleurs migrants eux-mêmes qui pourraient investir leurs salaires de façon productive au village pour développer le tissu économique au lieu d'acheter des biens de consommation et des gadgets. J'exagère un peu. Quand un membre de la famille migre vers l'étranger, tout le monde pense qu'il va gagner tellement d'argent que la vie va changer, mais ça n'arrive jamais. Les salaires dans le Golfe sont faibles et insuffisants, ils ne permettent pas des investissements économiques de long terme. Les pays du Golfe sont perçus comme une simple étape, l'objectif final étant que certains des nôtres partent vers l'Europe, où les salaires, plus généreux, permettraient d'aider à développer l'économie locale ici. Un cercle vertueux en quelque sorte. »

MUSA MBUYA, 49 ANS, ET SA MÈRE FATUMA MBUYA RASHID, 65 ANS, KÉNYANS, RIVES DU LAC VICTORIA.

MUSA MBUYA | « Mes deux sœurs jumelles, Warda et Faouzia, sont nées en 1997. Je suis leur grand frère. Il y a trois ans, après avoir terminé le lycée, Faouzia est partie au Qatar tenter sa chance, mais des problèmes de santé et un employeur cruel l'ont contrainte à rentrer chez nous après seulement cinq mois. Elle est depuis repartie en Arabie saoudite. Warda a suivi sa jumelle quelques mois plus tard.

Mais depuis quelque temps, mes deux sœurs sont en danger. L'employeur saoudien de Faouzia s'est avéré être un homme violent. Elle a fui la maison où elle travaillait comme domestique. Depuis, elle n'ose plus utiliser son téléphone.

Elle l'a désactivé dans la panique, pour ne pas être tracée par son employeur qui la traque. C'est Warda qui nous donne de ses nouvelles de temps en temps. De toute façon, si Faouzia avait accès à internet, ce n'est pas moi qu'elle informerait en premier, car elle sait que je désapprouve son départ. Quant à Warda, ma mère m'a annoncé hier qu'elle s'était également évadée de chez ses patrons. Elle vit aujourd'hui dans une maison avec 15 ou 20 autres filles africaines dans la même situation. D'après ce que nous savons, elle essaye tous les matins de trouver un petit boulot journalier. Le soir, elle est de retour dans ce logement illégal et, si la journée de travail a été bonne, elle peut manger un repas chaud. Sinon, elle s'endort l'estomac vide. C'est ce que Warda a pu trouver de mieux pour le moment.

Avant que mes sœurs migrent là-bas, j'avais vu à la télé plusieurs reportages sur le sort des Kényanes dans la région du Golfe[1]. C'était pour leur bien que je ne voulais pas qu'elles partent, mais elles ne m'ont pas écouté. Récemment, il y a eu cette histoire au sujet d'une église à Nairobi où des centaines de filles étaient parquées, cachées par des passeurs, avant de partir avec de faux contrats pour la péninsule Arabique. On leur avait promis un bon emploi, sans vraiment préciser lequel, quelque chose comme comptable ou employée de banque. Une fois sur place, c'est surtout des postes de femmes de ménage qui les attendent. Si elles sont trompées avant même d'arriver, imaginez leur sort une fois sur place. J'ai capitulé lorsque ma mère, avec qui je vis depuis la mort de notre père en 2016, m'a prié de les laisser partir. Les opportunités d'emploi pour les filles sont très rares dans la région du lac Victoria.»

[1] Les meurtres de domestiques dans les pays du Golfe font souvent la une des médias kényans. Fin septembre 2021, le ministère des Affaires étrangères kényan, par la voix de son secrétaire général, Macharia Kamau, a accusé le ministère du Travail ainsi que les agences de recrutement nationales de «flouer» les travailleurs expatriés. Déclarant par ailleurs que, depuis le début de l'année 2021,

41 domestiques étaient décédées rien qu'en Arabie saoudite dans des circonstances « suspectes », alors que les autorités du royaume alléguaient des arrêts cardiaques. Embarrassé, le président du Comité du travail a répondu : « La priorité numéro un, c'est de s'assurer, dans cette région particulièrement, que nos concitoyens ne vivent pas en tant qu'esclaves. »

FATUMA MBUYA RASHID | « Nos revenus sont tellement dérisoires que j'ai autorisé mes filles à partir. À mon époque, personne ne savait qu'il était possible de se rendre dans les pays du Golfe. Mon père était pêcheur et on ne pensait pas à migrer, car l'économie se portait bien, nous n'avions pas besoin d'aide extérieure. Nous étions autosuffisants, c'était la belle vie. Mais les temps changent, n'est-ce pas ? Lorsque mes filles ont eu l'idée de partir pour le Golfe, je m'y suis opposée. C'était trop risqué pour des femmes. Mais des amies ont fini par me convaincre, elles m'ont mis la pression : "Laisse-les donc partir. Vous n'avez rien : au moins leurs salaires pourront payer quelques dépenses du quotidien." Mon cœur désapprouvait, mais avais-je vraiment le choix ? Maintenant je comprends que mes amies ont commis une erreur et moi aussi. Une fois que mes filles seront de retour à la maison, plus jamais je ne les laisserai partir. C'est ma liberté de mère et je leur déconseillerai vivement d'y retourner. Jusqu'à leur retour, je sais que ce sera dur de retrouver le sommeil. Pour surmonter cette inquiétude, je m'en remets à Dieu. S'il le veut, elles reviendront saines et sauves. Lui seul peut savoir de quoi leur destin est fait. »

MUSA MBUYA | « Autrefois, le lac était une source de revenus, la situation économique était bonne. De nos jours, les pêcheurs reviennent avec seulement quelques petits poissons. Impossible de faire vivre une famille. Cette pauvreté pousse les femmes à migrer vers le Golfe. Comment voulez-vous convaincre celles qui veulent partir qu'il y a des risques là-bas ? La pauvreté et les agents de migration les persuadent au contraire que leur futur est hors des frontières. L'appel de l'argent est plus fort que tout. Toute tentative de mise en garde est reçue avec un "Pourquoi devrais-je t'écouter ? Tu n'as jamais été là-bas. Seules celles qui s'y sont rendues connaissent la vérité". L'argument économique est implacable. Une employée de maison en Arabie saoudite gagne environ 15 000 shillings kényans (120 euros) par mois, voire plus. C'est beaucoup plus que ce que gagne un pêcheur sur le lac, 200 à 300 shillings kényans par jour seulement (entre 1,6 et 2,4 euros). Ce n'est pas assez pour les dépenses quotidiennes. Et il ne faut même pas imaginer faire des économies pour payer l'école des enfants ou les imprévus de la vie, une hospitalisation par exemple.

Mais peu importe l'argent, quand Warda et Faouzia reviendront, si Dieu le veut, je leur dirai : "Que vous avais-je dit ? Maintenant, vous avez vu de vos propres yeux, vous avez fait votre propre expérience. N'y retournez pas ! Ne soyez pas crédules." Il faudra aussi que nous soyons forts face à la honte sociale, car Warda et Faouzia ont envoyé de l'argent seulement pendant deux mois. Ma mère n'a plus rien reçu ensuite. Faouzia prétend avoir ouvert une entreprise à Nairobi et c'est là qu'elle dit envoyer tout son argent. Mais cette entreprise existe-t-elle vraiment ? Je pense qu'elle dit ça juste pour que nous arrêtions de poser des questions. Revenir au village les mains vides, sans avoir rien bâti durant le parcours migratoire, est une honte au sein de la communauté. Pas seulement pour elles, mais aussi pour notre famille.

Des agents de migration m'ont proposé de devenir rabatteur, de trouver des filles à envoyer dans le Golfe, car la demande est très forte. Je toucherais une commission sur chaque fille envoyée. Mais je refuse catégoriquement de participer à cet horrible trafic. Si quelque chose de mal arrivait à une des filles sur place, je me sentirais responsable, car c'est moi qui aurais fait la démarche de la convaincre. Et puis, j'ai trop de peine pour mes sœurs. »

BRENDA CAROL ADHIAMBO, 38 ANS, KÉNYANE, RIVES DU LAC VICTORIA, PARTIE EN ARABIE SAOUDITE.

« Dans mon village, les opportunités d'emploi sont rares. Il y a la pêche, bien sûr, mais c'est avant tout réservé aux hommes. Nous, les femmes, sommes cantonnées à des rôles de second plan, la cuisine de plats à base de poisson ou la vente de poissons frais, par exemple. Les vrais héros sont les hommes, pas nous. Beaucoup de femmes voient donc les emplois dans le Golfe comme une chance de prendre leur destin professionnel en main et d'assurer leur indépendance financière. J'ai sept enfants et, comme toute maman, je veux leur assurer un avenir meilleur que le mien. En 2019, un ami me parle d'un emploi dans le Golfe. J'accepte. L'agent de migration prend mon passeport et lance la demande de visa. Il me demande ensuite de passer un test médical et d'aller suivre une formation "préalable au départ". Deux semaines pour apprendre ma nouvelle vie, c'est court mais instructif. Les profs nous enseignent plein de choses sur les Saoudiens, pour que nous les connaissions avant de nous rendre sur place. Leur culture, leur façon de communiquer, les règles au travail, la monnaie, nous abordons tous ces sujets. Et la religion, bien sûr. Ils sont musulmans et nous sommes chrétiens. Nous devons donc apprendre à respecter leurs us et coutumes. On nous enseigne aussi leurs façons de cuisiner, les plats qu'ils préfèrent, leurs habitudes pour l'entretien de la maison. On nous briefe sur notre droit à changer d'employeur jusqu'à trois fois maximum, nous dit-on, si nous ne sommes pas heureuses dans la maison où nous atterrissons. Si ça ne marche vraiment pas, nous sommes apparemment libres de rentrer au Kenya.

Je pars en février 2019 pour l'Arabie saoudite, des rêves plein la tête avec la perspective d'un salaire de 900 riyals saoudiens [215 euros]. "D'abord, financer les études de mes enfants pour leur assurer une bonne éducation, puis construire une maison", pensais-je. Mais ce qui m'attend là-bas est un calvaire. La charge de travail est si importante pour mon maigre salaire que mon rêve est désormais de rentrer me réfugier au bord de mon lac Victoria. J'aime mieux encore être dans ma maison de terre que de servir des gens qui nous privent de repos. Le mois sacré du ramadan est le plus dur : mes patrons reçoivent régulièrement des invités et je travaille vingt-quatre heures sur vingt-quatre. Chaque jour, c'est le même rituel : réveil à 7 heures et début du travail immédiatement, sans une douche ni même avoir mangé quelque chose. À 17 heures, ma madame[1] m'autorise enfin à prendre une douche et un repas. Puis direction la maison de sa sœur où je suis forcée de travailler toute la soirée, sans être payée. "Tu es venue en Arabie saoudite pour travailler. Tu es venue de très loin ! Donc, au travail !", me hurle-t-elle dessus. Mon contrat de travail stipule que je dois travailler seulement cinq jours par semaine dans une maison habitée par un couple et ses trois enfants, pas pour une famille de 11 personnes !

Quand je demande à partir, c'est la panique à bord. Mes employeurs refusent. Hors de question pour eux de rester sans domestique le temps d'en trouver une autre. Ils refusent d'appeler l'agent qui m'a amenée ici. La pire est la grand-mère, malade, qui est raciste. Elle pense que je suis sale parce que je suis noire et ne m'autorise pas à boire dans ses verres, alors que c'est moi qui les lave ! Et la machine à laver : j'y fais des lessives pour toute la famille, mais j'ai interdiction de l'utiliser pour mes propres vêtements. Je dois les laver séparément, à la main, car, selon eux, ma peau est sale. C'est très humiliant ! Je suis un être humain après tout. Je veux quitter cette famille de fous, mais ils ont mon passeport, alors qu'est-ce que je peux faire ?

1 Les travailleuses domestiques nomment ainsi la femme de leurs employeurs.

Après que leur fils a abusé de moi, madame me dit : “Mes enfants sont bien éduqués. Ils peuvent faire ce qu’ils veulent, car la police saoudienne ne fera rien. Le gouvernement saoudien ne vous reconnaît pas, vous, les Africains, pas plus que le Kenya ne vous considère comme des êtres humains.” Je suis la mère de sept enfants et ils osent me toucher ? Ça m’a rendue folle de rage. Le père de famille me dit à son tour, avec sa voix de diable : “Si je te tue là, maintenant, tout de suite, ton pays ne fera rien pour toi.”

C’est triste à dire, mais c’est la vérité. Le gouvernement kényan ne pense qu’à une seule chose : l’argent. Il n’a aucune considération pour les petites gens comme nous. Si seulement le gouvernement négociait avec les pays arabes pour imposer un traitement digne de ses citoyens ! Mais ce n’est pas le cas. Au lieu de cela, pour que l’on parte et que l’on envoie de l’argent dans nos villages, les autorités continuent de nous affirmer que tout va pour le mieux là-bas, que les souffrances relèvent du passé.

Mon voyage en enfer a pris fin lorsque mon dos a lâché. Comme je ne pouvais plus travailler, la famille a finalement accepté, à contrecœur, de me laisser quitter leur navire de fous.

J’ai retrouvé ma maison de terre sur les rives du lac Victoria en février 2021, traumatisée et avec seulement 10 000 shillings kényans [78 euros] en poche.

J’ai encore en mémoire ce que la famille de 11 personnes qui m’employait comme domestique m’a fait subir, mais je lui pardonne. Leurs mots me hantent, mais cela ne sert à rien de garder rancune. Il faut parfois savoir oublier et pardonner. »

HARUWA-CHARUWA : *LE PIÈGE DE LA DETTE*

Au Népal, l'argent envoyé par les hommes partis travailler à l'étranger représente un quart du produit intérieur brut. Des dizaines de milliers de jeunes en quête de salaires plus avantageux prennent la route des pays du Golfe. Certains fuient aussi des conditions de travail terribles régies par un mécanisme d'asservissement de la main-d'œuvre digne du Moyen Âge. Les propriétaires terriens, nés dans les castes les plus prestigieuses, et les paysans, principalement de la caste Dalit, les intouchables, vivent selon les codes d'un système appelé «*haruwa-charuwa*». *Haruwa* désigne une personne qui laboure la terre, *charuwa* celui qui garde le bétail. Si la loi népalaise de 2002 sur l'interdiction de la servitude stipule que «nul ne peut maintenir ni employer une personne en tant que travailleur asservi», celle-ci n'a jamais été appliquée et le travail forcé a encore cours aujourd'hui. Pour ces populations, les pays du Golfe représentent une chance de s'extraire d'une vie de misère. Mais la migration a un coût et les paysans se retrouvent le plus souvent à demander un prêt aux propriétaires terriens pour financer leur voyage. Le taux d'intérêt est exorbitant: 3 % par mois, avec parfois pas d'autre choix que d'offrir comme garantie la force de travail d'un membre de leur famille.

RAJ KUMAR MAHATO, 37 ANS, NÉPALAIS, ANCIEN* HARUWA-CHARUWA *PARTI EN ARABIE SAOUDITE.

« J'ai toujours voulu éviter de vivre comme mon père analphabète qui a servi les riches toute sa vie. C'est comme s'il était sous la coupe d'un seigneur local. Mais bon, choisir son destin est un privilège réservé aux riches, hein? À défaut d'autre option, je suis devenu *haruwa-charuwa*, comme 30 à 35 % des habitants de mon village, pour gagner un peu d'argent et pouvoir manger. Notre société s'est habituée à ce système, mais cela ne veut pas dire pour autant qu'être catalogué comme *haruwa-charuwa* est source de fierté : qui a envie d'être l'esclave des riches ? Tout ce que désire un *haruwa-charuwa*, c'est s'affranchir de son maître. C'est comme ça que les pays du Golfe sont entrés dans la danse. Ils nous ont offert une échappatoire. Tout le monde veut fuir la région du Teraï où on vit comme des serfs. Quand on génère 1 000 roupies népalaises de profit, le riche nous en donne peut-être 10, juste assez pour que nous ne nous rebellions pas contre l'ordre établi. C'est un peu la même mentalité qui prédomine dans les pays du Golfe, où les riches employeurs locaux exploitent une main-d'œuvre étrangère vulnérable. Mais c'est une réalité dont je n'ai pris conscience que récemment. Lorsque j'étais *haruwa-charuwa*, entre 20 et 25 ans, mon unique obsession était de fuir ce système et les neuf heures de labeur quotidien dans les champs. Lorsque j'ai entendu parler de ce qu'on appelle l'"opportunité Golfe", rendue possible par des prêts consentis par les riches, je me suis dit : "C'est ma chance." On me proposait de partir pour l'Arabie saoudite contre 200 000 roupies népalaises [environ 1 500 euros]. Le riche me prêtait la somme en liquide pour payer l'agence de recrutement basée à Katmandou.

Nous tentons de fuir les riches propriétaires de la région qui se sont emparés des terres au fil des années, et c'est encore eux qui nous prêtent de l'argent à un taux exorbitant pour que nous y parvenions. Nous devenons prisonniers de nos dettes, même une fois à l'étranger. Quand je suis arrivé en Arabie saoudite en 2013, j'ai dû commencer à rembourser l'emprunt et les 3 % d'intérêt. Il m'a fallu une année entière pour m'acquitter de ma dette. Les intérêts cumulés m'auront coûté au total 72 000 roupies népalaises [540 euros], en plus des 200 000. Chaque mois, depuis l'Arabie saoudite, je faisais un virement sur le compte de ma famille qui retirait l'argent et payait le riche propriétaire en espèces. Et gare à moi si je manquais une mensualité ou si je disparaissais : l'homme riche pouvait s'emparer de tout ce qui m'appartenait au village ou laisser les intérêts s'accumuler.

Lorsqu'une famille ne peut pas rembourser pour une raison ou pour une autre, la dette devient incontrôlable : elle peut doubler, tripler, quadrupler. Quand ça arrive, les riches invitent tous les membres de la communauté à se réunir pour discuter de la situation difficile de cette famille et l'humilier socialement. Le but est de lui faire honte pour la forcer à payer d'une manière ou d'une autre, par exemple en vendant l'or de la dot ou en la faisant travailler gratuitement pendant des années, que ce soit dans les champs, dans leurs usines de briques ou pour construire leurs maisons.

Chaque prêt est formalisé par un contrat, le propriétaire dispose donc d'éléments tangibles pour défendre ses intérêts. Il a ainsi la possibilité de faire appel à la police et de porter plainte. Cette menace suffit pour que le paysan se mette à travailler gratuitement dans ses champs. Finalement, système *haruwa-charuwa* ou migration vers le Golfe, c'est la même chose : nous devenons esclaves des propriétaires terriens. Et nous ne contractons pas des prêts uniquement pour partir, nous le faisons pour tous les aléas de la vie. Par exemple, lorsqu'un membre de la communauté décède dans les pays du Golfe, nous organisons une cérémonie de crémation et suivons des rites funéraires. Et pour financer tout ça, nous n'avons pas d'autre choix que d'emprunter de l'argent aux riches, encore une fois à un taux de 3 % par mois.

J'ai un fils de 11 ans. Je veux qu'il aille à l'université, qu'il obtienne un diplôme pour se libérer de ces dynamiques d'exploitation imposées par la pauvreté. Les choses doivent changer, mais peu de *haruwa-charuwa* ont le courage de protester contre le système. Après tout, c'est un mal nécessaire qui met du pain sur la table des familles. Et pour ce qui est des politiciens, oubliez, ils n'ont pas la moindre idée de la douleur associée au fait d'être un esclave.

Donc… quand j'arrive en Arabie saoudite, la première chose qui me frappe, c'est la chaleur, j'ai tellement chaud! Impossible de se déplacer en extérieur, ce n'est pas comme au Népal. Alors je partage mon temps entre le dortoir et l'usine où je travaille: j'emballe des poulets dans des cartons. Même si c'est dur et lassant, je préfère encore ça au système *haruwa-charuwa*. Je touche 1 000 riyals saoudiens par mois [240 euros] et, une fois mon emprunt payé, je suis gagnant, car je n'ai plus besoin de m'endetter pour travailler comme c'est le cas au Népal où je dois louer à crédit les équipements agricoles. Surtout, je peux économiser un peu d'argent, mon employeur saoudien prenant en charge le logement et les repas. Mais la nature de la relation avec mon employeur saoudien reste la même: servir "un riche". Comme partout, les pauvres sont confrontés à des difficultés. Ils n'ont pas d'autre choix que d'intérioriser cette souffrance. En Arabie saoudite, tout comme au Népal, je n'ai pas de contact direct avec mon employeur pour lui faire part de mes problèmes. Personne ne s'intéresse à nous, personne ne nous écoute. Et je ne peux pas non plus compter sur les Népalais d'Arabie saoudite. S'ils ont accès aux patrons, c'est qu'ils les flattent pour obtenir leurs faveurs. Nos ennuis sont le cadet de leurs préoccupations, surtout que nous sommes identifiés comme des *haruwa-charuwa*, les gueux de la société népalaise.

Après un an et demi de travail en Arabie saoudite – jusqu'en 2015 –, j'ai découvert que j'avais été floué. Mon contrat de travail mentionnait un salaire de 2500 riyals saoudiens par mois [600 euros]. Mon employeur payait bien ce montant à une entreprise intermédiaire, celle qui m'avait amené en Arabie saoudite et dont le rôle n'était en réalité que d'importer des travailleurs pour ensuite les vendre à d'autres entreprises. Cette entreprise touchait les 2500 riyals saoudiens par mois qui m'étaient destinés et je n'en recevais que 1000. Ici encore, j'étais exploité. J'ai voulu arrêter de travailler dans cette usine, mais on ne peut pas changer d'employeur en Arabie saoudite, alors j'ai fini par me décider à rentrer au Népal. Aujourd'hui, je suis employé par une ONG dans la région du Teraï pour faciliter la réintégration des migrants de retour du Golfe. Je touche 13000 roupies népalaises par mois [97 euros] et suis heureux. Mais si l'ONG met fin à son programme dans notre région, je n'aurai pas d'autre choix pour survivre que de redevenir *haruwa-charuwa.* »

AMJAD ANSARI ARNAMA, 35 ANS, NÉPALAIS, RICHE PROPRIÉTAIRE TERRIEN AU VILLAGE DE MAHANAUR.

« Moi, un *haruwa-charuwa* ? Non ! Du moins pas au sens propre du terme. J'appartiens à la classe supérieure, celle qui détient les terres agricoles, celle que les paysans ici appellent communément "les riches". Ma famille est le plus grand propriétaire terrien de Mahanaur. Nous avons vraiment beaucoup de terres, y compris dans les villages avoisinants, et mon oncle est le chef du village. Sur les 30 ménages que compte notre hameau, environ la moitié travaillent dans nos champs.

Après des études supérieures à Katmandou, durant lesquelles j'ai appris qu'un système comme le *haruwa-charuwa* existait en Europe au Moyen Âge, j'ai choisi de migrer au Qatar pour avoir une expérience professionnelle à l'étranger. À mon retour au Népal, quinze ans après l'avoir quitté, je suis devenu professeur d'informatique.

Mais revenons au système *haruwa-charuwa*, car il faut bien nuancer. La vérité est que nous proposons aux villageois de travailler dans nos champs et leur offrons en échange un modeste salaire de 500 roupies népalaises par jour [3,7 euros]. D'autres villageois choisissent le système alternatif de la location : nous fournissons alors la terre. Comme ils ne disposent pas de ressources financières, nous leur prêtons de l'argent pour qu'ils louent nos machines agricoles, nous achètent les semences et tout ce qui est nécessaire pour faire tourner leurs petites exploitations. Nous prêtons cet argent à un taux de 3 % par mois et ils doivent également nous remettre 50 % des fruits et légumes produits sur cette terre qui est la nôtre. Par exemple, s'ils produisent 10 kilos de riz, nous en prélevons 5 et ils peuvent vendre le reste au marché. Les terres se transmettent de génération en génération, le système *haruwa-charuwa* se perpétue ainsi.

Étant propriétaires de parcelles agricoles, nous sommes obligés d'engager des fermiers pour les cultiver, mais les villageois sont libres de travailler pour nous ou non. D'ailleurs, nous avons aussi nos problèmes. La majorité des jeunes partent travailler dans le Golfe, leurs centres d'intérêt ont changé. Et comme nous avons une population jeune, nous sommes confrontés à une pénurie de main-d'œuvre. À tel point que nous sommes parfois obligés d'aller travailler dans les champs nous-mêmes pour ne pas les laisser en jachère. Et il ne faut pas oublier que si les fermiers trouvent le travail trop difficile, ils peuvent partir. Pour combattre ce phénomène, nous évoluons. Dans le passé, l'équipement agricole traditionnel était totalement dépendant de la force humaine et des buffles, maintenant nous avons des tracteurs. Le travail est plus facile pour les villageois.

Cela étant dit, si beaucoup de gens veulent s'envoler vers le Golfe, c'est aussi parce que leurs revenus, dans le cadre du *haruwa-charuwa*, ne leur suffisent pas pour se nourrir. Mais est-ce la faute de ma famille alors que nous, nous avons tant de taxes à payer ? La vérité est que nos dirigeants encouragent les jeunes à partir à l'étranger parce qu'ils ne sont pas en mesure de leur offrir des possibilités d'emploi au niveau local. Le gouvernement du Népal ne fait rien pour offrir des opportunités d'emploi à nos jeunes. Il pourrait louer nos terres et y construire des usines, par exemple, et ainsi employer les jeunes. Mais même cela, il n'en est pas capable. Le gouvernement est absent. Alors oui, nous jouons un rôle important pour fournir des emplois à notre communauté. Je suis heureux de proposer ce genre d'opportunité à notre peuple, aux populations de la région du Teraï, et de pallier ainsi les défaillances du gouvernement. Beaucoup de villageois sont sans emploi, je leur permets de venir travailler dans nos champs en échange d'un salaire journalier. Je me sens sincèrement très fier de représenter "les riches", parce que je partage aussi mes connaissances avec les jeunes.

C'est vrai que, ici, les gens ont le choix entre être *haruwa-charuwa*, et travailler dans les champs pour les riches propriétaires terriens comme moi, ou migrer vers les pays du Golfe. Ce n'est pas idéal. Au moins, en aidant les villageois à migrer, nous contribuons à ouvrir le champ des possibles. Comme ils ne disposent pas de capital, nous leur prêtons les sommes requises pour financer un départ vers le Golfe. Aujourd'hui, comme je le disais, le taux d'emprunt est fixé à 3 % par mois. Dans le passé, nous avions un système de taux d'intérêt de 5 % par mois, mais il a été réduit à 3 %. Vous pouvez penser que ce taux est prohibitif, il est en réalité très difficile à réduire : la banque facture un prêt à 1,5 % d'intérêt par mois. Avec notre solution, pas besoin d'aller à la banque, tout se passe au niveau local. Et encore une fois, notre taux d'intérêt est ce qu'il est, mais c'est aux gens de décider, nous ne forçons personne à s'endetter. Parfois, quand quelqu'un est dans l'urgence et a besoin d'argent dans les jours qui suivent, nous appliquons l'ancien taux d'intérêt de 5 % par mois. Les gens obtiennent ainsi de l'argent selon leurs besoins.

Des impayés ? Non, ce n'est jamais arrivé. Jusqu'à présent, nous avons toujours été remboursés. »

RANJIT KUMAR YADAV, 37 ANS, NÉPALAIS, ANCIEN HARUWA-CHARUWA *PARTI EN ARABIE SAOUDITE.*

« Le jour de mes 18 ans, mes parents m'ont demandé de quitter Janakpur où j'étudiais pour revenir au village où notre famille avait des problèmes d'argent. Alors, j'ai abandonné l'école, tiré un trait sur mon éducation et je suis allé travailler dans les champs. C'est ainsi que je suis devenu *haruwa-charuwa*. C'était une découverte pour moi. On ne parlait jamais de ce système dans ma famille. C'est un tabou, nous sommes conditionnés pour accepter sans protester le fait que les riches sont les puissants et que nous devons nous soumettre docilement.

Je suis donc parti en Arabie saoudite. Pendant toutes ces années, j'ai travaillé douze heures par jour comme magasinier. Alors aujourd'hui, je me sens plus libre de m'exprimer contre les riches et le système *haruwa-charuwa*, d'autant plus que mon frère est en Malaisie d'où il envoie de l'argent tous les mois. Mon père a commencé à toucher sa retraite de fonctionnaire aussi. On est moins dépendants des propriétaires terriens.

Il faut que nous nous rebellions pour mettre un terme à ces pratiques d'un autre âge. J'ai deux fils et, parfois, j'ai peur qu'ils se fassent rattraper par le système *haruwa-charuwa* car je suis toujours un homme pauvre. Les riches peuvent donc toujours nous imposer ce qu'ils veulent.

J'envisage de repartir à l'étranger. Au Qatar, cette fois. La plupart des gens de Teraï vont au Qatar ces temps-ci, on dit que le pays est plus accueillant que l'Arabie saoudite. La plupart de mes amis qui sont rentrés du Qatar me racontent que c'est un bon endroit pour travailler et que c'est prestigieux. »

GANESH GURUNG, NÉPALAIS, CHERCHEUR SUR LES QUESTIONS DE MIGRATION DE TRAVAIL DEPUIS LES ANNÉES 1990 – IL A, ENTRE AUTRES, CONSEILLÉ LE GOUVERNEMENT NÉPALAIS SUR LES QUESTIONS MIGRATOIRES – ET ANCIEN MEMBRE DE LA COMMISSION NATIONALE DE PLANIFICATION DU NÉPAL.

« La migration vers les pays du Golfe présente bien sûr un potentiel de développement économique et social pour notre pays, mais depuis plus de deux décennies que j'étudie ce sujet, j'ai été témoin de très peu d'améliorations. Même si elle a des avantages économiques, la migration de travail vers le Golfe a un coût social important. L'échec scolaire ou des relations extraconjugales de part et d'autre, par exemple. Alors nous devons nous demander si l'économie doit primer sur le social. Mais le choix des politiques et de la société, on le connaît : les avantages économiques l'emportent toujours.

En 2004, six mois seulement après la décapitation de 12 Népalais par des terroristes en Irak, je suis allé à New Delhi, la capitale indienne, pour conduire des recherches sur les Népalais en partance pour l'Afghanistan et l'Irak. La nouvelle de ces décapitations avait fait grand bruit au Népal. Suite à de violentes manifestations, un couvre-feu avait été imposé. Les bâtiments de Qatar Airways, de Saudi Arabian Airlines et des mosquées avaient été incendiés. Mais malgré tout ça, les jeunes continuaient de se rendre dans ces deux pays. En les voyant à l'aéroport de Katmandou, je n'ai pu m'empêcher de penser : pourquoi ? Pourquoi partent-ils malgré les nombreux risques ? Douze personnes viennent d'être décapitées sur place et vous n'attendez qu'une chose : vous y rendre à votre tour ! Lorsque je leur demandais ce qui les poussait à partir, personne n'avait de réponse vraiment convaincante. Jusqu'à ce qu'un soir, autour d'un verre, un jeune garçon d'ordinaire silencieux m'éclaire, d'un ton calme et poli : « Si je ne vais pas en Irak, je reste au Népal. Dans la journée, l'armée nationale viendra m'accuser d'être maoïste. La nuit, les maoïstes viendront à leur tour et me diront que je soutiens l'armée népalaise. Dans les deux cas, je risque d'être tué, et si je suis tué dans mon village, au Népal, ma famille ne recevra aucune compensation. Par contre, si je suis le treizième Népalais à être décapité en Irak, ma famille recevra quelque chose et j'aurai droit aux honneurs de la nation pour mes funérailles. » Partir en Irak est donc un risque calculé, ai-je pensé, profondément troublé.

Pour ce qui est des *haruwa-charuwa* et du Golfe, tout a commencé avec un ministre qui, un beau matin, a pris une décision politique qui allait changer la vie des communautés vivant dans le sud du Teraï. Jusqu'alors, elles allaient travailler en Inde, de l'autre côté de la seule frontière qu'elles pouvaient traverser avec une simple carte d'identité. Notez qu'obtenir un passeport était en effet quasi impossible : il fallait aller le chercher en personne au ministère des Affaires étrangères à Katmandou. Un voyage au coût prohibitif pour les populations les plus pauvres du Népal. En abolissant cette règle, cet homme, formé aux États-Unis, a ouvert la boîte de Pandore. Depuis, tous les jeunes du Teraï peuvent récupérer leurs passeports dans leurs districts respectifs et se projeter plus facilement sur les routes de la migration vers le Golfe. S'ils ont aujourd'hui la chance d'aller y travailler comme ouvriers pendant quelques années, voire une décennie, demain leur prochaine étape sera peut-être la Corée du Sud. Ils feront des économies, acquerront une ouverture d'esprit et, lors de leur retour au Népal, auront les reins assez solides pour ouvrir un petit commerce, un café et employer deux ou trois jeunes Népalais.

Il faut comprendre que le parcours migratoire permet de gagner de l'argent, bien sûr, mais qu'il a aussi une certaine valeur ajoutée qualitative : il apporte de l'expérience et de la confiance en soi, le sentiment d'avoir vu du pays, d'avoir progressé dans la vie. »

2

UN PAYS,

DEUX SYSTÈMES

ZONE INDUSTRIELLE, COUVREZ CE QATAR QUE JE NE SAURAIS VOIR

Malcolm Bidali me l'avait décrite comme le purgatoire des petites mains du Qatar. La Zone industrielle de Doha loge environ 400 000 hommes, majoritairement asiatiques et africains. Beaucoup travaillent ou ont travaillé sur des chantiers liés directement ou indirectement à l'organisation de la Coupe du monde : les stades bien sûr, mais aussi de nouvelles routes ou des centres commerciaux. J'ai décidé d'y aller seul et en bus, pour être plus discret. Sebastian me suit à distance, il connaît déjà bien la Zone industrielle pour s'y être rendu plusieurs fois quelques années auparavant, quand il était souvent en reportage au Qatar. Située à une vingtaine de kilomètres au sud du centre-ville de Doha, la Zone n'est reliée à celui-ci que par quelques lignes aux stations introuvables. J'ai dû déranger des hommes sur leurs chantiers pour trouver l'arrêt. Après une longue attente sous une chaleur matinale naissante, un véhicule apparaît. Le bus est presque vide. Logique : très peu d'ouvriers se rendent dans le centre-ville de Doha un matin de semaine. Le chauffeur s'excuse, la climatisation est en panne. Il propose de rouler les fenêtres ouvertes pour que le trajet soit supportable. Le multipasse coûte 50 riyals qataris [12 euros], une certaine somme pour un travailleur qui gagne en moyenne 300 euros par mois. Je porte une casquette, des lunettes de soleil et un masque. Mon appareil photo est rangé dans mon sac. Je ne fais l'objet d'aucun regard appuyé, personne ne remarque ma présence. Le Qatar, au même titre que d'autres pays, a rendu obligatoire l'application Ehteraz (qui signifie « précaution » en arabe) retraçant tous les mouvements des citoyens pour les prévenir en cas de contact avec des malades déclarés de la Covid-19 et contrôler leur certificat de vaccination. Je prends donc soin de retirer la carte SIM de mon téléphone.

À mesure que le bus quitte la capitale et son urbanisme idyllique, de grandes étendues vides apparaissent, qui tranchent avec la modernité du centre-ville. D'autant que, la Coupe du monde approchant, le centre-ville s'est grandement développé, embelli. Des parterres de fleurs impeccables parsèment la ville. La moindre chaussée, le moindre trottoir cabossés ou esquintés ont été refaits. Les vieilles boutiques ont disparu au profit d'échoppes flambant neuves. Doha compte désormais un métro, reliant notamment les stades au centre-ville. Depuis dix ans, des méga-centres commerciaux de produits de luxe poussent un peu partout. Je regarde par la fenêtre du bus. J'ai l'impression d'avoir changé de pays. Même le soleil et ses reflets se font plus agressifs sur ces surfaces désertiques. L'œil est attiré par des rangées de bus et de carcasses de camions alignées derrière des barbelés. Viennent ensuite les débris industriels : de la ferraille rouillée, des matériaux de construction abandonnés, des pneus, des climatiseurs poussiéreux. Tout ce que le monde rejette et ne peut recycler se retrouve là. Peu à peu, entre deux déchetteries, des habitations apparaissent. Des barres d'immeubles précaires, colorées par les bleus de travail séchant sur des balcons, sont collées les unes aux autres. Cimenteries, usines et entrepôts se mêlent aux logements des travailleurs aux façades noircies par la pollution et l'usure du temps. Pas d'Arabes, pas d'Occidentaux, logés eux dans les quartiers résidentiels luxuriants de la côte à Msheireb, The Pearl ou West Bay. Dans la Zone industrielle, on jette et on entrepose machines et êtres humains.

Dans ce marasme, des silhouettes soufflées par la poussière déambulent dans ce qui ressemble au Qatar profond, celui que le pays veut cacher. Des cantines et des échoppes aux consonances indiennes pullulent. Parfois, le bus ralentit, il traverse de petits *katchara markez* (marchés de déchets), terme désignant aussi bien les produits périmés récupérés et vendus illégalement que les consommateurs de la Zone industrielle eux-mêmes. J'aperçois des coiffeurs ambulants qui coupent les cheveux de leurs clients entre deux conteneurs abandonnés. L'appel à la prière de mosquées construites de bouts de ferraille et de tôle rassemble des fidèles aux tuniques longues et aux visages creusés par les particules de cimenterie mêlées au sable. Je prends alors conscience que le Qatar n'est pas une, mais deux sociétés, celle qu'elle donne à voir au monde et celle qu'elle enfouit. Une vraie ségrégation.

Je décide de descendre à un arrêt au hasard, perdu dans les méandres de la Zone industrielle. Des logements ont attiré mon attention. La longue rangée des dortoirs donne en effet directement sur un entrepôt abritant une forêt de nacelles articulées. Je veux prendre une photo pour illustrer à quel point humains et machines cohabitent. Mais avant cela, je pousse la porte de la Cafeteria Malabar tenue par des Indiens. Je m'y pose pour élaborer un plan avec Sebastian à distance. Sebastian m'avertit : « Surtout, si tu veux essayer de prendre des photos, ne laisse pas l'appareil en vue trop longtemps. Réfléchis bien à ta photo avant de le sortir du sac. »

La Zone n'est pas un espace prisé par les touristes ou les expatriés occidentaux en quête de dépaysement. Y sortir un appareil photo est aussi périlleux qu'immortaliser les bâtiments stratégiques du pays. Je décide quand même de m'y promener prudemment à pied, le boîtier rangé dans le sac, prêt à le sortir rapidement le temps d'un cliché. J'engloutis un dahl de lentilles et je sors. Je marche le long d'une route.

Les trottoirs sont éventrés. Des gravats et de la ferraille obstruent parfois le passage. J'avance lentement, observant les habitations lugubres dans lesquelles sont logés les travailleurs. Les portes de leurs chambres sont peu espacées les unes des autres et la profondeur de chaque bâtiment est faible, ça me fait penser à des clapiers pour lapins.

Je prends une première photo. Trois cents mètres plus loin, je repère un panneau de signalisation mentionnant la Zone industrielle. Je dégaine, place mon œil dans le viseur, lorsqu'un bruyant klaxon vient m'interrompre. Je suis filmé par deux Qataries hurlant depuis une Porsche Cayenne. L'une d'elles est au téléphone, je la soupçonne d'appeler la police. Je range mon appareil et tente de reprendre mon chemin comme si de rien n'était, mais leur voiture me suit et se fait de plus en plus menaçante. Heureusement, leur véhicule se retrouve bloqué au feu d'un carrefour. Je bifurque dans une rue à droite, quand un bus passe devant moi par miracle. Je lui fais signe et y grimpe avant de redescendre plusieurs arrêts suivants. J'ai le palpitant d'un animal qui vient de réussir à semer un carnivore. Si jamais je me fais contrôler par la police, mon enquête pourrait s'arrêter net. Sans ce carrefour, la voiture aurait continué de me suivre jusqu'à l'arrivée des flics. Comme je n'ai pas d'accréditation presse, malgré une demande officielle, mon matériel aurait sûrement été saisi et c'était l'expulsion assurée. Et puis, il y a les travailleurs avec qui j'ai établi un premier contact. Ils ont plus à perdre que moi. Il est à parier qu'en cas d'interpellation mes conversations sur mon téléphone auraient été analysées pour trouver les « complices » de mon enquête. Je défais ma chemise, retire mes lunettes de soleil. Paranoïaque, je me dis que des barrages policiers ont pu être mis en place dans la Zone pour me retrouver. Je n'ai pas de temps à perdre. Je commande un taxi, direction le centre de Doha. Cette première sortie est un échec.

Heureusement, quelques jours plus tôt, Sebastian et moi avions fait la connaissance de Betty*, une des rares chauffeurs Uber femmes du pays. Évidemment, c'est une Kényane et non une Qatarie. Nous lui avions parlé de notre enquête sur les travailleurs migrants et elle nous avait raconté le racisme ordinaire qu'elle subissait au quotidien, le mépris de la part de ses clients qataris: «Ils me testent toujours, essayent de savoir si je ne fais que chauffeur. Généralement, ils prennent mon numéro d'Uber et m'appellent plus tard pour me demander une course dont la destination est souvent un hôtel. C'est fou, ils pensent que je suis une femme facile et qu'ils peuvent profiter de moi. Certains me demandent même si je fais des massages.»

Je n'ai pensé à elle qu'après coup. Nous avions besoin d'un chauffeur de confiance qui accepterait d'éteindre son application VTC pour nous conduire dans la Zone industrielle sans laisser de trace de la course. Un chauffeur courageux aussi, étant donné le caractère sensible de la mission. Comme Malcolm Bidali, Betty risquait en effet d'être accusée de faire partie d'un complot visant à saper la réputation du Qatar. Lorsque nous lui exposons notre projet de prendre des photos des logements insalubres de la Zone industrielle, assis à l'arrière de son taxi aux vitres teintées, elle accepte de nous y conduire sans hésiter.

Le jour prévu, elle arrive accompagnée d'Albert* , un de ses amis proches. Une invitation fortuite, mais bienvenue, car l'ancien agent de sécurité connaît parfaitement la Zone industrielle pour y avoir vécu pendant cinq ans, ballotté entre plusieurs habitations en fonction de ses entreprises. Assis à la place du copilote, l'homme indique: «Betty, prends à droite, regarde à gauche! Quentin, tu peux prendre ce bâtiment en photo!»

* Tous les noms suivis d'un astérisque ont été modifiés à la demande des interviewés, afin de garantir leur sécurité.

Il s'improvise Hadès, guide d'un monde passé sous la terre. Les anecdotes tragiques pleuvent : « Là-bas, les gens ne sont pas quatre par chambre, mais parfois huit, sur des lits superposés. Les douches et les cuisines sont dans un tel état… Le bruit des ventilations est infernal, sans compter les cafards, les puces de lit. Il y a aussi cette poussière qui rentre par les petits trous des habitations. Vous respirez constamment ce poison. L'été, c'est pire. Il fait 50°C, vous ne voyez rien, car la luminosité est trop forte. Les incendies sont courants. »

Albert demande à Betty de s'engouffrer dans une ruelle. Un large immeuble noirci par les flammes apparaît. « On ne sait pas s'il y a eu des morts ou des blessés, les médias n'en parlent jamais et pourtant, tous les ans, à l'arrivée des grandes chaleurs, des logements brûlent parce qu'ils ne sont pas aux normes de sécurité. »

Plusieurs fois, Albert me dit de baisser l'appareil photo pour ne pas être repéré par les patrouilles de police. « Ici, il n'y a aucun Arabe ni Occidental, votre présence pourrait paraître suspecte… », fait-il remarquer.

Les ruelles parallèles aux artères principales et les trottoirs sont colonisés par des engins rendus monstrueux par l'usure. Dans la Zone industrielle, les machines sont reines. Parfois, des façades d'immeubles sentent la peinture fraîche, mais Albert prévient : « Ne vous fiez pas aux façades. Combien de fois ont-ils repeint ou ravalé ? Mais l'intérieur n'est jamais rénové. On vit toujours autant dans la crasse. »

Nous terminons notre voyage dans ce qu'on appelle la « nouvelle Zone industrielle ». Là, aucune habitation, mais des usines d'apparence neuve. « Certaines entreprises logent les travailleurs directement sur leur lieu de travail, c'est illégal, mais les conditions de vie des salariés sont tenues secrètes et ça leur coûte moins cher », commente Alfred.

En périphérie, un bâtiment perdu au milieu d'une étendue désertique fait office d'hôpital pour les travailleurs.

« La semaine, il y a une queue immense. C'est aussi bondé de vendeurs ambulants qui proposent des bouteilles d'eau pour que les patients puissent tenir dehors, sous le soleil. Souvent, l'hôpital renvoie les patients non urgents dans leur camp de travail tellement les capacités d'accueil sont limitées. »

Il ne fait pas bon être malade quand on habite la Zone industrielle. Avant de rentrer, Albert lance : « Si vous étiez venus il y a quelques années, vous auriez encore plus halluciné, mais les améliorations ne sont pas suffisantes, on vit toujours aussi mal ici. Parlez-en aux travailleurs, vous verrez. »

Nous y retournons un vendredi, jour de congé au Qatar. Cette fois, nous nous rendons au centre commercial Grand Mall Hypermarket, où les marques de luxe habituelles des centres commerciaux du centre de Doha sont absentes – il fallait s'y attendre. Des centaines de travailleurs asiatiques et africains viennent y faire leur course. À l'entrée, une loterie propose aux heureux gagnants des statues de ballons d'or, des gants de gardien de but ou des crampons de football. Triste symbole que ce tirage au sort pour récompenser les principaux artisans de la Coupe du monde 2022. Au rayon sport sont vendues de fausses coupes en plastique et des médailles. Des Indiens et des Pakistanais se photographient, trophées à la main, tout sourire. Pour autant, ils ne seront pas conviés au coup d'envoi. Même si le gouvernement qatari a cassé le prix des places à 11 dollars pour les travailleurs, comme pour ses concitoyens, les cadences de travail incompressibles et la distance de leur logement les empêcheront de participer à la fête.

C'est dans ce centre commercial que nous rencontrons Albat. Il pousse un Caddie. Il est d'allure fluette, presque fragile, avec un chapeau sur la tête. Il semble errer dans l'allée dédiée aux féculents. Son regard triste et sa démarche de jeune homme usé attirent notre attention parmi le flux incessant d'anonymes. Nous hésitons. Surpris en train de parler à un journaliste étranger, un travailleur de la Zone industrielle peut perdre son travail et risque la prison. Cela va bien sûr au-delà de la simple clause de confidentialité qui figure dans leur contrat. L'arrestation de Malcolm Bidali et son incarcération ont été perçues par les travailleurs comme une injonction à garder le silence, martelée insidieusement par les autorités qataries. Nombreuses sont les histoires invérifiables qui circulent dans la Zone industrielle. « Untel aurait disparu après avoir filmé un ouvrier victime de violence » ou : « L'ami d'un ami qui avait dénoncé des accidents de travail mortels sur les réseaux n'a plus été revu depuis. » Nous finissons par l'interpeller. Il nous regarde, les yeux écarquillés, un paquet de riz à la main. Combien de journalistes l'ont déjà abordé ? Aucun, nous confiera-t-il plus tard. Il a d'abord cru être apostrophé par un agent de la sécurité qatari testant sa loyauté pour son pays hôte. Nous échangeons nos messageries, avant de nous séparer. Albat est partant pour nous revoir, nous le sentons motivé.

Quelques jours plus tard, nous venons le chercher en taxi dans la Zone industrielle, direction le centre-ville de Doha, Albat m'indique le parc Al-Bidda, situé en face de la corniche. Le jeune homme de 29 ans marche prudemment sur la pelouse velours, visiblement inquiet. Des familles qataries pique-niquent.

« J'ai travaillé en tant qu'agent de sécurité dans ce parc pendant six mois, de septembre 2018 à février 2019. Nous avions pour instruction de ne pas laisser entrer les travailleurs bangladais, népalais, sri-lankais, pakistanais ou indiens. Les travailleurs se déplacent souvent en groupe, donc ils sont facilement repérables. Apparemment, ils ne sont pas assez décents, donc on leur interdisait l'entrée. Même si je n'étais pas concerné par cette interdiction, je suis un homme noir et le fait qu'on nous ait demandé de leur interdire l'entrée ne me semblait pas juste. »

Albat est ougandais et a rejoint le Qatar il y a quatre ans. Le jeune homme est venu dans le Golfe après avoir eu le sentiment de végéter dans son pays, ne trouvant aucune opportunité d'emploi assez rémunératrice pour ses besoins quotidiens. Des enfants jouent au football à côté de nous et, quand la balle rebondit dans notre direction, Albat est saisi par un vieux souvenir : « Vous voyez ces familles qui viennent avec leurs enfants ? Une fois, j'étais assis, comme nous aujourd'hui, sur la pelouse d'un parc et un petit a commencé à courir après son ballon, s'approchant de moi. J'ai entendu sa mère au loin : "N'y vas pas, ce singe va te manger." Elle l'a dit en anglais pour faire passer le message. Il n'y a aucun moyen de se défendre contre le racisme ordinaire. Ici, la société est comme ça. Vous ne pouvez rien dire. C'est douloureux, alors j'oublie cette violence en lisant. J'essaye de rester positif et optimiste, car, au Qatar, il est très facile de se noyer dans la frustration, dans des pensées noires ou de perdre espoir. »

Nous proposons à Albat d'aller à Souq Waqif, un ancien marché rénové, situé au centre de Doha. Là, restaurants, cafés et boutiques de souvenirs font le plein de familles qataries le soir et de quelques touristes venus immortaliser l'âme des Bédouins ou des pêcheurs de perles que le pays tente de conserver. Albat y circule comme s'il venait d'arriver dans le pays. Le marché n'a rien à voir avec la Zone industrielle. Au restaurant, il mange avec appétit et nous avoue avoir eu des soucis de santé à cause de la malnutrition. Depuis l'été 2020, les entreprises du Qatar sont censées inclure dans le salaire minimum 300 riyals qataris [75 euros] pour la nourriture, soit 10 riyals qataris par jour [2,5 euros]. « 300 riyals qataris, ce n'est pas assez. Parfois, je passe des jours sans manger quelque chose de consistant et de chaud. Il faut bien penser à sa santé, mais avec ce qu'on vous donne, vous n'allez pas vivre bien longtemps. J'ai été à l'hôpital à cause de ce qu'on me servait dans la Zone. C'est pour ça que, pendant des mois, je me suis mis à me nourrir exclusivement de fruits et de yaourts. »

Nous sentons Albat soulagé de pouvoir parler à quelqu'un qui l'écoute et s'intéresse à sa vie. Avant de prendre un taxi pour rentrer dans son camp de travailleurs, il nous lance : « C'est noble ce que vous faites pour nous. Êtes-vous libres dans les prochains jours, car je souhaite vous montrer quelque chose. »

Il nous donne rendez-vous le jeudi soir suivant, devant le centre commercial Grand Mall Hypermarket où nous nous sommes rencontrés la première fois. Sur place, Albat nous attend, masque noir sur le visage et chemise sombre sur les épaules. Il n'est pas bavard. La tension environnante monte à mesure que nous nous approchons d'un vaste no man's land appelé California. Le jeudi soir, la veille du seul jour chômé, représente une bouffée d'oxygène pour bon nombre de travailleurs. Des foules d'hommes s'amassent dans ce lieu glauque situé dans la Zone industrielle. Des carcasses de camions abandonnées s'amoncellent au milieu de la poussière, de la caillasse et des déchets industriels. Des silhouettes courbées viennent acheter de quoi planer. Derrière les roues des véhicules, des dizaines de dealers dissimulent des bouteilles d'alcool de synthèse incolore à 30 riyals qataris [7,5 euros], des canettes de bière, de la vodka et du whisky, dont la vente est formellement interdite sans un permis spécial. Les clients passent furtivement, les billets déjà en main. Le rituel des transactions ne dure qu'une fraction de seconde. Les gestes des dealers et des consommateurs se répètent à l'infini, ne laissant aucune place à l'improvisation. Le trafic d'alcool n'est pas un phénomène nouveau. Albat a vu trop de jeudis soir comme celui-ci depuis son arrivée au Qatar il y a quatre ans. Il avance prudemment.

Les phares des voitures éclairent les visages de ses camarades ivres, titubant seuls dans l'obscurité. « Beaucoup de travailleurs deviennent accros à l'alcool et ne se relèvent jamais complètement. Tous les jeudis soir, des bagarres éclatent, car les types reviennent bourrés dans leur dortoir. L'été, il arrive souvent que des travailleurs meurent d'insolation après s'être endormis dehors, saouls de la veille. »

Un homme vêtu d'une laine trouée, les pieds nus, vient l'aborder : « S'il te plait, l'ami, t'aurais quelque chose pour moi ? », demande-t-il, tremblotant. « Désolé, je suis à sec ce mois-ci », répond Albat. « Encore un travailleur qui n'est plus payé par son entreprise et qui est tombé dans l'alcool », lâche-t-il tristement une fois l'homme parti.

Soudain, des 4x4 noirs et une voiture rouge aux vitres teintées font irruption à toute vitesse sur le terrain vague. Un mouvement de foule vient déranger les errances des premiers travailleurs saouls. « Vaut mieux ne pas traîner ici », lance Albat en rebroussant chemin. Il nous conduit vers le troisième étage d'un bâtiment d'Asian City, là où il vit. C'est l'un des plus grands camps de travailleurs de la Zone industrielle. Les blocs sont reproduits à l'identique et cernés d'une enceinte aux murs scrutés par des caméras. Des gardiens sont postés à chaque entrée. Ils surveillent les allées et venues, fouillent les sacs. Ici, plusieurs entreprises logent leurs employés. Nous nous faufilons avec un masque et une casquette. Le gardien ne nous contrôle pas. Albat observe, avec d'autres camarades, la descente de police depuis la fenêtre de son bloc : « La voiture rouge, c'est la sécurité intérieure, eux viennent souvent pour saisir des stocks d'alcool. Mais les 4x4 noirs, là, c'est une police qu'on n'a pas l'habitude de voir ici. Ça veut dire qu'ils cherchent aussi de la drogue. »

Des Qataris en *dishdasha* blanche, équipés de lampes torches, inspectent les véhicules abandonnés et en ressortent des sacs en plastique qu'ils mettent dans leurs coffres. Au loin, des dizaines d'ombres patientent dans les tréfonds de California en attendant que la police s'en aille.

La mendicité dont le ministère de l'Intérieur avait cru venir à bout en incitant ses citoyens à la dénoncer[1] existe dans de larges proportions dans la Zone industrielle. L'alcool se vend sous le manteau et se boit sans prudence. Le trafic de drogue attire la police et abîme les corps des travailleurs. Qui l'eût cru dans un pays qui prétend tout contrôler et ne pas connaître la pauvreté ? Albat a une autre hypothèse : « S'ils vous chopent avec de l'alcool, ils saisissent juste les bouteilles et vous disent de dégager. Ils nous appellent les *katchara* (déchets). Ils ne luttent pas vraiment contre le trafic d'alcool. Les Qataris souhaitent nous maintenir le plus bas possible pour nous montrer que nos vies ne valent rien. Ils voulaient libéraliser la consommation d'alcool pour les fans de la Coupe du monde, mais ils ont finalement fait machine arrière et nous, nous aurions le droit de boire de l'alcool ? Ça ne tient pas. »

[1] Il est interdit par la loi qatarie de mendier dans l'espace publique : loi n°11 de 2004. Article 278 – « Quiconque mendie dans les rues ou sur les places publiques, ou qui entraîne ou encourage un mineur à mendier, sera puni d'une peine d'emprisonnement n'excédant pas un an. » Le ministère de l'Intérieur a également demandé aux habitants de signaler les mendiants via ses hotlines.

Toujours dans l'immeuble d'Asian City, nous baissons le regard devant chaque homme qui passe. Appelé l'hôtel 5 étoiles de la Zone industrielle, malgré ses chambres exiguës, ses couloirs et ses douches collectives sinistres, le camp de travailleurs fait figure d'exception. Le malheur flotte pourtant devant chaque porte de dortoir. Albat toque à l'une d'entre elles, regardant à gauche et à droite, avant de recevoir la permission d'entrer. Dans une chambre grande de 20 m^2, quatre lits et quatre armoires sont disposés à chaque coin. Quelques rares effets personnels sont accrochés ici et là et c'est à peu près tout. Biggie*, un Kényan d'une trentaine d'années, se tient la tête dans les mains, assis sur son lit. Entouré par plusieurs amis et ses trois colocataires, l'homme s'inquiète : « J'ai des pensées suicidaires qui tournent et tournent dans ma tête… Elles ne me lâchent pas. Je suis las de tout. Je peux ne pas manger pendant des jours, mais quand vous me donnez un peu d'argent, je le dépense entièrement dans l'alcool. »

Le climatiseur s'est tu et un étrange silence pèse dans la petite pièce aménagée en chambre. Albat lui rétorque d'une voix ferme : « Non, tu ne vas pas te pendre ! On va trouver une solution. »

Autrefois vigile pour un hôtel InterContinental de Doha, l'homme a été licencié il y a quelques mois pour travail en état d'ivresse. Il nous raconte comment les cadences infernales, le mépris de ses employeurs, les retards de paiement et l'éloignement l'ont poussé dans l'alcoolisme après deux ans et demi passés au Qatar. L'entreprise lui a depuis signifié un refus de prendre en charge son retour au Kenya comme la loi le prévoit pourtant. Alors, sans revenus, il erre, prisonnier, comme tant d'autres ombres de California.

Nous quittons la chambre et suivons Albat. Le jeune Ougandais circule dans les couloirs avec lenteur pour ne pas éveiller l'attention des caméras de vidéosurveillance présentes dans chaque recoin des travées. Des hommes en fin de service croisent la relève de nuit, prête à être déployée pour terminer les routes du centre-ville de Doha avant l'arrivée des premiers supporters. Dans les couloirs, à chaque porte, un meuble à chaussures est disposé sur le côté. Quatre paires indiquent que c'est un dortoir en règle. Une exception, voire un luxe, dans la Zone industrielle, que les travailleurs doivent probablement aux dénonciations anonymes de Malcolm Bidali. En 2021, son ancienne entreprise de gardiennage, Group Security System (GSS) Certis, celle également d'Albat et de Biggie, avait été contrainte de se conformer aux réglementations du gouvernement qatari, limitant à quatre le nombre de salariés par chambre.

À l'étage du bas, Dominic est alité. Sur une table en plastique, non loin de son lit, est posée une tasse rouge avec ce slogan : *Wake up for dreams* (« Lève-toi pour tes rêves »). Son anse est cassée, comme les deux chevilles de l'ouvrier kényan. Après un accident de travail et de multiples opérations, l'homme peine à se tenir debout plusieurs heures de suite. « J'ai demandé à mon entreprise de pouvoir avoir un poste aménagé suite à ma blessure, mais ils n'ont rien pour moi. En attendant, ils refusent de payer mes frais médicaux et ils ont cessé de m'envoyer mon salaire alors que j'ai encore quatre mois de rééducation. »

Deux ans avant le coup d'envoi de la Coupe du monde, en août 2020, le Qatar s'était pourtant vanté d'avoir mis en place un certain nombre de réformes de sa *kafala* afin de protéger davantage sa force de travail étrangère. Notamment, l'employeur doit maintenant fournir un suivi médical gratuit à ses salariés. L'homme, visiblement inquiet de notre visite, chuchote timidement qu'il ne veut être aidé par aucune organisation, comme L'Organisation internationale du travail (OIT), par peur de perdre son emploi. En attendant que ses chevilles retrouvent comme par magie leur autonomie d'antan, Dominic regarde en boucle sur son smartphone un montage vidéo datant de 2020 de camarades agents de sécurité protestant contre le non-paiement de leurs salaires par la chaîne d'hôtels de luxe suisse Kempinski. « Regarde, là ils se filment en train de dormir la nuit sur le toit de leur logement, car les climatiseurs étaient tombés en panne cet été-là et personne n'était venu les réparer », lance-t-il avant que nous le quittions.

Le lendemain, nous retournons seuls à la sortie du Grand Mall Hypermarket, où nous avons rendez-vous avec William* et Ahmed*, deux Togolais. Après bien des hésitations, ils ont fini par accepter de nous parler. Le premier est soudeur, et le second mécanicien. Cela fait plusieurs années que les deux hommes habitent la Zone industrielle. Discrètement, à l'arrière du centre commercial, ils la décrivent à voix basse : « Tu ne peux aller te balader nulle part, ici. On te fait bien sentir que tu es venu au Qatar pour travailler pendant la durée de ton contrat. Ici, c'est comme une ville dans la ville avec tous les travailleurs du Qatar parqués. C'est un autre monde, mais un monde fermé. »

William est interrompu par son ami : « C'est même pas une petite prison ici, c'est une vraie prison. »

Les deux amis ne sont plus payés depuis trois mois par leurs entreprises respectives. Une violation du droit du travail courante pour, selon eux, maintenir sous pression les travailleurs. Le gouvernement qatari a bien mis en place une plateforme internet permettant anonymement de dénoncer des abus, mais cette initiative ne convainc pas les deux travailleurs, tout comme les récentes réformes. Ils racontent que les primes d'ancienneté sont rarement versées, les salaires impayés restent et l'autorité des entrepreneurs est rarement mise à mal.

« On ne tire aucun avantage de toutes ces prétendues améliorations, affirme Ahmed. Si je m'oppose à mon employeur en allant me plaindre au ministère du Travail, il va me renvoyer chez moi. Mais moi, je dois travailler et gagner de l'argent... L'employeur reste plus fort que toi. Tu peux faire grève dans ta chambre si tu n'es pas payé, ton patron s'en fiche.. »

« La seule réforme qui vaille ici, c'est de rentrer chez toi, abonde William quand nous lui énumérons les supposées avancées de la loi qatarie quant à leurs droits. Si je me plains au ministère du Travail pour revendiquer mes droits, Al-Omariha va me renvoyer au pays », poursuit-il.

Ahmed enfonce le clou : « Les lois ne sont pas respectées par les entreprises. Tu peux avoir un problème avec ton boss et aller devant la justice, mais ça va prendre une plombe. Tu vas te fatiguer, arrêter d'envoyer de l'argent à la famille et finir par rentrer bredouille. Les entrepreneurs qataris ont le temps, pas nous. »

Les entreprises ont effectivement les moyens d'attendre des mois que se termine la procédure judiciaire, quand les travailleurs, eux, ne disposent pas de l'épargne suffisante pour demeurer au Qatar sans rémunération. C'est aussi le cas de Joey*, un Ougandais de 33 ans que nous a présenté Albat. Le lendemain, nous allons avec lui sur la corniche de Doha pour pouvoir discuter au calme. Un lopin de terre y a été aménagé sur la mer. Là, des pêcheurs posent leur canne, avec vue sur les gratte-ciel collés les uns aux autres. Des touristes ou bien des ouvriers bossant dans les parages viennent se faire immortaliser derrière une gigantesque reproduction de la Coupe du monde installée par une marque de montres de luxe. Joey nous explique qu'il veut se rendre en personne à l'agence de recrutement pour réclamer le paiement de ses heures supplémentaires oubliées sur sa fiche de paie. Il travaille pour l'entreprise de gardiennage Group Security System (GSS). Nous le sentons marqué par ses cinq années de labeur au Qatar. Mais curieusement, comme beaucoup d'ouvriers rencontrés, la colère ou la haine ne transparaissent pas. Il y a surtout de la résignation. Rendez-vous est fixé, nous décidons de l'accompagner.

Le jour prévu, nous venons le chercher à l'entrée de la Zone industrielle en taxi pour l'emmener dans le quartier d'Al-Muntazah, situé à des dizaines de kilomètres de là. Nous avons posé sur lui une caméra miniature pour ne rien louper de la teneur des échanges avec son entreprise. Une fois à l'agence, on le fait patienter au guichet, avant de lui laisser l'occasion de répéter comme un automate ses droits et le manquement de l'entreprise. On le fait attendre à nouveau : un supérieur va venir le chercher. Le temps passe, l'agent de sécurité attend sagement, puis finit par s'inquiéter du temps d'attente. Sa requête est visiblement tombée aux oubliettes. On l'informe qu'il doit revenir le lendemain, sans lui donner la certitude de rencontrer ce fameux supérieur censé étudier sa réclamation. Joey demande alors au personnel de l'agence quel est le mot de passe de la wi-fi du bureau pour au moins prendre contact avec l'absent et commander un taxi retour. On lui refuse la connexion. Les interactions sont froides et courtes, comme si la bureaucratie tentait de le décourager. Mais Joey ne craque pas, ce n'est pas le moment. Sa compagne, qu'il n'a pas vue depuis cinq ans, atterrit à Doha dans vingt-quatre heures, au milieu de la nuit. Par amour, le jeune homme a dépensé l'intégralité de ses maigres économies, mises de côté depuis son arrivée au Qatar, pour la faire venir. Il lui a trouvé un travail dans la sécurité. Ils ne pourront pas loger ensemble, mais le couple a prévu de se voir une fois par mois. Ils ne peuvent pas se permettre plus : étant donné la soixantaine de kilomètres qui les sépare, ils dépenseraient leur petite paie en frais de déplacement. Joey s'en contentera. « J'ai connu Esi il y a longtemps. Elle vient de la tribu Mutooro, comme moi, et elle est originaire de Fort Portal[1]. Lorsqu'elle a rencontré pour la première fois ma famille, je n'étais même pas là… Ils l'ont tout de suite appréciée. Paraît-il qu'elle parle plus à ma mère et à ma grand-mère que je ne le fais. Ces cinq années sans elle ont été longues. J'ai eu peur de la perdre à force d'être loin. C'est une femme qui a des besoins, comme tout être humain, et j'avais peur qu'elle me quitte. Voilà pourquoi en cinq ans je n'ai jamais pris de vacances et j'ai tout dépensé pour la faire venir près de moi. Pour que notre histoire continue. »

Le soir-même, Joey brûle ses derniers riyals pour l'attendre à l'aéroport. Les retrouvailles sont émouvantes. Le couple s'étreint et s'embrasse furtivement. Esi n'est pas venue seule, des amies l'ont suivie dans son périple au Qatar, elles aussi pour travailler et envoyer de l'argent au pays. Au milieu de la nuit, un taxi les conduira dans leur logement pour femmes situé dans le nord du pays, à Al-Khor, loin, très loin de la Zone industrielle. Comme pour des milliers de travailleurs africains et asiatiques, les premiers jours sont difficiles. Joey nous écrira : « Ses employeurs lui ont pris son passeport.

[1] Fort Portal est une ville située dans le sud-ouest de l'Ouganda.

Elle n'a pas mangé depuis plusieurs jours, car l'entreprise ne lui a encore rien donné. Elle se plaint aussi de l'extrême chaleur. Ça va aller… Tout ira mieux maintenant qu'elle est ici près de moi. J'espère la revoir bientôt. » Le couple ne compte pas s'éterniser au Qatar et rêve de rejoindre le Canada. « Mon histoire avec Esi est une belle histoire d'amour. J'espère qu'elle continuera. »

LES MAUX INVISIBLES DE LA MIGRATION

Le nombre de travailleurs étrangers qui décèdent chaque année dans les pays du Golfe est estimé à 10 000 pour les seuls migrants originaires d'Asie du Sud et du Sud-Est. Plus de la moitié de ces décès demeurent inexpliqués, dissimulés sous des termes génériques tels que « causes naturelles » ou « arrêt cardiaque ». Aucun examen médical poussé n'est effectué pour déterminer les causes exactes de la mort. Aux accidents du travail, inévitables sous toutes les latitudes, s'ajoutent ces décès invisibles. Hors des radars médiatiques, les maladies chroniques liées aux conditions de vie des travailleurs, à la qualité de l'eau ou de la nourriture sur place font des ravages.

KRISHNA TIMILSINA, 36 ANS, NÉPALAIS, OUVRIER SUR LES CHANTIERS DE LA COUPE DU MONDE 2022, DE RETOUR AU NÉPAL.

« L'été, les conditions climatiques sont extrêmes et le travail est physiquement éprouvant. Alors, lorsque l'on somnolait ou que l'on était un peu à la traîne sur le chantier, notre patron, un Libanais, et notre superviseur, un Philippin, nous incitaient à boire du Red Bull pour tenir le rythme. Des canettes étaient mises à la disposition des travailleurs gratuitement sur le chantier. Nous en buvions tous, même si, bien sûr, personne ne nous forcait. Le problème, c'est que le soir, de retour dans le dortoir, impossible de trouver le sommeil.

Avec le Red Bull, c'est comme si nous étions dépendants à l'alcool : très vite, on ne peut plus s'en passer. Parfois, entre collègues, nous en discutions. Certains, rentrés chez eux au Kerala, en Inde, disaient souffrir d'insuffisance rénale et parlaient aussi de problèmes cardiaques. Ils pensaient que c'était lié à leurs années au Qatar. À force d'entendre tous ces témoignages alarmistes, j'ai commencé à m'inquiéter et à faire attention. Mais même pendant les quatorze jours que j'ai passés à l'hôpital à cause d'un accident du travail, je n'ai pas réussi à arrêter de boire du Red Bull. Un infirmier philippin a accepté de m'apporter des canettes. Depuis mon retour au Népal, chaque centime est passé dans mes dépenses médicales, ça m'a sevré de force.

Les repas que notre employeur servait aux 500 travailleurs qui vivaient comme moi dans le camp de travailleurs étaient bons. Et ceux qui préféraient cuisiner en avaient le droit, mais ça coûtait plus cher et il fallait faire des courses. Le problème, c'était plutôt l'eau. Les responsables du camp de travail nous en fournissaient gratuitement, mais nous ne savions pas exactement comment elle était traitée ni quelle était sa qualité. On voyait régulièrement un camion-citerne venir remplir les cuves. Sur les robinets, il y avait un petit système de filtrage et comme nous utilisions cette eau aussi pour nous doucher, je ne suis pas sûr qu'elle était de bonne qualité.

Sur le chantier, il y avait deux réservoirs d'eau à disposition, mais là encore, le système de filtrage me laissait penser que ça devait être la même que dans le camp. Nous pouvions bien sûr acheter notre eau en bouteille au supermarché, mais la plupart d'entre nous n'en avaient pas les moyens. Nous sommes en grande majorité des hommes pauvres, originaires de villages reculés du Népal. Nous n'avons pas beaucoup d'argent. Gagner notre croûte est d'ailleurs la raison qui nous a poussés à venir travailler au Qatar. Et donc la plupart de mes collègues buvaient de cette eau. Personnellement, je ne m'y suis jamais risqué, car j'avais déjà eu une mauvaise expérience avec l'eau. Lorsque je travaillais en Arabie saoudite, entre 2010 et 2013, l'eau donnée aux ouvriers étrangers était de mauvaise qualité. Voulant faire des économies, je l'avais bue. C'est ce qui me cause aujourd'hui des insuffisances rénales. Je suis depuis devenu plus prudent et j'achète maintenant des bouteilles au supermarché. Pas question de prendre le risque d'aggraver mes problèmes de santé déjà sévères avec de l'eau de mauvaise qualité.

Ça fait quinze ans que je travaille dans les pays du Golfe! Mon premier séjour au Qatar date de 2007. Je travaillais comme chauffeur pour une école à Katmandou, mais mon salaire ne me suffisait pas, je voulais gagner plus pour payer les frais de scolarité de ma fille, le loyer et de quoi manger. Ce qui représentait environ 50 000 roupies népalaises [380 euros] par mois. J'ai donc quitté le district de Kavrepalanchok, à une heure de moto de Katmandou, pour tenter ma chance dans le Golfe. Mais trois jours seulement après mon arrivée, j'ai été renvoyé au Népal. À cette époque, le passeport devait présenter une sorte de feuillet écrit à la main où étaient inscrits le nom, l'adresse et quelques autres informations. L'immigration népalaise avait corrigé une erreur sur mon passeport avec du Tipp-Ex. Les fonctionnaires qataris n'ont pas vu cette modification d'un bon œil et ont choisi de m'expulser. Me voilà donc à nouveau à l'aéroport de Katmandou. Deux mois plus tard, je me retrouvais dans un avion, cette fois pour l'Arabie saoudite. J'y suis resté trois ans et demi, jusqu'à la fin de mon contrat, avant de revenir au Népal pour cinq ou six mois. En 2014, je décide de retenter ma chance au Qatar. Cette fois, j'y reste. J'y passe plus de deux ans durant lesquels je travaille comme chauffeur de bus pour la compagnie de transport publique Mowasalat. Ça m'a permis de « voyager » dans tous les recoins de Doha. Puis je suis rentré au Népal cinq mois passer du temps avec ma famille, avant de retourner à Doha, cette fois pour travailler comme ouvrier dans le secteur du bâtiment pour la société Beton WLL, le fournisseur de béton de différents projets d'infrastructures, dont les stades de la Coupe du monde 2022. Nous travaillons sur les chantiers de quatre ou cinq stades, dont le stade Education City et le stade Ahmad Bin Ali. Je conduis un camion bétonnière. Le travail est tout aussi intense qu'irrégulier. C'est surtout à la fin des chantiers que la situation devient difficile. En fonction de la charge de travail, nous sommes sur le chantier entre huit et seize heures par jour, voire dix-huit heures en de très rares occasions. Et l'été, c'est l'enfer sur terre : la température dépasse les 50 °C. Pour cette période, le gouvernement qatari a mis en place une législation qui interdit le travail entre 10 heures du matin et 15 h 30[1], mais quand nous devons finir un chantier urgent, il arrive que l'employeur déploie des bâches pour nous faire un peu d'ombre et nous demande de travailler jusqu'à 11 heures du matin.

[1] Selon l'OIT, au Qatar, les travailleurs ne peuvent pas travailler à l'extérieur entre 10 heures et 15 h 30 du 1er juin au 15 septembre. Ces dispositions remplacent la législation de 2007, qui interdisait le travail à l'extérieur de 11 h 30 à 15 heures entre le 15 juin et le 31 août. En outre, quelle que soit l'heure, tout travail doit être interrompu si la température du thermomètre-globe mouillé (WBGT) dépasse 32,1 °C sur le lieu de travail.

Grâce à notre travail, le Qatar prend forme. Les stades, les centres commerciaux, les ponts, les routes… sortent de terre. C'est magique de voir cette ville grandir, mais c'est un rêve où nous ne sommes pas les bienvenus. Après le travail, nous rentrons directement au préfabriqué en bois où notre employeur nous loge. Il est situé à Ash-Shahaniyah, une petite ville dans le désert, à 40 kilomètres du centre de Doha. La société a raccordé plusieurs préfabriqués pour faire un dortoir tout en longueur où nous dormons à 28 dans des lits superposés. La plupart d'entre nous sont népalais, indiens ou bangladais. Chaque travailleur rêve d'être bien logé, de bénéficier de bonnes installations, mais dans notre coin de désert, ce n'est pas vraiment le cas. Je me sens mal à l'aise dans ce préfabriqué, il n'y a aucune intimité, pas d'espace. Au début, je logeais dans le lit du dessus, mais je suis trop lourd, ce n'est pas facile de monter là-haut. Ma plus grande crainte était que ce lit, qui grince, finisse par craquer sous mon poids et que mon collègue du dessous meure écrasé.

J'ai demandé plusieurs fois à nos patrons d'améliorer les logements, mais tout est très lent ici. Le principal problème est la poussière qui s'infiltre dans le préfabriqué par les joints des fenêtres qui ne sont pas étanches. Cette poussière, typique des pays du Golfe, colle partout. Elle entre et se dépose sur le sol, les murs, nos lits. Notre cas n'est pas isolé, la plupart des travailleurs qui habitent des camps de travail au Qatar ont le même problème avec la poussière. Et le fait que les industries et les constructions se trouvent à proximité de nos préfabriqués n'arrange rien. Nous avons demandé maintes fois à l'entreprise de réparer les joints de nos fenêtres, mais aucun travail n'a débuté à ce jour. Faut-il des années pour fixer les joints de quelques fenêtres ?

Des conditions de vie précaires, une eau de mauvaise qualité, des plages horaires de travail étendues, nous savons que ce n'est pas bon pour notre santé, mais avons-nous vraiment le choix ? Il y a quelques années, l'un de nos collègues est mort dans le dortoir. À son retour du chantier, il était épuisé et s'est plaint d'un violent mal de tête. Il est parti se coucher à 18 heures sans dîner et, le lendemain matin, nous l'avons trouvé mort dans son lit. Personne ne savait de quoi, mais son certificat de décès disait que sa mort était « naturelle ». Tous les accidents dont je suis témoin ne se limitent pas aux chantiers de construction des stades. Un jour, face au stade de Lusail, sur le chantier de construction d'un centre commercial, je crois, je vois des ouvriers qui s'affairent sur un échafaudage. Soudain, l'échafaudage craque et s'effondre, précipitant dans le vide sept ouvriers. Tous sont morts. Cet accident n'a été rapporté nulle part à ma connaissance. J'ai cherché, mais pas un article sur le sujet dans les médias qataris. Je n'ai aucune idée de comment les entreprises peuvent masquer les accidents de ce genre, mais ce que je sais, c'est que les promesses de compensation données aux familles dans ces cas-là ne sont que des mots. En réalité, rien n'est fait pour nous, les ouvriers. Et il est bien sûr hors de question de prendre des photos de l'accident : nous avons peur de la police. Encore moins de les partager sur les réseaux sociaux. Parmi mes collègues, personne ne s'y est jamais risqué. Même sans savoir exactement quelle pourrait être la punition, nous savons qu'elle serait sévère. Une amende sans doute, doublée d'une peine de prison. Je pense que le Qatar veut cacher au maximum ces accidents. Je le sais d'autant plus qu'un jour ce fut mon tour. En 2021, alors que je conduisais un camion bétonnière sur le chantier d'un stade, l'un de mes pneus a explosé et m'a envoyé percuter un autre camion. La tôle de mon véhicule s'est froissée dans un vacarme assourdissant et je me suis retrouvé prisonnier du métal. Les pompiers qataris ont dû couper la carrosserie du camion pour m'extraire de là. Les ambulanciers m'ont mis sous oxygène afin que je puisse continuer à respirer sous les décombres. Quatre heures plus tard, j'étais enfin libre et transféré immédiatement aux urgences de l'hôpital général Hamad où je suis resté trente-sept jours pour soigner ma jambe. La chair était à vif. Aussitôt les soins hospitaliers terminés, j'ai été transféré dans une sorte d'hôtel pour me reposer. Un hôtel, que dis-je ? Un camp mis en place par le Qatar au milieu du désert durant la crise de la Covid-19 pour accueillir les ouvriers en quarantaine. C'est aussi là que se remettaient ceux qui venaient de subir des hospitalisations graves. Les installations étaient bas de gamme :

des préfabriqués dans le désert, comme à Ash-Shahaniyah, mais cette fois, ils étaient situés à quelques encablures de la frontière saoudienne. Nous devions partager les toilettes et la salle de bains. Après une hospitalisation, autant vous dire que ce n'est pas idéal. Puis mon patron est devenu menaçant : je ne devais parler à personne de ce qui m'était arrivé. En échange de mon silence, il m'a promis une bonne assurance, une convalescence prise en charge par l'entreprise et la couverture de tous les frais médicaux, même au Népal. Après trente-sept jours d'hôpital et la convalescence dans le camp de quarantaine, les médecins qataris m'ont conseillé de rentrer au Népal pour faire de la physiothérapie. L'entreprise m'a expliqué que ce serait moins cher de suivre un programme de rééducation au Népal plutôt qu'au Qatar. Du coup, ils me demandaient de poser mes vacances et de rentrer au pays, sur la promesse que tout serait pris en charge. Quelle n'a pas été ma surprise, lorsque je suis arrivé au Népal, de m'apercevoir que Beton W.L.L avait déduit près de 12000 riyals qataris [3000 euros] de mes salaires et congés payés en attente, au titre du paiement des frais d'hôpital au Qatar ! Le problème, c'est que nous n'avons pas de bonne assurance. Avec une bonne assurance, nous n'aurions pas besoin de payer de notre poche. Je crois que le gouvernement qatari dispose d'un fonds d'assurance pour couvrir les frais médicaux des salariés, mais je suis sûr que les employeurs pillent cet argent au nom des ouvriers, sans nous le redistribuer lorsque nous sommes en difficulté, ou peut-être nous en reversent-ils une infime fraction. Lorsqu'un de mes amis s'est blessé au bras, l'entreprise n'a fourni aucune aide médicale et il a dû tout payer de sa poche. Les journalistes présents au Qatar se gardent bien de documenter les agissements des employeurs. Al-Jazeera est un outil aux mains du gouvernement qatari, c'est une machine bien plus puissante que nous. Dans mon cas, où sont les compensations promises par mon patron libanais et où est l'argent de l'assurance médicale qu'il m'a garantie pour couvrir mes frais médicaux au Népal ? Je n'ai rien reçu et dois payer, avec mes petites économies, les soins pour ma jambe et mes insuffisances rénales. Avant de partir au Qatar, j'avais souscrit une assurance santé, mais maintenant que l'heure est venue d'en faire usage, l'assureur refuse de prendre en compte certains documents émis par l'hôpital Hamad au Qatar et d'autres de l'hôpital népalais. J'en veux tellement à mon employeur de cette situation. Le Qatar et les patrons nous utilisent pour construire les stades, puis ils nous jettent lorsque notre corps ne suit plus. »

Seulement un mois après notre entrevue au Népal, Krishna nous rappelle alors que nous sommes de retour au Qatar. Il a dû émigrer à nouveau pour travailler afin de pouvoir payer ses frais médicaux. Au coucher du soleil, il nous donne rendez-vous à Umm Salal, dans un espace complètement aride, situé à une cinquantaine de kilomètres au nord du centre de Doha. Nous suivons en taxi son camion de travail. Au loin, de grands pylônes électriques donnent l'impression de se tenir par la main dans un paysage minimaliste de sable et de poussière. Presque rien ne pousse, des chiens errants hurlent à la mort. Des silos de béton apparaissent. C'est là que Krishna vit et travaille. Il nous annonce que nous allons pouvoir visiter l'usine et son dortoir. Sa jambe blessée est encore raide et il boite. Il salue le garde à l'entrée. L'homme sort de sa cabine et vient nous demander qui nous sommes. Nous nous faisons passer pour des amis de Krishna et montrons des photos de nous au Népal, à ses côtés. Puis, pour détendre l'atmosphère, nous dévions la conversation sur le football. Le garde est ghanéen et s'empresse de rappeler que son pays est qualifié pour la prochaine Coupe du monde. Nous citons quelques joueurs de l'équipe nationale. Krishna propose un thé à son collègue. L'homme sourit puis nous fait signe d'entrer. A-t-il compris ce que nous venions faire là ? Après tout, il vit dans les mêmes conditions que les ouvriers.

À l'intérieur du parc de l'usine, un bruit strident de machines décape les oreilles. Les ouvriers s'époumonent pour se faire entendre. À quelques mètres, les camions malaxeurs sont garés en rang d'oignons. Les derniers encore en service font le plein de mélasse grise pour ravitailler les chantiers urbains de Doha. « Je suis là pour cinq mois, pas plus, après je rentre au Népal », nous dit Krishna que nous entendons tant bien que mal au milieu de ce vacarme. Le bruit, la poussière et l'austérité du site n'ont rien d'un refuge pour l'espèce humaine. Et pourtant.

Les ouvriers népalais mettent un point d'honneur à nous montrer leur dortoir qui se trouve juste à quelques mètres des silos. Cachés par la forêt des bétonnières, trois préfabriqués sont empilés comme trois blocs de LEGO. C'est là que vivent les 200 salariés de l'entreprise Beton W.L.L. qui se vante, sur son site web, d'avoir contribué à la construction du stade de la Coupe du monde Khalifa Sports City. Après la journée de travail, impossible donc d'échapper à la poussière et au bruit. Les couloirs bondés qui mènent aux minuscules chambres sont tachés de béton encore boueux. Du linge est pendu au plafond des travées. Des ouvriers cherchent leurs chaussures éparpillées à chaque palier. Les toilettes et les douches collectives sont situées à l'extérieur. Nous croisons des hommes, une serviette autour de la taille, qui s'évitent dans ce passage exigu avant de regagner leurs dortoirs.

Krishna dort dans le troisième bloc. Son lieu de vie ne dépasse pas les 15 m^2. Deux lits superposés et un lit simple sont recouverts de couvertures bariolées pour « éviter que la poussière n'atteigne les draps », fait savoir un colocataire. Sur une armoire, un casque de chantier bleu est en effet recouvert d'une épaisse couche blanche. « Elle arrive par les climatiseurs et, si vous ne protégez rien, elle envahit toute la chambre. On en respire constamment. Depuis que je suis revenu, j'ai mal à la poitrine quand j'inspire... », raconte Krishna.

Ses collègues ont cuisiné des plats en sauce pour le dîner. Une casserole chauffe sur une plaque à gaz installée sur une table dans la chambre. « C'est interdit de faire ça dans la chambre, mais on n'a pas de cuisine... »

Les ouvriers ont d'ailleurs stocké de nombreux produits alimentaires dans les coins de la chambre, sans frigidaire.

« Je ne suis là que pour quelques mois de plus », répète Krishna en voyant notre stupéfaction.

On comprend que, malgré les conditions de vie et les abus répétés de son employeur, Krishna n'a pas eu d'autre choix que de revenir au Qatar pour terminer son contrat et surmonter ses difficultés financières. Au milieu des silos à béton, dans ce camp de fortune austère et dépouillé, tout le monde s'accorde à dire que la vie ici se met entre parenthèses.

DILIP SHARMA, NÉPALAIS, MÉDECIN, COFONDATEUR DU CENTRE POUR LES MALADIES DU FOIE À KATMANDOU.

« Le vrai problème des travailleurs migrants, c'est que la plupart partent sans une bonne assurance et que leur santé à long terme est le cadet de leur soucis. C'est une question de santé publique, surtout pour ce qui est de l'alimentation, notamment dans la région du Golfe. Les travailleurs là-bas ne mangent que du riz et de la viande, pas de légumes ni de fruits. L'eau qu'ils boivent est souvent de mauvaise qualité et parfois porteuse de virus. Le taux de salinité est aussi problématique. Lors de discussions bilatérales, nous avons bien sûr demandé aux États du Golfe de faire des efforts pour améliorer la nutrition de nos travailleurs, mais, comme vous le savez, les pays de départ sont nombreux et donc le rapport de force est biaisé. De notre côté, nous ne collectons pas suffisamment d'informations : nous n'avons pas d'estimation du nombre de travailleurs migrants concernés par ce type de problème. Et les pays du Golfe ne nous aident pas non plus. Beaucoup de certificats de décès concluent à une mort naturelle, alors que les causes de décès des travailleurs ne sont pas réellement élucidées. Jamais une insuffisance rénale ou une cirrhose du foie n'est mentionnée, par exemple. Et puis, ces maladies ne sont pas la priorité des relations entre États. Il y a d'autres problèmes de santé : tension, diabète, maladies des poumons et du système respiratoire, cancers, etc., qui nécessitent une intervention urgente.

Cela dit, je ne pense pas non plus que les entreprises de la région du Golfe sont toutes véreuses. Certaines le sont peut-être, bien sûr, mais pas toutes. Par contre, je pense vraiment que les employeurs devraient instaurer des examens médicaux obligatoires et réguliers pour leurs employés afin de permettre la détection précoce de ces maladies. Loin de moi l'idée de dicter leur conduite aux pays d'accueil, mais il faudrait que les entreprises considèrent que donner à leurs employés des conditions de vie décentes et une alimentation saine, c'est un investissement à long terme. Car, très concrètement, les ouvriers en bonne santé travaillent plus efficacement et restent en vie plus longtemps. Il y a bien les primes « alimentation », mais ce n'est pas une solution viable : avec 50 euros par mois, il est fort à parier que le travailleur fera le choix de continuer à manger de la nourriture bon marché et de mauvaise qualité pour économiser cet argent.

Il existe un sujet tabou, celui de la consommation d'alcool qui est souvent cause de maladies du foie chez les travailleurs. Personne ne l'évoque, mais c'est un fléau et, là aussi, une question de santé publique. Tous ces jeunes hommes qui migrent vers les pays du Golfe atterrissent dans une région où, à l'inverse du Népal, il est difficile de trouver de l'alcool, sauf à un prix prohibitif. Ils sont sous pression, à devoir envoyer de l'argent tous les mois à leur famille alors que les employeurs payent bien souvent en retard, ils souffrent de solitude, car éloignés de leur communauté. Certains de ces travailleurs se tournent vers l'alcool pour échapper à la morosité du quotidien. La frustration joue également un rôle. Avant de partir pour Dubaï ou le Qatar, combien d'entre eux ont imaginé avoir la belle vie à portée de main, avec beaucoup d'argent à la clé? La violente désillusion en pousse certains à boire. D'autres, empêchés par leurs employeurs de retourner au pays pour l'inhumation d'un parent décédé, noient leur peine dans l'alcool. Au Népal, on trouve de l'alcool partout, même un enfant de 10 ans peut en acheter, ce qui est un problème. Mais au moins, il est de bonne qualité. Dans les pays du Golfe, les travailleurs sont obligés de s'en procurer par des moyens alternatifs. Ils concoctent leurs propres recettes pour se défoncer. Je me rappelle cet ouvrier qui mélangeait des produits chimiques pour fabriquer sa dose d'alcool, ou cet autre travailleur qui mélangeait du détergent pour toilettes à d'autres substances. Le pire intervient quand des travailleurs sont renvoyés à cause de leur addiction à l'alcool: à partir de là, ils tombent dans une spirale infernale. Les travailleurs en provenance du Bangladesh ont moins ce problème, car ils sont musulmans et ne consomment généralement pas d'alcool. Pour nous, Népalais, c'est une autre histoire. Cette addiction à l'alcool mène les travailleurs tout droit à la cirrhose du foie. Leur alimentation, souvent mauvaise, aggrave la situation. Les dommages pour le foie sont atténués quand l'alcool est accompagné d'une bonne alimentation, mais consommée à jeun pour se saouler rapidement, la boisson fait des ravages. Nous manquons de statistiques pour quantifier l'ampleur de la situation, mais vu le nombre de patients que je vois passer dans ma clinique, j'en déduis que le problème est réel et à grande échelle.

La plupart de mes patients découvrent leur cirrhose du foie lors d'une consultation à l'hôpital pour une douleur persistante. Lorsque les médecins leur demandent de décrire leur mode de vie, ils oublient systématiquement de mentionner l'alcool, préférant décrire les conditions de travail pénibles. Mais lorsque nous posons des questions précises, ils finissent par admettre consommer des mélanges de produits chimiques. Les travailleurs émigrés parlent rarement de leurs problèmes de santé avec les médecins dans le Golfe qui, bien souvent, ne sont pas népalais. Ils ne se sentent pas à l'aise. Si le dialogue est possible avec les médecins indiens ou pakistanais, la barrière de la langue reste un problème. Du coup, ils sont nombreux à attendre le retour au Népal pour consulter. Il faudrait embaucher du personnel de santé népalais dans nos ambassades, ce serait l'idéal ! Mais c'est illusoire vu les difficultés que rencontre déjà notre système de santé au pays. Nous n'avons pas les moyens d'une telle ambition. »

MAHENDRA RANABHAT, NÉPALAIS, DE RETOUR DU KOWEÏT ET DU QATAR AVEC DES INSUFFISANCES RÉNALES, AUJOURD'HUI SANS EMPLOI.

« À l'hôpital au Koweït, le docteur m'a informé que ma pression artérielle était élevée et que je souffrais d'hypertension et d'insuffisances rénales. Il m'a prescrit deux semaines de dialyse que mon patron a intégralement prises en charge. Je remercie mon entreprise qui a bien pris soin de moi. C'était une petite PME, un café où je travaillais comme serveur, et, malgré leurs modestes moyens financiers, ils ont fait ce qu'ils ont pu. Le patron était un homme bon que je respectais… C'est moi seul qui ai pris la décision de revenir au Népal ; à aucun moment mon patron ne m'a forcé. J'ai eu besoin d'une transplantation et je ne pouvais pas me faire opérer au Koweït : je n'ai aucun proche là-bas et le gouvernement népalais exige que le greffon soit donné par un membre de la famille. Pour être honnête, j'aurais préféré être opéré au Koweït, surtout avec les bons soins que prodigue le système de santé de ce pays, même aux travailleurs migrants comme moi, mais ce n'était pas possible. C'est la vie !

De retour au Népal en juillet 2021, j'ai subi des dialyses et, en décembre, j'ai reçu une greffe du rein de mon père. Je lui dois la vie. L'entreprise n'a pas pu m'aider à financer le traitement au Népal, mais comment leur en vouloir ? Ils ont déjà fait beaucoup pour moi au Koweït. Avant ça, j'avais travaillé dans les cuisines des restaurants du groupe Americana qui a des franchises de fast-food dans les pays du Golfe. Une entreprise aussi importante aurait bien sûr pu m'aider à financer l'opération, la location d'un appartement proche de l'hôpital, les salaires manqués et la nourriture, soit un budget total de 3 millions de roupies népalaises [22 350 euros]. J'ai pu payer tout ça grâce à une petite aide du gouvernement (un demi-million) et à un emprunt auprès de tous les membres de ma famille (mes parents, mes sœurs, mes oncles et cousins), de voisins et d'autres villageois. Ils se sont tous cotisés pour m'aider. Une telle somme est énorme pour un Népalais, surtout que, dans nos familles, le mari est souvent le seul à travailler. Le gouvernement devrait financer l'intégralité de ces dépenses médicales.

J'ai migré pour la première fois en 2012, vers le Qatar, pour travailler dans les cuisines d'un célèbre fast-food américain. Après deux ans seulement, je suis promu caissier, un emploi que j'occupe un an et demi. Comme repas, je mange un menu fast-food au restaurant le midi et, le soir, je me fais à manger dans la chambre que l'employeur nous fournit gratuitement et que je partage avec trois collègues. C'est confortable, j'aime bien cette vie. Le seul problème est l'eau fournie par l'entreprise. Sa qualité n'est pas bonne et elle a un goût différent de l'eau du Népal, elle est plus salée, je crois. Je ne me sens pas bien quand j'en bois. Même l'eau minérale en bouteille est différente, je trouve. Mais je bois, bien sûr, 2 à 3 litres par jour. Mon contrat se termine en 2015 et je rentre au Népal.

Mi-2017, le groupe Americana me rappelle pour aller travailler au Koweït, ce que j'accepte. Deux ans plus tard, je quitte le fast-food pour cette PME koweïtienne qui me propose un travail de barista. Il y a peu de clients, je n'ai donc pas de pression. Je suis le seul employé dans le café huit heures par jour et mon salaire est généreux, 250 dinars koweïtien [750 euros]. Fin 2020, la maladie met un terme à cette belle vie. Elle commence à me ronger de l'intérieur et ça se traduit par des vomissements, de l'eczéma, des douleurs au dos, aux jambes, une perte d'appétit. Je fais de l'insuffisance rénale. Beaucoup de Népalais qui travaillent dans les pays du Golfe en sont victimes. À mon avis, la principale raison est la nourriture. Nous devenons très paresseux, côté vie personnelle, lorsque nous arrivons dans le Golfe. Beaucoup d'entre nous travaillent douze heures par jour, font des horaires supplémentaires dans l'espoir de gagner plus. Quand nous rentrons chez nous le soir, notre seule préoccupation est de nous reposer, de dormir. Nous ne prenons pas le temps de cuisiner, nous mangeons souvent des plats tout prêts ou allons dans les restaurants indiens pas chers autour de là où nous habitons. Ce n'est pas très sain. L'autre problème, c'est bien sûr la qualité de l'eau et les boissons gazeuses et énergisantes dont nous, Népalais, sommes friands. Nous négligeons notre santé, car nos seules préoccupations sont le travail et l'argent. Sans oublier la température : le Koweït est un four l'été. Près de 55 °C. Rien qu'à y repenser, mon esprit vacille. Vous pouvez à peine rester dehors sans risquer de tomber dans les pommes, puis vous entrez dans un lieu climatisé et, là, c'est l'opposé : la température est glaciale.

Il faut bien comprendre que, la plupart du temps, ce ne sont pas les employeurs qui nous forcent à faire des heures supplémentaires : nous en demandons toujours plus pour gagner autant d'argent que possible et l'envoyer à notre famille restée au pays. Les pères travailleurs migrants sont soumis à une pression très forte, car ils doivent faire de leur mieux pour tenir le rythme, s'assurer que leurs femmes et leurs enfants mangent à leur faim, payer les frais de scolarité et bientôt les mariages de leurs filles, s'ils en ont. N'étant pas marié, je n'ai pas ce type de pression, mais je ne peux que compatir avec ces pères de famille.

Mon expérience au Qatar et au Koweït m'a fait me poser des questions. La migration économique est-elle vraiment une bonne chose ? Sur le court terme, je pense que c'est bénéfique, car les salaires mensuels envoyés à nos familles sont une bénédiction. Tout le monde est heureux. Sur le long terme, a contrario, nous revenons malades des pays du Golfe et devenons un poids pour la société qui doit prendre soin de nous, financer notre prise en charge médicale. Toute la famille souffre alors à cause de nous. Qui va prendre le relais pour assurer un revenu à notre famille et à nos enfants, pour faire que le cycle se perpétue ? Tout ceci est malsain et je pense que nous devrions en priorité travailler au Népal, il est temps de développer notre économie locale. Les Népalais sont instruits, ont de l'expérience, mais les opportunités d'emploi font défaut. Aujourd'hui, nos jeunes sont irrésistiblement attirés par la migration à cause de la pauvreté, du chômage, du manque d'espoir au Népal. Les pays du Golfe arrivent à capter l'essentiel de cet exode, car il est très facile d'y aller. Aucune compétence n'est requise, pas de niveau d'éducation minimale, n'importe quel villageois peut s'y rendre. Nombre d'entre eux sont conscients des risques encourus, des problèmes de santé à long terme, mais c'est plus fort qu'eux, ils se sentent obligés de partir. C'est comme un aimant. »

BISHOW DAWADI, MÉDECIN NÉPALAIS, PORTE-PAROLE DE L'ASSOCIATION MÉDICALE DU NÉPAL.

« Les problèmes de santé que rencontrent les travailleurs migrants ont évolué. Autrefois, les accidents de la route étaient une cause de mortalité élevée, car nos concitoyens, arrivant tout droit des campagnes reculées du Népal, ignoraient tout des routes : comment traverser, interpréter les panneaux de signalisation... Pour eux, Katmandou était déjà une grande ville, alors imaginez Dubaï ! Sur les chantiers, ils n'avaient aucune idée de comment manipuler les machines et ils se blessaient. Le gouvernement népalais a réagi et a mis en place des formations préalables pour apprendre des milliers de choses aux candidats au départ : comment traverser sur un passage clouté, ce qu'est un feu vert, un feu rouge, un passage à niveau, et il en profitait pour évoquer les maladies, le fléau de la dépression, etc.

Nous avons pu constater depuis des changements significatifs, car le niveau d'éducation a lui aussi augmenté. Du coup, les accidents laissent place à des problèmes de santé moins visibles qui ne font pas la une des journaux, notamment les insuffisances rénales et la cirrhose du foie. Mais il faut que nous collections des statistiques précises. Auparavant, nous n'avions aucune exigence médicale. Les travailleurs migrants népalais partaient sans aucun examen médical préalable, ce qui était d'ailleurs source de problèmes. Beaucoup de Népalais sont pauvres, ils doivent contracter un prêt ou bien vendre la maison familiale, des terres ou les animaux de la ferme pour payer les 100 000 ou 200 000 roupies népalaises de frais d'agence de recrutement [750 à 1 500 euros]. À leur arrivée dans les pays du Golfe, les employeurs les soumettaient à une visite médicale et ceux qui étaient en mauvaise santé étaient renvoyés au Népal où ils revenaient la tête basse, ruinés. Il y a six ans, nous avons donc introduit le concept de visites médicales pré-migration qui, au-delà de résoudre la problématique de nos concitoyens renvoyés au pays dès leur arrivée, nous offrent un point de comparaison. Nous pouvons maintenant affirmer que, au retour de plusieurs années de travail dans les pays du Golfe, l'état de santé des népalais expatriés s'est dégradé. Ceux qui reviennent malades ne sont plus capables d'aider leurs familles au village.

Les pays du Golfe renvoient chez eux tous ceux qui sont malades ou qui ne sont plus capables de travailler. Handicapés par la maladie, sans possibilité de retrouver un emploi ou de payer les frais médicaux, ils finissent par mourir dans l'anonymat, loin des luxuriantes cités du Golfe. Ces drames humains ne coûtent pas un centime au gouvernement népalais, du moins pas directement. Notre société est fondée sur le concept de la famille élargie. Si je gagne de l'argent, c'est à moi de prendre en charge mon père, ma mère, mes enfants, ma femme et, dans certaines familles, les oncles et les tantes. Et donc, lorsqu'un travailleur revient estropié des pays du Golfe, qui en supporte la charge ? Toute la famille bien sûr, notamment quand aucun filet de sécurité sociale n'existe. Et, indirectement, ce coût social ralentit notre développement économique.

La migration est néanmoins une bénédiction lorsqu'elle est de qualité. J'ai moi-même travaillé en Chine en tant que professeur à l'université. C'était une expérience merveilleuse, riche en enseignements et en moments de qualité avec ma famille, je gagnais aussi un bon salaire. Mais migrer pour exercer les emplois que nous qualifions de 3D en anglais : *dirty* (sale), *dangerous* (dangereux) et *degrading* (dégradant), non ! Il y a quelques décennies, ces routes migratoires qui permettent aux Népalais les moins éduqués, et donc les plus vulnérables, de partir à l'étranger n'existaient pas. Seuls les Népalais instruits migraient vers des destinations de qualité : les États-Unis, l'Europe, l'Australie. Et ils partaient avec un contrat de travail en poche et une bonne assurance santé. »

GAYATRI MANDAL, NÉPLAISE, ENTRE 30 ET 35 ANS, VEUVE D'UN MARI DÉCÉDÉ D'UNE INSUFFISANCE RÉNALE À SON RETOUR DU QATAR.

« Mon mari est revenu en juin 2021 du Qatar, où il travaillait comme nettoyeur de canalisations via une agence d'intérim. Vingt jours plus tard, il est mort d'une insuffisance rénale. Nous n'avons pas eu le temps de procéder à une greffe du rein.

Parti au Qatar en 2018, il est tombé malade là-bas début 2021 et, après une consultation avec un docteur, il a appris que ses jours étaient comptés. Son employeur lui a demandé de retourner au Népal pour tenter de trouver un greffon, a couvert ses quelques dépenses médicales, puis s'est débarrassé de lui en le renvoyant au pays où il ne bénéficiait d'aucune couverture sociale. À son arrivée au village, il nous a informé de l'urgence de trouver un greffon de rein, car le sien était endommagé. Sa mère s'est portée volontaire pour lui offrir son rein, mais il est mort avant l'opération, car nous avions besoin de temps pour collecter les fonds pour payer l'hôpital. Avant de quitter le Qatar, il avait demandé à son employeur de lui donner une prime pour l'aider à financer sa transplantation ici au Népal. L'entreprise lui avait promis une prime spéciale de 200 000 roupies népalaises [1 500 euros]. De retour ici, avec 50 000 roupies népalaises en poche [375 euros], il a appelé son patron pour l'informer de l'urgence de recevoir le montant promis, mais il n'a jamais eu de nouvelles.

Il a quitté notre village en pleine santé et il est revenu gravement malade, mais je refuse de blâmer le gouvernement qatari qui nous offre des opportunités d'emploi. J'accuse l'entreprise au Qatar d'avoir menti, de ne pas avoir versé les salaires de 1 000 riyals qataris [250 euros] à temps tout au long de ces quatre années. Chaque salaire en retard était un vrai casse-tête pour mon mari, car les repas n'étaient pas pris en charge par son employeur, il devait donc se faire à manger. Et pour cela, il lui fallait acheter de la nourriture. Avec ces maudits salaires qui n'arrivaient pas, combien de fois n'a-t-il pas mangé à sa faim ? Sans compter la qualité de l'eau. Il se plaignait souvent, lors de nos appels téléphoniques, de la mauvaise odeur de l'eau que l'entreprise mettait à la disposition des salariés. Sans ressources, il n'avait pas d'autre choix que de la boire, tout en sachant pertinemment que ce n'était pas sans conséquence. Je pense que mon mari est mort à cause de cette eau. J'accuse aussi le gouvernement népalais qui ne crée pas d'opportunités de travail locales.

Un mois seulement après le décès de mon mari, notre famille s'est retrouvée sans ressources. Nous n'avons pas pu faire autrement que de demander à mon fils aîné, Ajit, 13 ans, de quitter l'école et d'aller travailler dans l'usine de fabrication de briques du village. L'éducation est pourtant cruciale, les deux petits de la fratrie fréquentent d'ailleurs toujours l'école, mais, là, tout de suite, personne ne nous aide et nous avons besoin d'argent pour manger. Ajit retournera-t-il un jour à l'école ? Je l'ignore. Ce que je sais, c'est qu'un jour il fêtera son dix-huitième anniversaire et pourra alors obtenir un passeport. Si le gouvernement n'offre toujours aucun emploi, quelle option s'offrira à lui ? Se rendre dans les pays du Golfe, sur les traces de son père. »

MALCOLM BIDALI, L'OUVRIER MASQUÉ

Quand Malcolm Bidali était agent de sécurité au Qatar entre 2018 et 2021, il a commencé à écrire des articles qui décrivaient ses conditions de travail précaires. Après une arrestation musclée, largement médiatisée, et de longs jours de détention, il a pu rentrer au Kenya. Vêtu d'une veste en jean, avec des lunettes de soleil noires, il entre discrètement dans le café perché en haut d'une tour de la capitale kényane où nous avons rendez-vous. Le jeune homme se remet doucement de ses émotions dans un pays où il reste relativement anonyme. Cet ancien agent de sécurité raconte un Qatar toujours aussi cruel et inhumain avec ses travailleurs venus d'Afrique et d'Asie. Son arrestation et la nature de ses interrogatoires révèlent une peur qatarie : celle de devoir faire face à l'émergence de syndicats de travailleurs ou de complots étrangers visant à déstabiliser les festivités autour de la Coupe du monde de football.

MALCOM BIDALI, 29 ANS, KÉNYAN, ANCIEN AGENT DE SÉCURITÉ AU QATAR, DE RETOUR AU KENYA.

« Mon voisin au Kenya travaillait à Dubaï et, à l'époque, juste avant de partir, j'avais beaucoup de soucis personnels. Selon lui, je pourrais faire quelque chose de ma vie là-bas et gagner de l'argent facilement. J'ai décidé de suivre ses conseils. La raison de mon départ n'était pas financière. Je voulais juste quitter le Kenya et laisser mes problèmes derrière moi. Pourquoi le Qatar ? Le voyage en Europe est difficile et dangereux. J'aurais pu aller en Afrique du Sud, mais ce n'est pas une destination économique majeure ici. Le Golfe est bien plus populaire, car c'est une option de repli relativement facile si vous ne pouvez pas migrer ailleurs. Vous avez juste à vous rendre dans une agence de travail, à payer les frais de recrutement et de déplacement, et vous obtenez un emploi.

À notre arrivée au Qatar, dans la Zone industrielle, on nous a montré nos dortoirs et l'employeur [l'entreprise de gardiennage Group Security System (GSS) Certis] a directement pris nos passeports en salle de briefing. Ils nous ont fait signer un papier disant qu'on acceptait de les leur remettre pour notre sécurité. Tu ne peux pas vraiment refuser : tu as quitté ton pays, tu viens ici pour une vie meilleure et gagner de l'argent. Si tu fais déjà des vagues, tout peut s'arrêter d'un coup.

Il s'est passé quelques jours avant que le travail commence. J'étais parti sans un sou et j'ai donc dû attendre pour avoir de quoi manger et boire. Je suis allé me coucher le ventre vide avec des maux de tête pendant trois jours. Heureusement, j'ai pu compter sur la générosité de mes colocataires de dortoir. Je me souviens d'un ami népalais qui préparait son repas et partageait ensuite sa ration avec moi. Je n'ai jamais oublié ce type.

Je vivais donc dans la Zone industrielle. Ce lieu n'est pas fait pour être habité, mais c'est là que le Qatar cache tous ses travailleurs. C'est lugubre et sale, très différent du reste du Qatar. On vous fait sentir que vous êtes dans un pays auquel vous n'appartenez pas. Les bâtiments sont ordinaires, recouverts de poussière de ciment. Il y a des déchets d'usine et du plastique usagé partout. Les climatiseurs ne sont jamais réparés. Les cuisines ne sont pas propres et grouillent de cafards. À cause de la surpopulation dans les camps, les lits sont infestés de punaises. Les matelas sont généralement recouverts d'un plastique pour les protéger, mais la nuit, sans climatisation, si vous dormez sur du plastique, la chaleur de votre corps ne s'évacue pas et vous transpirez beaucoup. C'est un dilemme, il faut choisir entre les punaises et la chaleur. J'avais écrit un billet à ce sujet et, pendant ma détention, je me souviens que, lors d'un interrogatoire, les policiers m'ont demandé : "Pourquoi avez-vous publié sur ce sujet ? Que voulez-vous ? Que les gens aient un matelas *king size* ? Que tous les travailleurs aient une villa ?"

Un jour, il y a eu un contrôle visant à vérifier la conformité de notre camp. Des inspecteurs de Msheireb Properties[1] sont venus s'assurer que nos logements étaient habitables. Nos chambres n'étaient jamais fermées à clé. Nous n'étions d'ailleurs pas autorisés à avoir les clés. Les responsables du camp y sont allés en journée, quand nous étions au travail, pour déplacer nos effets personnels, nos valises et faire du rangement. Ils ont fait en sorte, pour chaque pièce, de rendre le tout présentable. Quand je suis revenu, j'ai retrouvé mes affaires abîmées. Msheireb Properties a jugé le logement conforme, sinon nous aurions été transférés ailleurs… C'est à ce moment précis que je me suis dit : c'en est trop. Ce soir-là, j'ai créé une adresse e-mail et j'ai écrit à plusieurs ministères qataris, énumérant tous les problèmes auxquels j'avais dû faire face depuis mon arrivée. Pas de réponse… C'était en décembre 2019. En janvier 2020, j'ai envoyé une lettre à la Qatar Foundation. Ils m'ont répondu de façon très formelle, puis la pandémie de la Covid-19 est arrivée.

1 Msheireb Properties est une société immobilière filiale de la Qatar Foundation liée au pouvoir. Sur son site internet, l'entreprise affirme : « Notre mission est de changer la façon dont les gens perçoivent la vie urbaine et d'améliorer leur qualité de vie globale, grâce à des innovations qui encouragent l'interaction sociale, le respect de la culture et une plus grande attention à l'environnement. »

Pendant cette période, la Zone industrielle a été le seul endroit au Qatar à se retrouver confiné. C'était clairement pour séparer les travailleurs étrangers d'avec le reste du pays. Ils ont posté des policiers et des militaires aux abords pour faire respecter le confinement. Personne n'entrait, personne ne sortait. C'est la raison pour laquelle nos employeurs nous ont logés ailleurs, pour qu'on puisse continuer de travailler. Nos conditions de vie ne se sont pas améliorées pour autant, ça a empiré. Ils nous ont mis dans un complexe de lotissements, près du quartier d'Aspire, au centre-ouest de Doha… Chaque pièce était aménagée pour contenir le plus de lits possible. Nous étions 54 personnes entassées dans une maison prévue pour une petite famille. Il n'y avait pas de meubles pour ranger nos affaires, rien, seulement un endroit pour cuisiner. Ce n'était pas légal du tout, mais nous n'avions pas le choix ! J'avais déjà écrit aux plus hautes autorités, mais pas de réponse… Avant la pandémie, j'allais à la bibliothèque quand je pouvais, pour ne pas m'abrutir avec un travail répétitif et machinal. J'y avais fait la rencontre d'un homme érudit. Je lui ai demandé s'il avait des contacts avec des journalistes. Je voulais parler de ma situation, être pris au sérieux. Il m'a mis en contact avec Vani Saraswathi, éditrice chez Migrant Rights. Je lui ai envoyé le journal que j'écrivais quotidiennement. Elle a trouvé ça intéressant. Elle m'a demandé d'écrire des articles sur des situations précises dont j'étais témoin.

Jusqu'à ce que je sois arrêté, personne ne savait que c'était moi qui rédigeais les articles. J'étais comme Batman, même si j'étais terrifié. Pourtant, je suis le genre de personne dont on n'imagine même pas qu'elle puisse être capable de formuler une phrase et encore moins d'écrire un paragraphe structuré, donc je pouvais passer inaperçu. Mon premier article a fait du bruit sur les réseaux sociaux. À tel point que, deux jours plus tard, nos chambres de l'époque sont passées de trois lits superposés à trois lits simples avec télévisions, tables de chevet et lampes.

Je pensais que, tant que je portais mon téléphone sur moi, que je ne partageais pas mes mots de passe, tout irait bien, les autorités qataries ne perceraient pas à jour mon identité.

C'est du moins ce que je croyais… Tout a commencé en juillet 2020. Il faisait 50 °C, il y avait dans l'air une humidité terrible. Depuis plusieurs mois, Cheikha Moza bint Nasser al-Missned[1] se rendait régulièrement dans un bureau de l'entreprise. Moi, j'étais dans la salle de contrôle, donc je voyais tout ce qui se passait sur des écrans grâce aux caméras de vidéosurveillance. Des gardes se tenaient à l'extérieur tout le long de la route qu'elle empruntait en pleine journée et restaient même après son départ. À l'époque, je tenais Cheikha Moza en haute estime. Elle était pour moi un modèle. Mais cette femme qui fait de l'humanitaire dans le monde entier et se bat pour les droits de l'homme dans son propre pays est arrivée ce jour-là en Bentley, elle a vu les gardes déployés en pleine journée, en plein été, et n'a pas eu un geste. Ces gars-là travaillent douze heures par jour en plein milieu de la journée et ont moins d'une heure pour déjeuner. C'est totalement illégal. L'été, de 10 heures à 15 h 30, personne n'est censé travailler en extérieur. Je me souviens d'avoir écrit un tweet, avant de l'effacer. J'étais en colère, car je savais que, si ces gardes voulaient faire valoir leur droit, l'entreprise pouvait leur supprimer leur salaire journalier et ajouter des pénalités… Vous savez, beaucoup de travailleurs sont renvoyés dans leur pays pour ce qu'ils appellent des “fautes disciplinaires mineures”.

J'ai donc écrit une série d'histoires sur mon compte Instagram à partir de témoignages d'agents de sécurité au Qatar. Ils ont tous des choses à raconter. Pour chaque lettre

1 Cheikha Moza bint Nasser al-Missned est l'une des trois épouses. Hamid ben Khalifa al-Thani, émir du Qatar de 1995 à 2013, et la mère de l'émir actuel, Tamim ben Hamad.

de l'alphabet, de A à Z, j'ai rédigé un billet décrivant une violation des droits des travailleurs.

> *Les gens qui pratiquent le jeûne ont le choix. Y, lui, ne l'a pas. Il doit se contenter de l'horrible nourriture fournie par l'entreprise ou acheter son casse-croûte lui-même dans des petits restaurants. Ses choix ? Biryani, curry, du poulet barbecue ou du dhal. C'est limité, et ses dépenses alimentaires totales atteignent facilement 500 riyals [122 euros], soit 40 % de son salaire.*
>
> *On doit acheter sa propre eau potable, car elle n'est pas fournie sur son lieu de travail. [...] Les travailleurs les plus chanceux sont ceux qui travaillent à proximité des zones habitables et des bureaux, car ils peuvent accéder à l'eau fournie dans les vestiaires des salles de sport ou des réfectoires. Pour les gardiens qui travaillent en extérieur, c'est chacun pour soi. (Chacun doit ramener sa propre gourde d'un litre, ce qui n'est pas suffisant pour la journée.)*

En février 2021, j'arrive à la lettre Z où je raconte le fameux épisode avec Cheikha Moza. Je me souviens que, avant de le publier, je me suis demandé : "Qu'est ce qui se passera s'ils m'arrêtent ?" J'avais peur et je m'attendais à être expulsé dans le pire des cas. Les gens me disaient que c'était courageux, mais je pense surtout que c'était très stupide. La publication a été très commentée. Je me sentais mal, j'en suis même tombé malade. Je m'inquiétais de l'ampleur que ça pouvait prendre. Je m'attaquais à une Qatarie VIP. Personne ne fait ça là-bas... Pourtant, suite à ce post, j'ai entendu dire qu'ils avaient commencé à donner de l'eau potable aux gardes qui travaillent en extérieur. Et maintenant, il n'y a plus qu'un seul garde qui attend Cheikha Moza dehors. J'ai même reçu des messages de soutien de jeunes Qataris. C'étaient de petites victoires…

Je m'attendais à ce que la police vienne me chercher et j'ai tout raconté à un collègue qui était aussi un ami et quelqu'un de confiance. Je lui ai donné des contacts de personnes à appeler au cas où ils m'arrêteraient. Pendant trois mois, il ne s'est rien passé, je continuais à être actif sur les réseaux sociaux. Un jour, j'ai reçu un message d'un compte Twitter qui semblait militer pour les droits de l'homme au Qatar. J'ai cliqué sur un lien YouTube sur son profil et là… mon écran s'est éteint pendant une minute. J'ai ensuite vu des chiffres apparaître. J'ai compris que quelque chose n'allait pas. Je ne sais toujours pas si les autorités qataries étaient derrière ce hacking. Pendant ma détention, je leur ai demandé si c'était eux. Ils m'ont répondu qu'ils n'utilisaient pas de lien pour entrer dans un appareil électronique.

Mon arrestation est survenue dans la soirée du 4 mai 2021. Il était 19 heures passées et j'étais dans ma chambre. Un agent de sécurité est venu m'avertir que le patron du camp me demandait. Je pensais que c'était pour ma vaccination, car j'étais le seul à ne pas l'avoir encore faite. Mon supérieur était étrangement chaleureux. Il m'a informé qu'un agent des relations publiques de l'entreprise voulait me voir. Il a passé des coups de fil où il faisait mention du ministère de l'Intérieur. À ce moment-là, je me souviens d'avoir envoyé avec mon téléphone un SOS à mon ami. Pensant que la pire chose qu'ils pouvaient me faire était de m'expulser, j'ai demandé à aller me changer pour prendre mes affaires. Un garde m'a accompagné, puis nous sommes partis dans une voiture qui s'est arrêtée devant le ministère de l'Intérieur. Deux Qataris du Qatar's State Security Bureau (SSB) m'ont ordonné de sortir de la voiture, comme si j'étais leur chose. Ils m'ont mis les menottes et un des types m'a dit : "Ton cas est grave, nous ne sommes pas la police ordinaire."

Au début, ça s'est passé dans une pièce sombre. Mes geôliers étaient armés. J'ai pensé que si je leur donnais trop vite toutes les informations qu'ils voulaient, ils se débarrasseraient de moi, comme cela s'était passé pour Jamal Khashoggi[1]. J'avais souvent les yeux bandés. Parfois, j'entendais les respirations des gardes à côté de moi, des pas qui venaient puis repartaient. Je me faisais des films. Pendant les interrogatoires, ils me demandaient : "Avec qui travaillez-vous ? Quel est votre réseau ?" Ils ne mentionnaient jamais les Émirats arabes unis, mais voulaient savoir combien rapportaient mes articles et qui les payait. Ils étaient également convaincus que ma série de posts sur Instagram était sponsorisée. Les trois premiers jours de ma détention ont été particulièrement durs. La lumière de ma cellule ne s'éteignait jamais. Je n'avais aucune notion du temps. C'était une petite pièce sans aucun interphone. Ils n'ouvraient que pour me donner mon repas.

Je n'ai jamais été violenté physiquement. Ils posaient des questions de manière autoritaire. Ça pouvait durer des heures. Ils étaient obsédés par le fait que je fasse potentiellement partie d'une organisation payée par un pays tiers pour déstabiliser le Qatar. Ils avaient peur aussi que des syndicats de travailleurs étrangers se créent en catimini. Ils voulaient que je les dénonce. Imaginez, si les travailleurs au Qatar avaient des syndicats, ils auraient le pouvoir de refuser collectivement de se faire exploiter ! Si un jour les travailleurs s'unissent, c'en est fini pour les Qataris !

Ma détention a duré plus de trois semaines. La cour de justice a, au départ, retenu deux chefs d'accusation : "création d'un compte sur les réseaux sociaux dans le but de diffuser de la désinformation" et "paiements reçus par des agents étrangers". Je risquais une amende de 500 000 riyals

[1] Journaliste saoudien assassiné par un commando composé de proches du prince héritier d'Arabie saoudite, Mohammed ben Salmane, dans le consulat saoudien d'Istanbul, le 2 octobre 2018.

qataris [126 000 euros] et dix ans de prison. Mais, pour finir, ils ont abandonné la seconde accusation pour ne retenir que la "propagation de désinformation". Je devais soit me déclarer coupable et accepter l'ordonnance du tribunal, soit nier et aller en procès. Je craignais le procès, car j'avais peur qu'ils créent de fausses preuves et qu'ils me collent une longue peine. J'ai la chance d'avoir été soutenu par de nombreuses organisations internationales qui ont couvert les frais juridiques et ont accepté de payer les 25000 riyals qataris [6 300 euros] de l'amende pour m'éviter le procès. Vous vous rendez compte... tout cela pour avoir raconté la vérité. Au Qatar, la liberté d'expression a un prix. C'est triste que le pays ait besoin de tous ces sacrifices, dont la mort de travailleurs, et commette tous ces abus, pour avoir l'honneur d'organiser une Coupe du monde. »

« OSEZ, RIEN N'EST IMPOSSIBLE »

Loin de Malcolm Bidali qui a connu les faces les plus sombres du Qatar, et loin de centaines de milliers de travailleurs de la construction, d'employés de maison ou de gardes de sécurité qui ont le sentiment de vivre comme « en prison », il existe des travailleurs migrants privilégiés. Pour eux, un emploi dans les pays du Golfe rime avec salaires avantageux et une occasion unique de vivre leurs passions, de s'ouvrir à un monde multiculturel et de laisser libre cours à des projets personnels.

RYAN ORGANO ET RACEL MAY ORANO, FRÈRE ET SŒUR, PHILIPPINS, TRAVAILLEURS MIGRANTS ET DANSEURS, PARTIS AU QATAR.

RYAN ORGANO | « J'arrive au Qatar en décembre 2018, pour le travail bien sûr, mais aussi pour retrouver ma sœur, Racel, installée à Doha depuis trois ans. Notre mère vit aux Philippines, à deux heures de route de Manille, la capitale, et notre père est parti travailler en Arabie saoudite. Nous ne le lui avons pas encore dit, mais maintenant que nous sommes tous deux établis au Qatar avec de bons salaires, nous allons offrir à notre père un retour définitif aux Philippines, pour qu'il puisse profiter de la vie aux côtés de notre mère. Sans la garantie de nos salaires, jamais il n'accepterait de démissionner, trop effrayé à l'idée de perdre la stabilité économique qu'il a construite pour sa famille. »

RACEL MAY ORANO | « Ma vie dans mon nouveau chez-moi débute en 2016, quelques mois après mon arrivée au Qatar, lorsque j'intègre le groupe de danse hip-hop Verve. Un événement est organisé le 12 juin 2016 à l'ambassade des Philippines pour célébrer l'anniversaire de l'indépendance de notre pays. Verve est au programme, mais l'équipe de danseurs est trop petite pour un concert de cette ampleur et ils cherchent à recruter de nouveaux talents. Ce n'est pas une mince affaire, car ils veulent des danseurs qu'ils connaissent déjà, des amis d'amis par exemple, pour partir sur une relation de confiance mutuelle. À l'époque, en effet, les groupes de danse philippins au Qatar se livrent une compétition acharnée et la confiance est primordiale. L'entraîneur de Verve, Vincent, se tourne vers ses amis qui gravitent dans le milieu de la danse aux Philippines et leur demande si quelqu'un connaît une perle rare au Qatar. Hasard de la vie, il contacte mon ancien groupe de danse à Batangas – ville dont je suis originaire et lui aussi – qui lui dit connaître une fille au Qatar qui danse le hip-hop. Vincent a un déclic, il se rappelle avoir vu mon portrait sur le groupe Facebook Humans of the Middle East quelques mois auparavant. Quelques textos plus tard, je suis en route pour participer à un de leurs entraînements. Moment inoubliable. Ils ne sont que huit danseurs, mais le talent est là. Ils valident ma présence pour le concert de juin. Mais pas plus pour le moment, disent-ils. Puis nous nous sommes revus. Nous avions tous envie de poursuivre la danse ensemble dans un esprit de confiance mutuelle, de loyauté et d'engagement. L'événement à l'ambassade nous a structurés, nous a offert l'opportunité de penser le futur ensemble. »

RYAN ORGANO | « Je commence le hip-hop à l'école primaire. D'abord, je danse juste comme ça, puis, lorsque j'intègre l'université à Manille, je me mets à pratiquer le hip-hop de manière beaucoup plus professionnelle. Ma première question avant d'accepter ma place à l'université a été : « Puis-je danser, là-bas ? » Même question lorsque ma sœur me propose de la rejoindre au Qatar. La danse est un critère essentiel. Et puis l'emploi qu'on me propose à Doha – chargé du marketing et des événements d'une académie des arts et du spectacle – me plaît bien, je dois le reconnaître. Je rencontre les danseurs de Verve grâce à ma sœur. Mon expérience et mes connaissances les intéressent, notamment la pratique de la compétition de haut niveau. Durant mes années à Manille, j'étais chorégraphe pour le groupe de danse hip-hop indépendant DJ Statos, un des trois groupes à représenter les Philippines lors de battles internationales. C'est un groupe très populaire, ils sont allés jusqu'en Arizona, aux États-Unis. Les danseurs de Verve ont donc déjà entendu parler de moi et m'accueillent à bras ouverts. Ils sont tout excités, car, même si je ne suis pas un excellent danseur, je peux dire que j'ai l'œil pour indiquer ce qui doit être fait et ce qui ne doit pas l'être. Nous échangeons dans un esprit convivial et constructif. Je fais venir quelques danseurs pour consolider les chorégraphies et s'ils apprennent de mon expérience, j'en apprends tout autant de la leur. Je découvre la scène hip-hop du Qatar à travers leurs yeux. »

RACEL MAY ORANO | « Après quelques années, Verve est devenu comme une famille au Qatar. Nous sommes très proches entre danseurs et cette proximité grandit à mesure que nous évoluons ensemble. En nombre bien sûr – nous sommes passés de 7-8 danseurs les premiers temps à 10-15 aujourd'hui –, mais aussi et surtout en expertise, en talent et en émotion. J'ignore comment c'est arrivé, par la magie de la danse sûrement. Et le petit groupe d'amis passionnés de danse s'est transformé en une vraie troupe de danseurs. C'est comme un cadeau de la vie. N'allez pas croire pour autant que c'est facile tous les jours. C'est un engagement d'une difficulté incroyable. Les entraînements sont très durs, surtout après des journées de travail de huit ou neuf heures. Trois d'entre nous sont étudiants, les autres travaillent dans la restauration, l'hôtellerie, la construction, l'industrie pétrolière et gazière, donc imaginez la difficulté de coordonner nos emplois du temps ! Les amis, la famille, nos vies sentimentales, ça passe après Verve. »

RYAN ORGANO | « Entre Philippins, nous nous appelons *kabayan*, c'est un terme qui veut dire "compatriotes" en tagalog. La famille occupe une place centrale dans la culture de notre pays, et ici, notre famille, ce sont les *kabayan*. C'est notre façon à nous de nous soutenir, de nous serrer les coudes. Verve, c'est autre chose : c'est *kabayan* puissance 100. Là où au début je ne voyais qu'un groupe de danse, je sens maintenant une famille danser. Attention, lorsque nous sommes en compétition ou durant un événement, professionnalisme, rigueur et danse dominent. Nous nous dépassons. Mais en toutes circonstances, nous sommes là pour prendre soin les uns des autres, dans un esprit d'amitié. Si l'un de nous a un problème, qu'il soit financier ou familial, nous l'aidons. Si l'un de nous perd son emploi, nous mobilisons nos réseaux. Nous avons surmonté des moments difficiles ensemble, main dans la main. C'est d'autant plus important que beaucoup d'entre nous vivent au Qatar sans leur famille. Même avec ma sœur Racel près de moi, et tout le monde n'a pas cette chance, je n'ai pas été épargné par les difficultés au travail ou dans la vie personnelle. »

RACEL MAY ORANO | « Artistiquement parlant, nous avons évolué. Nous avons même dansé devant le président des

Philippines ! Une autre fois, nous avons dansé dans un *majlis*[1], et aussi pour des membres de la famille régnante Al-Thani, à l'occasion d'une fête d'anniversaire. C'était prestigieux. Et même si nous n'avons pas interagi directement avec eux, puisque nous étions sur scène, être applaudi par ces personnes haut placées a été très gratifiant. Nous avons eu l'impression d'être appréciés pour ce que nous sommes. Nos familles sont très fières de nous, surtout nos mères. C'est une bénédiction de voir leurs regards briller d'admiration. Nous ne sommes que des danseurs au Qatar, mais, à leurs yeux, c'est une grande chose ! Les *kabayan* nous voient nous produire dans de nombreux endroits. Ils savent que ce n'est pas naturel pour nous, Philippins, d'être sur le devant de la scène, et même plus largement pour les Asiatiques, et que cela constitue donc un immense pas en avant. Ils sont fiers de nous voir oser et aller de l'avant. Notre message aux *kabayan* est : "Osez, rien n'est impossible, tout vaut la peine d'être essayé. Ne soyez pas paralysés par la peur." »

RYAN ORGANO | « Combien de danseurs philippins ont hésité avant d'accepter un emploi au Qatar, craignant que "migration" rime avec une vie centrée sur le travail, au détriment de leur passion artistique ? Car un danseur est un danseur dans l'âme et lui demander d'abandonner la danse, c'est comme lui retirer une part de son être. Verve vise à réconcilier deux expressions trop souvent perçues comme antinomiques : "migration" et "être soi-même". Le mois dernier, nous mangions tous ensemble dans un fast-food quand l'un des serveurs philippins s'est approché et nous a demandé si nous étions des danseurs. Il trouvait que nous en avions l'apparence. Quand je lui ai parlé de Verve, il a sauté de joie : "Alors je peux danser ici, au Qatar ?" Beaucoup comme lui

[1] Salon de réception dans les maisons des pays du Golfe où les hommes reçoivent leurs invités, tenant ainsi ces derniers à l'écart des femmes du foyer.

ignorent l'existence d'une scène artistique dans ce pays. Leur vie est centrée sur le travail, ils n'ont pas le temps de regarder ailleurs. Ce serveur voulait retrouver son identité de danseur, refoulée depuis qu'il était arrivé au Qatar. Nous l'avons invité à une répétition. Pour les Philippins, Verve représente une autre approche de la migration. »

RACEL MAY ORANO | « Et puis nous montrons la voie en allant à l'encontre du stéréotype qui veut que les meilleurs danseurs soient européens et américains. Telle est la triste réalité : en tant que danseurs philippins, nous devons nous battre pour être pris au sérieux par les organisateurs d'événements au Qatar alors que les Occidentaux le sont immédiatement. Être appelé pour danser lors de démonstrations de premier plan est une réussite pour notre communauté, surtout au Qatar. Cette reconnaissance nous a grandement aidés à prendre confiance en nous. Elle nous a permis d'ouvrir le champ des possibles. Nous nous aventurons dans différents styles, allons plus loin, creusons plus profondément des techniques de danse que nous ne maîtrisons pas nécessairement. Aujourd'hui, pour gagner en maturité, nous explorons la vieille école du hip-hop, mais aussi l'école contemporaine et le hip-hop rythmique. »

RYAN ORGANO | « C'est vrai que nous sommes acceptés, mais pas encore à 100 %. Certains clients favorisent encore d'autres nationalités, pour des questions de statut social : les Occidentaux sont perçus comme plus prestigieux. Parfois, l'organisateur d'événements ne regarde même pas vraiment la qualité des danseurs, mais choisit uniquement en fonction de leur physique. Un choix selon la nationalité, en quelque sorte. Mais les mentalités changent petit à petit et je suis convaincu que Verve y est pour quelque chose. Il m'arrive d'entendre des spectateurs commenter nos performances : "Oh, c'est la première fois que je vois un groupe danser de cette façon!" Au début, le public s'arrête peut-être sur nos traits philippins, puis lorsque nous commençons à danser, ces présupposés s'envolent pour laisser place à la danse. Nous sommes alors acceptés en tant qu'artistes, au-delà de notre nationalité ou de notre apparence. »

RACEL MAY ORANO | « Nous nous sommes aussi rapprochés de groupes de danseurs Bollywood pour collaborer autour de concepts cross-culture, en mêlant notre style aux danses indiennes. Ils partagent avec nous leur talent pour la danse bollywoodienne ; nous partageons avec eux notre expertise du hip-hop. C'est très enrichissant. Et cela nous ouvre en plus les portes de l'industrie musicale indienne. À court de danseurs, un groupe indien, venu tourner un clip à Doha, nous a contactés. Résultat : nous sommes les principaux danseurs dans un clip musical déjà vu 18 millions de fois sur YouTube ! Le Qatar est un petit pays et les opportunités de monter sur scène sont limitées. Au lieu de voir les autres groupes comme des concurrents, nous nous entraidons afin de faire connaître la scène artistique locale. Comme ça, les organisateurs d'événements penseront d'abord aux artistes locaux avant de faire venir des troupes de l'étranger. Et ça paye ! Les gens commencent à s'apercevoir que le Qatar regorge de talents. Moi-même, je suis surprise, jamais je n'aurais imaginé faire un tel chemin au Qatar. Pour moi, c'était un pays musulman conservateur et trouver un lieu pour danser devait relever du défi. J'étais loin de penser que j'allais rejoindre un groupe de danse hip-hop ! Lorsque je suis arrivée au Qatar, ma première surprise a été de trouver un pays ouvert à la danse : "Oh, mais on peut danser ici ?" Ensuite sont venus les questionnements sur les restrictions qui entourent l'expression artistique, notamment sur le plan vestimentaire : "Puis-je porter une jupe ou un short ? Que pouvons-nous faire et ne pas faire lors d'événements ?" Petit à petit, j'ai compris que nous étions libres d'exprimer notre créativité tant que nous étions assez subtils pour respecter la culture de la société qatarie. »

RYAN ORGANO | « Philippin au plus profond de mon cœur, je serais néanmoins fier de pouvoir représenter un jour le Qatar lors de compétitions internationales de hip-hop, surtout en tant que chorégraphe. Grâce à mes compétences, je pourrais former un groupe de danse multiculturel pour représenter le Qatar sur les pistes de danse hip-hop du monde entier dont il est aujourd'hui absent. Le rêve de réunir des danseurs représentatifs de la diversité des nationalités présentes au Qatar et de les faire danser dans le monde entier sous le drapeau du Qatar me tient éveillé la nuit. C'est mon rêve. Cette pensée me donne de l'espoir, m'encourage à m'entraîner dur et à former les meilleurs danseurs possibles. Dans quelques années, lorsque nous serons assez solides, l'idée est d'ouvrir Verve à d'autres nationalités pour justement former ce pool de danseurs de qualité et, qui sait, certains représenteront peut-être le Qatar demain ! Ce serait une telle fierté, ça signifierait que le Qatar nous fait confiance pour porter haut les couleurs de son pays. Car même si nous sommes philippins et non citoyens qataris, nous aimons ce pays. C'est une nation riche de multiples facettes en termes de culture, d'art, de spectacle, de scène culturelle. »

RACEL MAY ORANO | « Si le Qatar acceptait que des danseurs étrangers vivant sur son territoire représentent le pays à l'international, ce serait une grande bouffée d'air frais. Nous pourrions convaincre plus de *kabayan* de rejoindre le mouvement et de sortir de leur carcan. À ce jour, ça reste un rêve, rien de plus, et, sans le soutien du gouvernement, c'est très difficile. Nous avons bien tenté de participer à des compétitions internationales sous le titre de « Verve, troupe de danseurs de hip-hop basée au Qatar », mais les réponses sont rares. Peut-être que les organisateurs ont des doutes sur nos talents artistiques vu que nous habitons un pays musulman. L'autre aspect qui complique les choses est l'instabilité inhérente à la vie au Qatar, où il est impossible d'obtenir la nationalité. Les gens arrivent, puis repartent, et c'est vraiment difficile à gérer pour Verve. L'équipe des pionniers est intacte, mais certains autres danseurs qui ont perdu leur emploi ont dû rentrer aux Philippines. Pour un groupe de danse, c'est un défi, car il faut, du jour au lendemain, rebâtir une harmonie entre les danseurs. Chaque danseur a sa personnalité, ce ne sont pas des pions interchangeables ! Que se passera-t-il si les pionniers partent ? »

3

ABUS

SYSTÉ
MATIQUES

LES BOUCLIERS NOIRS

Depuis plusieurs décennies, les Émirats arabes unis et l'Arabie saoudite – qui disposait du quatrième budget militaire au monde en 2020 – renforcent leurs armées en y intégrant des recrues étrangères. Un tiers des soldats des Émirats arabes unis seraient ainsi d'origine étrangère. Les combattants sont recrutés au Tchad, en Ouganda et au Soudan, là où la pauvreté peut inciter de jeunes hommes à s'embarquer dans des guerres menées en Libye et au Yémen au nom des intérêts géostratégiques des deux puissances du Golfe. Cette main-d'œuvre militaire bon marché sert à contourner le refus des populations locales, à l'esprit encore tribal, de s'engager sur des fronts périlleux au nom d'un État central.

ABD ALLAH, 35 ANS, ET IBRAHIM NAMEER, 33 ANS, SOUDANAIS, MERCENAIRES ESCLAVES EN LIBYE, RENTRÉS AU SOUDAN. SULEIMAN ALGADY, 39 ANS, SOUDANAIS, LEUR AVOCAT.

ABD ALLAH | « Travailler dans la police au Soudan m'a dégoûté. La corruption à tous les étages, le racket des commerçants, tout ça, je n'en pouvais plus. Ça ne me ressemblait pas, donc j'ai posé ma démission en 2018. J'ai acheté un tuk-tuk et j'ai été chauffeur pendant un temps. Un de mes amis m'a un jour parlé d'une opportunité d'emploi d'agent de sécurité à Abou Dhabi, aux Émirats arabes unis. Ils cherchaient des hommes avec une expérience militaire ou dans le maintien de l'ordre… J'avais le profil idéal. Tout le monde sait au Soudan que ces pays proposent des salaires attractifs, alors j'ai postulé. L'entreprise de sécurité émiratie appelée Black Shield (bouclier noir) nous proposait une formation de trois mois sur place, puis un salaire de 500 dollars mensuels, ce qui représentait beaucoup d'argent, surtout après la chute de la valeur monétaire suite à la révolution dans mon pays et à la fin du régime d'Omar el-Béchir. Seules quelques agences de travail de Khartoum proposaient cette offre d'emploi[1]. Ce n'était pas une annonce comme les autres. Je me considérais chanceux d'avoir été retenu. Pour pouvoir payer les frais de l'agence qui s'élevaient à 100 000 livres soudanaises, j'ai vendu mon tuk-tuk. À l'époque, cette somme équivalait à 1 500 dollars. Tout cet argent pour finir comme un vulgaire bouclier humain au service des Émirats arabes unis…

À notre arrivée à Ghayathi, à l'ouest de la capitale Abou Dhabi, nous étions environ 250. Il était évident que quelque chose clochait. Très vite, on nous a entraînés à tirer sur des cibles à l'AK-47 et avec des mitrailleuses DShK montées sur des véhicules. On nous apprenait des tactiques militaires, comment construire des tranchées… Nous étions surpris de devoir suivre cette formation militaire de trois mois alors que nous étions supposés devenir de simples agents de sécurité. »

1 Ce sont les agences Amanda, Al-Houmayaa, Dan Dahab et Princess's Office for External Use.

IBRAHIM NAMEER | « Certains d'entre nous ont caché sur eux leur téléphone portable avant qu'il ne leur soit confisqué. Pourquoi former au maniement des armes lourdes des vigiles ? Dès que nous avons commencé à être formés aux armes lourdes, nous avons envoyé des messages en cachette à nos familles pour les prévenir, au cas où il nous arriverait quelque chose. À la base d'entraînement, un ancien militaire soudanais était notre instructeur. Il s'appelait Al-Rashid al-Tidjani. C'est lui qui nous a accueillis à l'aéroport. Il avait travaillé pour les services de renseignements soudanais. Nous l'avons questionné sur le sens de cette formation militaire, mais il nous a rassurés, prétextant que c'était normal et que nous deviendrions des agents de sécurité de la prestigieuse forteresse de Cheikh Zayed[1] en Afrique du Sud. Les conditions de vie du camp étaient sommaires. Nous logions dans un grand bâtiment austère, en plein désert. Les moins chanceux dormaient à même le sol, serrés sur de petits matelas, d'autres se réjouissaient d'avoir des lits superposés. Au bout de trois mois, ils nous ont tous rassemblés pour nous annoncer notre départ en avion militaire pour l'Afrique du Sud. Nous étions le premier groupe de Soudanais à terminer notre formation. Personne ne savait ce qui allait se passer. Certains ont hésité, mais il fallait accepter sous peine de rentrer au pays sans avoir touché un seul revenu et endettés à cause des frais de recrutement. Le vol devait durer une demi-journée, mais l'avion a entamé son atterrissage après seulement trois heures. Pendant le voyage, on nous avait distribué des bouteilles d'eau venues de Libye, ce qui m'avait déjà inquiété. À travers le hublot, on apercevait une zone militarisée. Des tanks et des véhicules armés nous attendaient à la sortie de l'avion. Des types armés avec de longues barbes nous ont ordonné de monter dans des camions. Ils parlaient un dialecte libyen que nous avons tout de suite reconnu. C'est à ce moment-là que nous avons compris : nous allions devenir des mercenaires. Personne n'a osé réagir. Nous étions tous terrorisés. Nous avions été trompés. Notre pire crainte était d'être obligés de tuer des civils innocents… Heureusement, quelques camarades avaient conservé leurs téléphones en secret et nous avons pu prévenir nos familles. Je bénis le réseau MTN, car il opère un peu partout en Afrique, et notamment en Libye.

[1] Nom du fondateur de la fédération des Émirats arabes unis et son premier président.

Là-bas, c'était le chaos. Il n'y avait pas d'électricité et, au loin, on voyait des roquettes RPG fendre la nuit. Après le coucher de soleil, personne ne bougeait de peur de sauter sur des mines. Nous obéissions aux ordres pour ne pas être fusillés. Nous étions en contact avec le groupe suivant qui devait nous rejoindre depuis les Émirats. Nous les avons prévenus et une mutinerie a éclaté là-bas. Les chefs émiratis ont menacé de tous les exécuter s'ils n'acceptaient pas de se rendre en Libye. Notre mission consistait à servir le régiment 302 du maréchal Haftar[1] et à protéger des sites pétroliers dans des zones de guerre. »

[1] Le maréchal Haftar est le chef de l'Armée nationale libyenne (ANL) qui contrôlait 90 % des installations pétrolières en Libye. Les Émirats arabes unis le soutiennent contre le gouvernement libyen d'union nationale (GNA), aidé par la Turquie et le Qatar, rivaux des EAU. En 2019, à court de combattants, Haftar a fait appel à la compagnie de sécurité émiratie Black Shield pour recruter des soldats étrangers.

SULEIMAN ALGADY | « Les Libyens et les Émiratis présents là-bas ont proposé à mes clients 3000 dollars mensuels contre 500 dollars, comme c'était prévu dans leur contrat d'agent de sécurité. C'est un salaire astronomique qu'un Soudanais ne peut pas refuser. C'était un moyen de les faire taire pour qu'ils obéissent sans broncher. »

IBRAHIM NAMEER | [Il le coupe.] « Les Soudanais ne sont pas à vendre. Je ne veux plus que ça se reproduise, plus jamais. Jusqu'à mon dernier soupir, je vais combattre et obtenir gain de cause devant la justice. Les Émiratis étaient surpris en Libye que nous n'acceptions pas leur offre mirobolante. C'était nouveau pour eux. Ils pensaient avoir en face d'eux des moins-que-rien, de simples pions qu'ils pourraient manipuler pour leurs propres intérêts. Les Arabes nous voient comme des habitants du tiers-monde. Ils connaissent notre situation économique, tout cela joue un rôle dans le regard qu'ils portent sur nous. La faiblesse de nos dirigeants, leur propension à céder à la corruption, notre pauvreté alimentent beaucoup les a priori qu'ils ont sur nous. Je suis un intellectuel, j'ai une licence, si je pouvais trouver un travail correspondant à mes diplômes, pourquoi je migrerais aux Émirats pour devenir agent de sécurité ? »

SULEIMAN ALGADY | « C'est ce qui vous a sauvés. Les Libyens et les Émiratis n'avaient pas affaire à des jeunes issus des zones rurales marginalisées du Darfour, mais à des jeunes éduqués de Khartoum qui se sont rebellés intelligemment contre cet ignoble piège. »

ABD ALLAH | « Après les protestations de nos familles, nous avons finalement tous été rapatriés en janvier 2020. Quand je suis rentré, j'étais sain et sauf, comme tu dis, Suleiman, mais je n'avais plus d'argent. J'avais vendu ma seule source de revenus : mon tuk-tuk. Et puis, je me sentais trahi par mon propre pays. On m'avait pris pour une marchandise, alors j'ai eu des idées noires pendant un moment, j'ai fait une grave dépression. Cette expérience m'a fait perdre le goût de la vie. C'est violent de réaliser que c'est ta propre chair, ton propre pays qui t'a vendu comme esclave-soldat. Je déteste les Émirats arabes unis, mais je voue une colère encore plus profonde aux Soudanais qui m'ont fait ça. Même notre ambassadeur à Abou Dhabi n'a pas pris la peine de nous rencontrer ou de nous adresser le moindre mot. L'ancien ministre de l'Information soudanais nous a même accusés d'avoir été au courant de notre mission avant de partir. Dieu merci, dans toute cette histoire, ma femme n'a pas fait de fausse couche. C'est tout ce que je retiens de positif de cette période. »

SULEIMAN ALGADY | « Mon cabinet d'avocats et moi-même représentons en tout 412 victimes. Black Shield s'est rendu coupable de trafic d'êtres humains avec la complicité de politiciens corrompus soudanais, d'agences de travail et de l'État émirati. En tout, 60 plaintes différentes ont été diligentées contre Black Shield. Devant la Cour internationale de justice de La Haye, nous avons aussi entamé des démarches pour attaquer les agences de travail soudanaises, le maréchal libyen Khalifa Haftar et Mohammed ben Zayed al-Nahyane, prince héritier des Émirats et ministre de la Défense d'Abou Dhabi. Nous projetons aussi de nous rendre dans les Émirats arabes unis pour entamer des procédures judiciaires via la justice locale. Pour ces gens du Golfe, l'argent n'a pas d'importance, donc ils pensent pouvoir faire comme bon leur semble, y compris mener des guerres par procuration et envoyer des hommes mourir à leur place. Comment peuvent-ils faire ça ? Je ne sais pas comment ils font pour se regarder dans une glace. Le silence du monde me choque aussi. La communauté internationale doit punir ces pays et faire cesser ce commerce abject de vies humaines. Allez dans ces pays, vous n'y trouverez aucun humanisme, seulement du vernis et du pétrole. Le monde observe ces nababs faire ce qu'ils veulent, pourquoi ? Parce qu'ils ont du pétrole et peuvent acheter des armes pour les mettre dans nos mains à nous, Soudanais, car leur population a trop peur de mourir ou de se salir. C'est comme pour la Coupe du monde au Qatar et toutes les grandes réussites architecturales dans les autres pays de la région. C'est nous qui avons bâti tout cela, grâce à la sueur et aux larmes de nos parents et de notre jeune génération, mais nous ne serons jamais remerciés ni cités. Mais je suis en paix avec cela, peu importe leur reconnaissance, nous savons au plus profond de nous que ces pays ont émergé grâce à nous. J'éprouve le calme intérieur de Jean Valjean quand il devient M. Madeleine dans le roman *Les Misérables* de Victor Hugo. Il n'éprouve plus d'aigreur. Il reste dans l'ombre, satisfait de ce qu'il a accompli. J'aimerais que nos jeunes ne partent plus faire la sale guerre de ces pays-là, comme en Libye ou au Yémen. Black Shield a peut-être arrêté ses activités malhonnêtes, mais les Arabes continuent d'envoyer des Soudanais via d'autres canaux. »

OSMAN, 30 ANS, SOUDANAIS, MERCENAIRE VOLONTAIRE AU YÉMEN, DE RETOUR AU SOUDAN.

« J'ai toujours voulu rejoindre l'armée et devenir soldat. En 2010, j'ai intégré l'Académie nationale soudanaise. Je me souviens des larmes de ma mère. Pas une seule mère sur cette terre n'accepte de voir son fils s'engager dans l'armée. C'est ainsi. Je voulais marcher dans les pas de mon père. Lui aussi avait été militaire et avait participé à des opérations extérieures au Soudan. Dans la famille, tout le monde était fier de lui. Il se vantait souvent de ses exploits passés et je voulais lui montrer de quoi j'étais capable, que je n'étais pas un bon à rien. Il a cette aura et, étant son fils, j'ai toujours voulu marcher dans ses pas.

Ma première mission a été au Yémen. J'ai voulu y aller de mon propre chef pour gravir les échelons plus rapidement et gagner de l'argent. L'Arabie saoudite proposait de multiplier nos salaires par six. J'étais jeune, pas encore marié. Avec une telle somme, en un an tu peux payer ton mariage et te faire construire une maison. Combien d'années m'aurait-il fallu pour réaliser tout ça si j'étais resté à Khartoum ? Et les recruteurs nous rabâchaient que les rebelles houthis dans le nord du Yémen allaient envahir La Mecque et la Kaaba. Que c'étaient des chiites envoyés par l'Iran. Étant musulman, je croyais qu'en partant là-bas je défendrais l'islam. Le recrutement n'était pas ouvert à tous les diplômés ni à tous les militaires, il fallait donc avoir des contacts au sein de l'administration militaire pour pouvoir obtenir une place[1]. C'est mon chef, que je connaissais bien, qui m'a fait une faveur. Avec les nouvelles recrues, je suis parti en

1 Après les manifestations ayant entraîné la chute du dictateur Omar el-Béchir, le peuple révolutionnaire a demandé le rapatriement express des 10 000 soldats soudanais déployés au Yémen pour soutenir l'Arabie saoudite dans sa guerre contre les rebelles houthis. Depuis 2019, la junte militaire au pouvoir continue d'envoyer de jeunes Soudanais défendre les frontières de l'Arabie

saoudite au Yémen, mais plus discrètement. Osman a donc pu postuler pour partir au Yémen seulement parce qu'il avait un contact direct avec l'administration militaire soudanaise.

formation à Port-Soudan pendant trois mois. Il y avait des jeunes de tous âges [il laisse entendre que certains étaient mineurs]. Un jour on nous a informé que nous allions prendre un avion le lendemain pour Dammam, dans l'est de l'Arabie saoudite, avant d'être répartis dans plusieurs bases du sud du pays, à la frontière avec le Yémen. Dans l'armée, on sait ce qu'on risque, mais, pour cette mission, la mort allait survenir loin de chez nous. En cas de décès sur le front, nos cadavres ne seraient pas rapatriés et seraient enterrés sur place. Ça ajoute une peur supplémentaire. Mais que valent nos peurs quand nos mères pourraient ne pas avoir de lieu pour se recueillir et faire leur deuil ? Tout ça parce que notre armée veut cacher ses soldats tombés au Yémen… J'ai fait le travail, mais aujourd'hui je regrette d'être parti là-bas faire une guerre qui ne me concerne pas et d'avoir saigné à la place d'un peuple et d'un pays qui n'en valent pas la peine. Quand nous sommes arrivés dans les montagnes du gouvernorat de Hajjah (nord-ouest du Yémen), il faisait une chaleur abominable. Une fois sur place, des instructeurs soudanais et saoudiens nous ont tout de suite formés aux armes lourdes. Les jours avant notre déploiement, on savait pertinemment que bon nombre d'entre nous ne reverraient jamais le pays, vu la violence du front. Quand nous étions tous ensemble, nous entonnions le Chir al-Hamas, des chants guerriers qui inspirent enthousiasme et courage. Cette poésie arabe existait avant même l'islam. Dans nos escadrons, des griots se chargeaient de nous exalter, de nous transcender… On chantait debout en rythme, on trottinait, on criait et certains entraient en transe. Les griots aimaient psalmodier : “L'homme le plus fort est celui qui marche sur des braises”, ou : “Nos mères ne nous ont pas mis petits du khôl autour de nos yeux, mais du piment.” Cela traduisait bien la réalité :

nous n'étions pas venus pour nous maquiller, mais pour souffrir. Au réveil, les formateurs insistaient sur le fait que nous ne devions pas fuir une fois sur le front.

J'ai heureusement été affecté à la garde de positions reprises aux rebelles houthis, dans les montagnes. Je devais rester en position fixe dans de petits fossés creusés ou de petites bases avancées, sous 50 °C, avec un gilet pare-balles et l'obligation de garder le casque parce que les hauteurs étaient infestées de snipers ennemis. Les attaques étaient fréquentes. On essaye de se dire que mourir n'est qu'un destin joué à l'avance. Mais quand on nous répartissait, nous les Soudanais, sur les fronts les plus dangereux, et que les Saoudiens n'y envoyaient même pas leurs instructeurs, tu te dis que ton destin ne pèse pas moins lourd. J'ai perdu beaucoup d'amis dans cette mission. Je ne peux pas vous dire combien. Ici au Soudan, on m'interdit d'évoquer ne serait-ce que leurs noms. L'un d'eux hante toutes mes nuits. Nous nous connaissions de vue depuis l'académie militaire. Il avait un an d'avance sur moi, c'est pourquoi il est devenu mon supérieur dans le poste avancé que nous défendions. Un soir, pour la relève de garde quotidienne, je m'apprêtais à partir, j'étais équipé, quand il m'a demandé de rester : il irait à ma place. Je n'ai pas compris, car c'était à mon tour d'aller remplacer les gars là-haut. Mais comme il était mon chef, je lui ai obéi. Je le revois partir en me lançant : “On se reparle demain.” Dans la soirée, j'ai appris que les rebelles houthis avaient lancé une attaque aérienne sur la base. Le matériel censé nous prévenir de ces offensives venues du ciel n'a pas fonctionné ce soir-là. Les Houthis ont frappé notre position et nous avons essuyé beaucoup de pertes. Mon ami faisait partie des soldats morts. Depuis, il ne se passe pas un jour sans que je me demande s'il savait que quelque chose allait se passer cette foutue nuit-là. Ce n'est pas un signe de Dieu, c'est lui qui a décidé que mon jour n'était pas arrivé. Quand j'ai su qu'il était mort, je n'ai pensé qu'à une seule chose : me tirer de là. Ma motivation initiale de protéger La Mecque et la Kaaba est devenue bien futile. Tout ça, c'était de la poudre aux yeux. Les rares fois où j'ai eu mon père au téléphone, je ne lui ai jamais dit que je voulais rentrer, pour ne pas inquiéter ma mère. C'était ma première expérience douloureuse, et je voulais déjà décamper. Je me sentais honteux. Vous pensez bien qu'aller voir mon chef et lui avouer ma peur n'aurait rien résolu. Je suis resté en tout sept mois. Sept mois à ruminer que non, ce n'était pas normal qu'un Soudanais se batte pour des Saoudiens. Je suis parti dans un certain état d'esprit et suis revenu différent. Je suis tellement déçu de cette expérience. Aucun de nous n'était parti pour ça. J'ai fait ce pour quoi on me payait là-bas, mais j'avais l'impression de faire le sale boulot à la place des Saoudiens. Cette guerre, ils ne peuvent pas la mener eux-mêmes, alors ils viennent nous chercher car ils ne veulent pas mourir ou simplement se forcer. Je me rappelle que, pour les fronts escarpés et montagneux, ça leur demandait trop d'efforts, surtout l'été, donc il n'y avait que nous, Soudanais, qui y allions. J'ai été un sous-traitant de leur guerre. »

ENTRE QUATRE MURS

La profession de domestique, uniquement réservée aux femmes étrangères, est la plus dangereuse. L'intimité d'un foyer arabe ne permet pas socialement qu'un étranger y entre. Les abus et les violences sont ainsi facilités, loin des regards et à huis clos. Ainsi, des centaines de milliers de femmes, la plupart venues des Philippines ou d'Afrique de l'Est, effectuent des tâches ménagères sans horaires établis ni jours de congé. Devant assumer le nettoyage, la cuisine, la garde des enfants, les courses, parfois pour le compte d'autres membres de la famille du *kafeel*, ces femmes voient leur santé physique et psychologique se dégrader rapidement.

SOPHIA AYAKO ANIMO, 36 ANS, KÉNYANE, ANCIENNE DOMESTIQUE EN ARABIE SAOUDITE ET AU QATAR, DE RETOUR AU KENYA.

« À Nairobi, je travaillais comme bénévole avec des jeunes en situation de décrochage scolaire, sortis de la délinquance. J'étais ce que l'on appelle une "travailleuse sociale". C'était prenant, je ne comptais pas mes heures et ne recevais pas de salaire. Au mieux, le gouvernement nous aidait parfois à payer le loyer ou nous offrait des paniers-repas. Alors, un jour, j'ai pris le temps de réfléchir à mon avenir. J'avais trois enfants, je voulais qu'ils ne manquent de rien et pour leur éviter le sort de ceux que j'aidais au quotidien, je devais me résoudre à trouver un emploi rémunérateur, étant donné que j'étais une "mère célibataire". C'est difficile de vous l'avouer, car je suis chrétienne. Mais on ne peut forcer quelqu'un à faire sa vie avec vous. Donc le père de mes enfants et moi, nous nous sommes séparés et j'ai dû assumer mon rôle de mère seule. Mes enfants sont très vite devenus le centre de ma vie. Ils n'ont jamais demandé à venir au monde, c'est nous qui les y avons amenés. C'est donc à moi d'assurer leurs besoins quotidiens et leur bonne éducation. Au Kenya, les études dans le privé comme dans le public coûtent cher. Il faut payer l'inscription, les uniformes, les sorties scolaires et bien sûr la nourriture des enfants. À côté de ça, il faut bien sûr faire en sorte d'avoir un toit. Même si, en plus de mon travail bénévole, j'avais de petites activités rémunérées ici et là, j'avais du mal à payer le loyer et à mettre assez de nourriture sur la table tous les soirs. C'est pour ça que j'ai décidé de partir.

Au début de l'année 2012, une femme m'approche. Ma nièce lui a dit que j'avais des difficultés à entretenir ma famille et ma sœur joue le rôle d'entremetteuse. Je lui présente mon CV. J'ai de l'expérience dans le soin à la personne et comme je parle bien anglais, cette femme me propose un poste à cheval entre ménage et enseignement. Elle me dit que je gagnerais plus que les autres femmes d'ici qui n'ont pas d'expérience. Naïvement, je la crois et je pense que cette inconnue est salariée dans une agence de recrutement. Beaucoup de femmes tombent dans ce piège. Elles pensent que leurs interlocuteurs sont des agents officiels, alors que ce sont des rabatteurs qui leur promettent tout et n'importe quoi, car ces courtiers sont payés en fonction du nombre de travailleurs "recrutés". À aucun moment je ne me suis rendue dans les bureaux de l'agence de travail avant mon départ.

Après l'envoi de mon CV à cette femme, tout va très vite. Elle exige que je la paye 70 000 shillings kényans [550 euros] pour m'avoir trouvé du travail. Mais je ne peux pas, je n'ai même plus de quoi m'acheter à manger à la fin du mois. Comment pourrais-je lui régler cette somme? Je lui promets de la rembourser une fois là-bas. En revanche, je dois lui donner de quoi payer une procédure accélérée pour obtenir mon passeport. J'apprendrai plus tard que cet argent est allé dans sa poche. Deux semaines après, tout est prêt pour mon départ.

Mon vol est un dimanche, je ne sais pas du tout où je vais. Comme c'est mon tout premier voyage en avion, je pense qu'on peut simplement arriver à l'aéroport à l'heure du départ, comme pour les matatus (minibus) ou les boda-bodas (taxis-motos). Ce matin-là, je me réveille à l'heure habituelle. Je vais à l'église pour la messe matinale, puis je rends visite à ma mère pour lui annoncer que je m'en vais à 13 heures. À 10 heures du matin, l'agence m'appelle. C'est la première fois qu'ils me contactent. Je les sens en colère et stressés. Ils veulent savoir où je suis et me disent que si je loupe l'avion, ils devront rembourser le patron qui m'attend là-bas et qui a payé pour ma venue.

J'arrive donc dans leurs locaux. Ils ne me donnent qu'une enveloppe avec mon permis de travail. Personne ne m'adresse la parole. Je prends mon sac et un de leurs chauffeurs me conduit à l'aéroport Jomo Kenyatta. Il roule vite… Il finit par me déposer et, vroum, il repart aussitôt. Je suis totalement perdue. Quand les agents de l'aéroport me demandent ma destination, je suis incapable de leur répondre. Je ne sais pas où je vais atterrir. Je suis tellement déboussolée que je n'arrive plus à réfléchir. Je leur montre alors mon billet et ils me guident vers les comptoirs. Je finis par monter dans l'avion. Un homme s'assied à côté de moi. J'ai honte, mais je lui demande la destination du vol. Je sais lire, mais mon esprit est ailleurs. L'homme reste silencieux un moment. Dans ses yeux, je comprends qu'il y a un problème. J'ai le sentiment que je vis là le début d'une période douloureuse de ma vie. Il finit par me lancer : "Courage, sois forte là-bas." Je commence à paniquer, mais je ne peux plus faire machine arrière, l'avion décolle, direction l'Arabie saoudite.

Dès mon arrivée, il y a ce type qui prend mon passeport. Je sais à ce moment-là qu'il n'y aura probablement pas de retour pour moi. Au moment où ça me traverse la tête, je suis comme morte. J'avais entendu des rumeurs qui disaient que les travailleurs étrangers n'avaient pas le droit de garder leur passeport, et là, ça m'arrivait à moi. J'ai essayé de protester, mais dans ce genre de situation, vous n'êtes rien. Vous êtes tout petit. Ensuite, on m'amène dans une pièce où des femmes venues d'Éthiopie et des hommes bangladais et indiens attendent leur *kafeel*. Mes jambes tremblent. Je me retrouve dans une pièce qui ressemble à un sas d'abattoir.

Un homme vient me chercher vers 23 heures. J'ai su plus tard que ce n'était pas mon *kafeel*. Je me souviens bien de lui, il était grand. Je le suis, il ne dit pas un mot. Il n'a jamais pris la peine de me demander si j'étais fatiguée ou non. Quand j'arrive à l'agence de recrutement, je demande la permission d'aller aux toilettes parce que j'ai avec moi un petit téléphone que je veux dissimuler. C'était une bonne idée, car les salariés m'ont demandé ensuite si j'en avais un, puis une dame m'a fouillée au corps plusieurs fois. Vous ne pouvez pas poser de questions ni refuser d'être fouillée, vous êtes là pour le travail et rien d'autre. Ils m'ont remis mes vêtements de travail puis on m'a conduite à la maison de mon *kafeel*.

Je n'avais jamais rien vu de tel. C'est un palais. Il y a des domestiques partout. Elles ne sourient jamais. Elles ont un teint jaunâtre et les yeux livides, comme si elles étaient éteintes de l'intérieur. La famille que je vais servir est très grande. Le *kafeel* a beaucoup de femmes, d'enfants et de petits-enfants vivant tous dans la même demeure. On me demande de ne rien toucher avant mon examen médical.

J'en ai déjà passé un au Kenya avant de venir, mais ces gens-là pensent que nous n'avons pas de médecine compétente dans nos pays et que nous sommes forcément des êtres sales et malades. Je vais donc faire des prises de sang, des analyses d'urine et des radios. À l'hôpital, il n'est jamais question de mon consentement et on ne m'informe pas non plus sur la nature des examens. Le personnel médical se contente d'exiger : "Tendez votre bras, tournez-vous comme ceci, enlevez votre chemise", etc. J'étais comme un mort-vivant. Après les examens, mon *kafeel* m'annonce que je vais devoir enseigner l'anglais aux enfants d'une de ses femmes en plus de faire le ménage, la cuisine, les courses et le reste. Les domestiques n'ont pas de chambre. On dort où on peut, parfois avec les enfants, au pied de leur lit. J'avais laissé les miens, encore petits, au Kenya, pour aller m'occuper de ceux d'inconnus…

Très vite, je comprends qu'on est leurs esclaves. On travaille environ seize heures par jour, sans congé. Parfois, on nous réveille en pleine nuit. Nous allons faire des courses dans des supermarchés immenses, où il faut courir après les enfants. Ça ne s'arrête jamais. Je ne sais même pas combien je gagne. Personne ne m'a jamais rien fait signer, donc je demande aux autres servantes. Elles touchent environ 700 riyals saoudiens [160 euros]. Quand j'entends ça, le monde s'effondre autour de moi. Je peux gagner autant en vendant mes tomates à Nairobi… Heureusement, ils ne m'ont jamais battue, parce que je pense que j'ai l'air d'une dure, mais j'ai des nouvelles de mes anciennes collègues qui, elles, sont battues tous les jours. Les hommes ne sont pas bienveillants pour autant. Ils mettent souvent des fessées. Certains s'amusent à vous suivre partout et vous savez très bien ce qu'ils veulent. Si vous les repoussez, alors les ennuis commencent. Ils approuvent leurs femmes chaque fois qu'elles vous font des remarques. Ils vous rajoutent du travail alors que vous en avez déjà trop.

Ils font en sorte que vous ne vous reposiez jamais et que vous brûliez à petit feu dans l'enfer qu'ils ont façonné pour vous. Ils finissent par vous avoir à l'usure. Ils savent que la peur joue contre vous, que vous n'avez nulle part où aller. Quand les femmes sortent se promener avec les enfants, c'est là que nous sommes particulièrement vulnérables. Ils choisissent ce moment pour tenter de vous violer. Si vous avez le malheur de les dénoncer à une de leurs femmes, alors vous pouvez être sûre que vous ne reverrez jamais vos enfants. Évidemment qu'elles savent au fond d'elles ce que leurs maris sont capables de faire, mais dans leur société, il y a trop de pudeur, de honte et de tabous pour que le viol d'une domestique noire soit avoué. C'est pour ça que de nombreuses domestiques étrangères n'ont pas d'autre choix que de subir. Tous les jours, je songeais à m'enfuir. Je guettais la barrière. Je cherchais du regard les caméras de vidéosurveillance. »

MURUNGA FEITH SHIMILA, 30 ANS, ANCIENNE DOMESTIQUE EN ARABIE SAOUDITE, DE RETOUR AU KENYA.

« Je me souviens que je suis arrivée chez eux le 28 décembre 2019. Là-bas, le père de famille, on l'appelle Baba. Le couple a trois enfants, dont un nourrisson qui est né peu après ma venue. À la suite de son accouchement, la mère, Mama, m'a demandé de lui administrer des suppositoires. J'ai refusé. Moi, j'étais venue pour faire le ménage et être leur domestique, je ne suis pas infirmière. Quand j'ai refusé de soigner Mama, Baba m'a répondu qu'ils m'avaient « achetée » et que je devais leur obéir. Il n'est pas vieux, je dirais qu'il a la cinquantaine. D'abord, il m'a giflée, puis il s'est mis à me pousser contre le mur, à me donner des coups de poing et des coups de pied. C'est comme s'il battait un enfant. Je décide de rester dans cette maison malgré les coups et la peur constante d'être tuée. Le rythme n'a rien d'humain. Je travaille pour la famille, mais aussi pour la sœur de Baba, sa belle-mère et son frère. Je me réveille à 9 heures du matin, et je n'ai le droit d'aller me coucher qu'à 3 heures du matin. Mon salaire est de 900 riyals saoudiens [200 euros], mais je tiens pour mes enfants. Je ne peux pas abandonner.

Avec tout ce stress et ces coups, j'ai commencé à faire des calculs rénaux. Baba a accepté de m'emmener à l'hôpital au bout du troisième jour. Le médecin a demandé que je repasse le lendemain pour faire des radios du foie et des reins. Sur le chemin du retour, mon patron n'a rien dit. Il est allé m'acheter du Panadol en pharmacie. Une fois à la maison, je me suis reposée seulement dix minutes. Je ne me sentais pas bien, alors je suis allée m'allonger sur le tapis au sol où je dormais la nuit. Je n'avais pas de lit… Soudain, j'ai senti une main saisir ma cheville. Baba me tirait par un pied violemment. Ses mots, je m'en souviens encore : "Réveille-toi, tu n'es pas venue ici pour dormir, mais pour travailler. Va en cuisine, nous avons de nouvelles commandes !" En plus d'être une domestique et une infirmière, je devais préparer des repas qu'ils vendaient. Il m'a frappée une première fois avant que j'aille en cuisine. Puis une seconde fois car j'étais trop lente pour lui, mais j'étais ralentie à cause des coups et de la douleur aux reins.

Mon corps s'est habitué à cette violence. J'ai tellement pleuré à cette époque… À un moment, tu te dis qu'ils peuvent te faire n'importe quoi, ce qu'ils veulent. Allez-y ! Puis je me suis rappelée… et si je meurs, que va-t-il arriver à mes enfants ? Ils sont restés avec leur père alcoolique. Je leur envoie de l'argent, sans savoir ce qu'il en fait, mais si je disparais, que vont-ils devenir ? J'ai donc tout laissé en plan dans la cuisine et je suis retournée dans ma chambre prendre les quelques papiers que j'avais et mon téléphone secret. Les collants, c'est pratique pour cacher ce genre d'objets.

J'ai pris ma couette pour faire semblant d'aller la laver et je suis passée devant la salle à manger où ils déjeunaient. Une fois la porte de la maison franchie, j'ai couru. C'était le 22 mai 2021, il faisait très chaud. Pendant de longues minutes, j'ai cherché un commissariat de police, mais il n'y en avait pas dans le quartier. Et puis, comme tous les panneaux de signalisation sont en arabe, je ne m'en sortais pas sous ce soleil de plomb. Une voiture a fini par passer. C'était un Saoudien. Il m'a écoutée, m'a donné de l'eau et m'a déposée devant le poste de police. Là, les agents ne m'ont pas brutalisée. Je leur ai expliqué la situation avec mon *kafeel*. Ils ont fini par appeler Baba et lui ont demandé de venir avec tous mes documents et mon passeport. Lorsqu'il est arrivé, la police lui a ordonné devant moi : "Laissez cette femme aller à son agence de travail. Si elle veut revenir travailler chez vous, elle reviendra. Si elle ne veut pas, laissez-la rentrer dans son pays." Il a acquiescé. J'ai cru que mes souffrances étaient derrière moi. La route entre le commissariat et la maison s'est faite encore sans un mot. Dès que j'ai franchi le pas de la porte, j'ai attrapé quelques-uns de mes vêtements qui séchaient à l'extérieur, puis j'ai fait mon sac pour prendre le bus et me rendre à l'agence de travail située à dix heures de route. Mais Baba m'attendait sur le palier. "Où penses-tu aller ?", m'a-t-il lancé. Son visage s'est métamorphosé. Ce jour-là, il s'est transformé en un véritable animal. Il m'a frappée comme un diable, à tel point que mes vêtements se sont déchirés. Mama était dans la pièce. Elle assistait à la scène sans bouger. Baba m'a traînée dans la cuisine pour que je termine ses commandes. Je n'arrivais plus à tenir sur mes deux jambes. Quand Mama nous a suivis dans la cuisine, j'ai craqué et je suis tombée à genoux. Je les implorais de me libérer, de me renvoyer à mon agence, je ne voulais pas être battue une quatrième fois dans la journée. De l'eau bouillait dans une casserole. Baba était derrière moi. Quand je me suis relevée péniblement pour lui faire face, il m'a jeté l'eau bouillante sur le bras. J'ai senti ma peau fondre, sans aucune douleur. J'avais une telle colère en moi, une telle adrénaline. Je ne me reconnaissais pas moi-même. J'agissais par pur instinct de survie. Ils ne m'ont pas soignée après ça. Baba et Mama se sont assis à la table du salon. Un pistolet était posé dessus, avec deux balles à côté. Le *kafeel* a laissé entendre qu'il pouvait me tuer si je n'acceptais pas de faire une vidéo attestant que je m'étais ébouillanté le bras par accident. Mama a saisi son téléphone et elle a compté à rebours pour me donner le top départ : trois, deux, un, et je me suis mise à jouer comme une actrice. J'ai parlé face caméra : "J'étais dans la cuisine, j'ai pris la casserole d'eau chaude et j'ai trébuché. L'eau s'est renversée sur mon bras." Après ça, mon bras avait déjà triplé de volume, j'ai mis mon hijab et nous sommes retournés à l'hôpital. Dans la voiture, Baba m'a menacée une seconde fois avec son arme. Il m'a dit : "Felth, ne change pas un mot de ta déclaration. Si tu le fais, tu sais que tu vas revenir avec nous et nous te tuerons." »

BRENDA, 27 ANS, EDNA, 38 ANS, ET LUCIE, 35 ANS, DOMESTIQUES EN FORMATION, EN PARTANCE POUR L'ARABIE SAOUDITE, KENYA.

Une grande porte verte s'ouvre dans le quartier agité de Githurai, à Nairobi, laissant apparaître une cour agrémentée d'un espace de jeu où une femme, en tablier de travail, se balance tristement sur une balançoire. À Githurai, on enseigne aux femmes kényanes à se servir d'appareils ménagers dernier cri et à astiquer des propriétés de luxe. Dans un peu plus d'un mois, des dizaines d'apprenties domestiques diplômées iront en Arabie saoudite servir une famille. En 2019, le gouvernement kényan a mis en place une réglementation obligeant ses ressortissantes servantes, candidates au Golfe, à suivre une formation puis à passer un examen.

Stéphanie Wacuka, la directrice de l'institut, âgée d'une petite trentaine d'années, interrompt une séance de nettoyage de tapis à franges pour nous recevoir. Rien que dans l'établissement où elle enseigne, 325 étudiantes sont formées tous les mois. En 2019, quand la réglementation a été mise en place, jusqu'à 7000 domestiques kényanes ont été entraînées pour servir des familles en Arabie saoudite. Ses élèves sont recrutées sur catalogue par leur futur *kafeel* saoudien. « Avant, les filles partaient par leurs propres moyens ou passaient par des agences qui ne les préparaient pas suffisamment. Du coup, beaucoup finissaient par s'enfuir de leur famille, puis se retrouvaient à mendier dans la rue. Au moins, avec notre formation, ces femmes, quand elles partent, ne sont plus choquées par ce qu'elles voient et vivent. Si tu n'es pas prête mentalement pour ce travail, alors mieux vaut laisser tomber. »

Brenda, Edna et Lucie terminent leur cours matinal. Comme elles, un grand nombre de candidates au départ sont issues de milieux ruraux, principalement situés sur la côte est du pays. Beaucoup n'ont jamais manipulé un aspirateur, nettoyé des vitres, repassé une chemise, ni mis en route une machine à laver. Edna, mère de deux enfants, vient de la province rurale de Nyanza, proche du lac Victoria : « Je suis prête à affronter le racisme, ça ne me fait pas peur », lance-t-elle. « Moi j'ai travaillé six ans chez une famille saoudienne et pendant ces six ans je n'ai pas eu un seul jour de repos », rétorque Lucie. « Je suis prête », répète sèchement Edna. Les cheveux coupés très court, le tablier retroussé, elle espère réussir son examen pour pouvoir partir « au moins deux ans ».

« Je sais que la vie est dure. Les Arabes sont des gens sévères. Vous devez faire profil bas et obéir. J'ai des amies là-bas qui dorment trois heures par nuit. Je m'attends à ce que nos employeurs prennent nos passeports, car ils ont peur que la charge de travail nous pousse à nous enfuir. Ils considèrent que vous leur appartenez, car ils payent tous les frais pour nous faire venir du Kenya. »

Brenda observe sans un mot le débat entre ses deux amies. Elle se tord les mains, visiblement stressée. « J'ai deux enfants de 3 et 6 ans. Et je suis célibataire. Je pense partir pour au moins deux ans. Six, si ça se passe bien. Il n'y a pas de travail au Kenya et j'ai seulement un baccalauréat. Donc ici, si je trouve un emploi, je ne toucherai pas au-dessus de 5000 shillings kényans [38 euros] par mois contre 27000 shillings kényans [200 euros] là-bas. Oui, mes enfants vont souffrir de l'absence de leur mère, mais si je reste ici, ils auront faim et n'iront pas à l'école. J'ai entendu ces histoires de femmes assassinées, mais je suis prête à affronter tout cela. Je suis consciente et prévenue qu'il y a des patrons plus ou moins bons. Je n'ai plus qu'à prier Dieu pour qu'il m'en donne un bon. »

La directrice de l'institut, affolée par la teneur de la conversation, intervient : « Attention à ce que vos questions ne les terrorisent pas. »

Alors que les élèves sont retournées en classe, Stéphanie confie préparer les filles à l'éventualité d'agressions physiques et sexuelles de la part de leur *kafeel*.

« Pour les violences physiques, ça n'arrive que si la domestique a provoqué son patron. Par exemple, je leur dis que, pour un vol, les autorités peuvent couper la main, mais en vérité elles vont surtout être frappées. Pour les abus sexuels, ça dépend beaucoup de comment la domestique se comporte face au boss. Si les attitudes ou les postures sont dans la séduction… On leur enseigne comment s'habiller pour éviter que ça arrive. Ma recommandation, c'est de surtout suivre les instructions de la femme, de ne pas trop interagir avec l'homme et de ne surtout jamais accepter son argent… Car vous savez, parfois… l'argent est une tentation pour ces femmes. »

ENTERREMENT AU BULLDOZER

Lorsque les femmes domestiques fuient un *kafeel* violent, elles deviennent extrêmement vulnérables, sans papiers ni argent. Une aubaine pour les réseaux de prostitution. 1,3 million de femmes malgaches, dont 80 % sont des employées de maison, travaillent actuellement à l'étranger. Pourtant, en 2013, Madagascar a interdit à ses ressortissantes d'aller travailler dans des pays « à hauts risques » comme l'Arabie saoudite et le Koweït, suite à une escalade de meurtres et d'abus sexuels subis par des Malgaches expatriées dans ces deux pays. Mais les agences de recrutement contournent la réglementation en faisant partir les volontaires d'aéroports étrangers. Ainsi, en 2013, 3 000 travailleuses domestiques malgaches ont pu émigrer au Koweït.

LYDIA, 41 ANS, DOMESTIQUE MALGACHE EN ARABIE SAOUDITE, PRÉSENTE À L'ENTERREMENT DE MÉLANIE, ET BAVY BE FRANCIA, SŒUR DE MÉLANIE, MADAGASCAR.

LYDIA | « Je n'étais pas une amie de Mélanie. Je suis seulement une fille qui travaille ici en Arabie saoudite. Un jour de mars 2021, sur notre groupe WhatsApp de domestiques malgaches, des filles ont demandé si quelqu'un était libre pour aller assister à l'enterrement de l'une d'entre nous. Je n'habitais pas loin du cimetière de Jubai, alors j'y suis allée. Un employé du cimetière a creusé un trou d'un peu plus d'un mètre de profondeur. Il n'y avait pas de cercueil, seulement un drap blanc qui la recouvrait. Il n'y avait pas non plus de couronne de fleurs. Les filles s'étaient pourtant toutes cotisées pour que Mélanie ait une vraie tombe, cimentée, avec une stèle. Mais l'ambassade malgache en Arabie saoudite n'a rien fait de cet argent… Ils n'ont pas fait leur travail. Ils s'en fichent de nous.

Mélanie a été enterrée avec un bulldozer. Ça n'a duré que quelques secondes. La pelleteuse a pris la terre et a recouvert le trou. Sa sœur était présente et, quand elle a vu qu'ils l'enterraient comme un vulgaire chien, elle est tombée par terre en pleurs. Moi aussi, j'ai pleuré. J'ai senti mes jambes lâcher. Pas à cause du bulldozer, mais parce que nous n'avions dit aucune prière avant que l'engin ne la recouvre. À Madagascar, avant de mettre en terre le défunt, en tant que chrétiens, on récite toujours une prière. Là, il n'y a eu aucune parole, aucun mot. C'est ça qui m'a fait le plus mal au cœur et m'a émue aux larmes. Les Saoudiens n'oseraient pas enterrer leurs morts comme ça.

Après l'enterrement, il n'y a eu aucune cérémonie. Je suis arrivée à 9 heures du matin, je suis repartie à 10 heures. Quand je suis retournée travailler, j'ai posté la vidéo du bulldozer sur les réseaux sociaux. Une amie m'a appelée pour me dire qu'elle commençait à tourner sur internet. J'ai reçu de nombreuses menaces anonymes. Maintenant, j'ai peur quand je sors faire les courses avec mon patron.

Après avoir assisté à ça, comment ne pas penser que ça va m'arriver à moi aussi, si je meurs ici ? Je crois en Dieu, donc je n'ai pas pleuré sur mon sort après l'enterrement de Mélanie. Je sais que les filles malgaches continueront d'être assassinées et seront enterrées de la sorte. Je n'ai pas encore été maltraitée parce que je suis soumise, je ne réponds jamais. Venir en Arabie saoudite est risqué. J'en suis consciente. Mais je n'ai pas le choix. Je dois penser à l'avenir de mes deux enfants que j'aimerais envoyer en France pour qu'ils y fassent leurs études. »

BAVY BE FRANCIA | « Mélanie était une fille très bavarde, une vraie comédienne, une femme courageuse. Elle n'avait pas de meilleure amie que moi. Nous étions comme des jumelles. J'étais partie la première en Arabie saoudite ». La ligne grésille et emporte la voix fluette de Bavy Be Francia. Elle n'a encore jamais parlé de la mort de sa sœur à des étrangers. La famille a appris la nouvelle par message début novembre 2020. Une association malgache basée en France leur a annoncé le décès sur Facebook. « Faites-vous partie de la famille de Mélanie ? J'ai le malheur de vous annoncer sa mort. » Les mots sont crus et suivis d'une photo effroyable : le corps sans vie, nu sous un drap, les cheveux ébouriffés, la tête coupée de Mélanie reposant à côté de son corps ensanglanté.

Mélanie avait quitté sa famille pour subvenir à leurs besoins. À 22 ans, cette mère célibataire et sans emploi espérait épargner assez pour payer des études à sa fille. Mais au bout de quelques mois, sa sœur Bavy, rentrée d'Arabie saoudite, la sent fatiguée. Les remarques racistes, les violences et le rythme infernal imposés par ses employeurs saoudiens lui font prendre la tangente. Bavy raconte d'un ton monotone : « Mélanie m'a dit un jour qu'elle voulait s'enfuir pour travailler illégalement. Selon elle, ça rapporterait plus et elle enverrait plus d'argent au pays. Elle m'a parlé de cette amie qui allait la recueillir, mais je ne savais pas qu'elle se prostituerait… J'ai insisté pour qu'elle reste domestique, mais elle m'a répondu : "Toi aussi tu étais en Arabie, tu sais à quel point la vie est dure."

Sans le savoir, Mélanie entre dans un réseau de prostitution dont il est difficile de s'extraire. Un classique : son passeport, seul objet lui permettant de quitter le pays, est resté aux mains de son *kafeel*. « Elle avait une passe à Jubail[1] avec trois autres filles, mais elle est partie seule. Sur place, elle a envoyé un dernier message leur disant de ne pas venir, le client n'était pas seul... » Bavy Be Francia ne saura jamais si on forçait sa sœur à se prostituer de force : « Elle me l'a caché, car elle avait honte, je pense... », suppose-t-elle. Aujourd'hui, Bavy s'occupe de sa nièce orpheline.

1 Jubail est situé à quelques kilomètres au nord de Dammam, là où résidait Mélanie.

VOLOLONIRINA ANITA, 30 ANS, EX-DOMESTIQUE MALGACHE AU KOWEÏT, DEVENUE PROSTITUÉE, DE RETOUR À MADAGASCAR.

« J'ai quitté Madagascar en 2013 pour devenir femme de ménage. Je rêvais de gagner de l'argent et d'avoir une vie meilleure. Une agence de travail m'avait proposé le Koweït. Les gens de l'agence au Koweït n'étaient pas comme ceux de Madagascar, ils étaient mauvais avec nous. Au bout de quelques jours, on m'a attribué une famille. Le père ne parlait pas un mot d'anglais et s'est mis à me battre violemment peu après mon arrivée. Il me frappait parce que je ne parlais pas arabe. Je devais laver ses six voitures, faire les repas, nettoyer toute la maison encore et encore. J'avais aussi la charge de ses sept enfants et je n'avais pas le droit de m'endormir avant qu'ils soient tous couchés. Mon patron n'acceptait pas que je prenne de douche. Quand il me frappait, il visait la tête, il me donnait des coups de poing, il me jetait par terre... Il était âgé, mais avait de la force... Un jour, j'ai quitté discrètement la maison de mon *kafeel*, je ne suis jamais revenue. »

Comme Mélanie, Anita prend la décision de fuir. Alidera, une amie elle aussi en fuite, propose de l'héberger. Cette dernière assure avoir trouvé du travail sans passer par une agence ni dépendre d'un patron. Anita y voit une porte de sortie. À son arrivée, Anita est hébergée dans une maison située dans le district koweïtien de Mahboula avec neuf autres femmes africaines. Son amie lui demande de l'aider à payer le loyer sous peine de la mettre à la porte. Elle découvre alors que la résidence abrite en réalité des prostituées. Comme de nombreuses Malgaches que nous avons interviewées, après avoir été maltraitée par son employeur, Anita est récupérée par des réseaux de prostitution.

« L'amie que j'avais rencontrée il y a quelques années à Sambava (Madagascar) vendait elle aussi son corps à des Saoudiens et à d'autres étrangers. Comme moi, Alidera n'avait plus de passeport, ayant fui elle aussi un patron violent. Elle se vantait des quatre maisons qu'elle avait fait construire au pays depuis. Toutes les semaines, une maquerelle qu'Anita appelait "la Dame" appâtait les clients sur les réseaux sociaux et les mettait en relation avec les filles. Nous nous déplacions souvent. Ça se passait dans des lieux privés, cachés.

Je ne voulais pas devenir une prostituée, mais je n'avais nulle part où aller et surtout je n'avais pas de passeport et plus d'argent. C'était le seul moyen pour moi de survivre. Je faisais entre cinq à dix passes par jour, touchant entre 5 et 10 dinars koweïtiens [13-26 euros] par passe. En réalité, je ne gagnais même pas assez pour envoyer de l'argent au pays, car les hommes ne me choisissaient pas souvent.

La fin de ce cauchemar, je l'ai payée de ma chair. Un jour, nous avons été présentées dans une grande pièce d'un immeuble. Les clients étaient venus nous choisir. Deux femmes sont parties avec plusieurs hommes et nous avons rapidement entendu des cris et des bruits de coups. Une femme a réussi à s'échapper et a appelé la police. C'était la panique. Nous risquions une lourde peine de prison pour nous prostituer et avoir fui nos patrons respectifs. Pendant que nous rangions nos affaires pour nous enfuir, nous avons entendu des filles se disputer avec la police, à l'extérieur. La suite, je ne m'en souviens plus vraiment… C'est difficile, vous savez, de me rappeler tout ça. Apparemment, dans la panique, une copine m'a poussée accidentellement du quatrième étage. Il était minuit, il faisait nuit noire, dans la cohue générale, personne n'a prêté attention à ma chute. Je suis restée dans la rue, allongée sur le sol, toute la nuit. Un taxi m'a finalement transportée à l'hôpital. Je suis restée alitée cinq mois, de janvier à mai 2020, avec de multiples fractures et hématomes. Je ne peux toujours pas marcher. Mes pieds me font encore très mal. Je m'attends à ce qu'on me les ampute bientôt. J'ai perdu toutes mes dents. Chaque jour, je me dis que j'aimerais mourir, car je ne supporte plus la douleur. En plus, je suis un fardeau pour mes parents. »

AMBASSADES : L'IMPOSSIBLE DIPLOMATIE DES DROITS DE L'HOMME

Les diplomates africains, asiatiques et occidentaux en poste dans les pays du Golfe font face à un dilemme récurrent : témoins de maltraitance sur les travailleurs, ils doivent choisir entre agir ou fermer les yeux. De leurs actions individuelles peut dépendre la vie d'une personne, mais il peut aussi en découler un certain nombre de conséquences politiques préjudiciables. Ainsi, les pays d'Afrique de l'Est se gardent soigneusement de tout conflit diplomatique avec le Golfe pour éviter la fermeture d'importants robinets d'aide humanitaire. Les pays d'Asie craignent de perdre la préférence pour leur main-d'œuvre. Les pays occidentaux souhaitent, eux, maintenir des alliances sans remous avec leurs fournisseurs d'énergies fossiles et leurs lucratifs clients en matériel militaire. Les ministères ne partagent pas non plus toujours l'empathie et le devoir moral des diplomates. À ce jour, aucun d'entre eux n'a pris de réelles dispositions durables pour abolir l'exploitation de ses ressortissants. Il en va de même pour toute tentative de pression collective. Aucune n'a été tentée au nom des intérêts géopolitiques et économiques des pays exportateurs de main-d'œuvre.

UNE AMBASSADRICE EUROPÉENNE AU KOWEÏT VOULANT RESTER ANONYME.

« Le Koweït est souvent décrit comme le pays le plus violent et le plus dur pour les [travailleurs] migrants. C'est directement corrélé à la liberté d'expression et de la presse qui existe réellement au Koweït, car c'est le pays le plus ouvert et libéral du Golfe. Il y a évidemment un certain niveau de répression, mais qui est sans commune mesure avec ce qui se passe dans les pays voisins. Par conséquent, il est beaucoup plus facile d'accéder à certaines informations qui dérangent dans ce pays que dans d'autres, en particulier sur la question des migrants. Il y a eu énormément d'ONG ou d'institutions liées aux Nations unies qui ont travaillé sur le sujet et qui ont publié les résultats de leurs travaux alors qu'on ne trouve pas l'équivalent de ce travail en Arabie saoudite, au Bahreïn et ailleurs. La mauvaise réputation du Koweït tient donc à une meilleure couverture de ces drames et du non-respect des droits des travailleurs. C'est mon avis, mais je ne dis pas que les migrants sont bien traités au Koweït, ce n'est pas du tout ce que je veux dire.

On reçoit parfois sur la boîte contact de l'ambassade des messages [d'appels à l'aide] de migrants venus de pays africains. Leur pays dispose pourtant d'une représentation diplomatique au Koweït, mais ils parlent notre langue et partent du principe que leur pays ne les aidera pas par manque de moyens, voire de volonté. Certains petits pays ne veulent pas faire de vagues. Ces ambassades-là sont souvent subventionnées pour venir ouvrir une représentation au Koweït. Plus il y a d'ambassades dans un pays, plus cela renforce sa souveraineté. D'autre part, seules les ambassades ont le droit de commander de l'alcool ici. Donc plus il y en a, plus il y a d'alcool dans le pays [et de marché noir].

En théorie, une ambassade africaine pourrait s'occuper de ses ressortissants tombés dans l'illégalité. Ce sont souvent des domestiques qui ont fui leur patron ou des travailleurs arrivés illégalement. Car au Koweït, comme ailleurs dans le Golfe, en principe, il faut un visa de travail valable avec un contrat déjà préétabli, mais certains travailleurs arrivent à entrer sur le territoire koweïtien via des filières de passeurs. Cela concerne surtout les Indiens et les Bangladais. Ce système de migration illégale sur le sol koweïtien est très opaque. Et les travailleurs venus illégalement sont parqués dans le quartier de non-droit Jeleeb où ils sont encore plus corvéables que les travailleurs venus légalement. Ces gens, on en fait ce qu'on veut.

Les autres migrants arrivés en bonne et due forme au Koweït disposent d'un visa en accord avec leur profession. Ce visa leur procure des droits très restreints qui les enferment dans une sorte de statut de travailleurs utilisables jusqu'à épuisement. Ils sont mis à la disposition d'agences qui louent de la main-d'œuvre à qui en demande. Pour remettre en cause ce système, il faut qu'un scandale éclate. Régulièrement, la *kafala* koweïtienne, sous la pression de telle ou telle affaire sordide, évolue lentement. Lorsque j'étais au Koweït, une employée philippine avait été retrouvée en morceaux dans un congélateur. Le couple qui la parrainait avait pris la fuite. La communauté philippine s'était mobilisée derrière son ambassade, assez active et influente. Après ce crime, la loi a légèrement évolué : il y a eu l'obtention d'un jour de congé par semaine, ce qui n'était pas le cas avant, et le droit de conserver son passeport, ou encore la limitation du nombre des heures de travail. Les diplomates de l'ambassade des Philippines étaient même allés récupérer les ressortissantes de leur pays. Ils les avaient exfiltrées de leur lieu de travail. C'était illégal de leur part et donc l'ambassadeur avait été convoqué puis expulsé.

Moi-même, un jour, j'ai été confrontée au cas de deux femmes africaines. Elles avaient fini par échouer devant la porte de notre résidence diplomatique et c'est là que nous les avons récupérées. Nous avons essayé de comprendre qui elles étaient, d'où elles venaient... Nous avions énormément de mal à communiquer avec elles, car elles n'étaient ni vraiment anglophones, ni vraiment francophones, ni vraiment arabophones... Nous les avons accompagnées jusqu'à un centre d'hébergement où elles ont été prises en charge par une ONG. Elles n'avaient aucun papier, car elles avaient fui leur employeur qui les leur avait confisqués. Ces femmes avaient soif, faim et on voyait bien qu'elles avaient été brutalisées, elles avaient des cicatrices. Grâce à l'ONG, elles ont pu refaire leurs papiers et rentrer chez elles.

Bien sûr, c'est un sujet de discussion et de préoccupations entre ambassadeurs au Koweït. Mais nous passons plus de temps à régler les problématiques liées aux voyages des Koweïtiens dans nos pays avec leur personnel étranger. Quand les Koweïtiens partent en vacances en Europe, ils veulent venir avec un certain nombre de leurs employés et chaque pays européen a ses propres réglementations. Certains pays exigent un nombre maximal d'employés par demandeur de visa, alors que, pour d'autres, c'est illimité. On a du mal à s'accorder là-dessus... Par exemple, l'Espagne a grandement durci sa délivrance de visas aux employés de maison étrangers des Koweïtiens. Beaucoup de ces derniers ont des propriétés en Espagne dans la région de Marbella, donc ils partent là-bas chaque été avec des domestiques pour toute la famille. Un été, il y a eu une série de scandales en Espagne qui ont ému l'opinion publique. Les médias ont révélé que des domestiques de X ou Y nationalités avaient été retrouvés en train de dormir sur le balcon de la maison ou bien étaient maltraités. Tant et si bien que les Espagnols ont décidé de restreindre le nombre de visas pour les domestiques, sanctionnant par ce biais les Koweïtiens. Mais ces familles se tournent vers d'autres pays européens moins regardants sur le nombre de domestiques comme l'Italie, la France et la Grèce et prétendent venir dans ces pays avec de vrais billets d'avion et réservations d'hôtel. Dans les faits, elles ne font que passer et traversent la frontière terrestre de l'Espagne avec leur visa Schengen, sans encombre.

Les familles koweïtiennes ont souvent une nourrice pour chaque enfant et, bien sûr, une surintendante des nourrices, une cuisinière, des femmes de chambre, des infirmiers, des chauffeurs, des palefreniers, etc. Les familles possèdent généralement toute une armée de domestiques dans un style proche de l'élite européenne jusqu'à la moitié du XIXe siècle. Au Koweït, il n'y a pas de citoyens pauvres ni de classe moyenne, tout le monde est riche. Et ces familles reçoivent en plus des subventions de l'État pour aider à payer les salaires de leurs domestiques migrants.

[Le droit des travailleurs étrangers] est un sujet que nous abordons entre pays européens, mais aussi avec les autorités koweïtiennes. Nous le faisons sans pincettes, au nom de l'Union européenne pour peser davantage. Nous nous focalisons surtout sur l'application de la nouvelle loi sur les travailleurs étrangers qui a permis pas mal d'avancées. Mais ces échanges diplomatiques ne sont pas menés comme le font, par exemple, les Américains qui sont beaucoup plus vindicatifs. Ce genre de diplomatie, nous la trouvons contre-productive. Nous préférons ne pas braquer les autorités koweïtiennes ou les élus du Parlement koweïtien. Parce que les critiques et les recommandations sur ce sujet peuvent être ressenties en face comme une ingérence. Chacun ses méthodes, nous les Européens sommes davantage partisans d'une action discrète, mais efficace. »

ANDERS BENGCTÉN, AMBASSADEUR SUÉDOIS AU QATAR.

« Nous sommes présents diplomatiquement dans le pays depuis 2014 et nous entretenons d'excellentes relations avec le Qatar. La décision [de boycotter la tournée hivernale des matchs amicaux de la sélection] a été prise indépendamment par la Fédération suédoise de football[1] et, bien sûr, ce n'est en aucun cas à l'ambassade de faire des commentaires ou de revoir les décisions. Ça n'a pas créé de tensions de notre côté avec le Qatar. Ce n'est même pas un problème, je dirais, parce que c'est une décision indépendante qui n'a rien à voir avec les affaires du gouvernement suédois[2]. Je le répète, ce sont les faits d'une fédération indépendante, qui n'est en aucun cas associée au gouvernement suédois. C'est vous qui prétendez que c'est un sujet de conversation entre les diplomates qataris et nous-mêmes. Il n'y a eu aucune conversation à ce propos, je ne parle pas au nom de la Fédération suédoise de football. Je pense que vous devriez vous adresser à elle plutôt qu'à nous.

Venons-en maintenant aux conditions de travail des ouvriers étrangers au Qatar. C'est un sujet important. La Suède a un mémorandum d'entente (MoU) avec le Qatar depuis 2020. Nous avons observé des progrès sur ce dossier. Aujourd'hui, les travailleurs peuvent librement quitter le pays sans permission, les salariés n'ont plus besoin du certificat de l'employeur pour pouvoir changer d'emploi. Ces mesures créent de la flexibilité sur le marché du travail, ici. Il y a aussi le salaire minimum et des indemnités pour la nourriture et pour le logement du travailleur. La liberté de parole des travailleurs évolue également dans le bon sens avec le programme de l'OIT prévoyant que les employeurs et les employés se réunissent autour d'une table *(join workers committees)* pour discuter des problèmes importants. »

1 À la fin de l'année 2021, la sélection nationale suédoise et sa fédération de football ont exprimé des réserves publiques sur la tenue du Mondial dans l'émirat, critiquant les conditions de travail des ouvriers.

2 Le commerce entre la Suède et le Qatar a presque doublé entre 2015 et 2019.

Nous l'interpellons sur le cas de Malcolm Bidali et son arrestation.

« J'ai vu passer quelques articles concernant cette affaire, mais quelle est votre question ? Mon point de vue ? Ce qui est certain, c'est que dans le domaine des droits de l'homme et des droits des travailleurs, le Qatar a fait des progrès et je ne vais pas commenter des cas individuels dont je n'ai aucune connaissance. »

Nous demandons à l'ambassadeur s'il s'est déjà rendu dans la Zone industrielle de Doha.

« Oui, je suis allé dans la Zone industrielle. Je crois que le plus important ici sont les progrès, surtout sur le terrain. C'est la clé et c'est la raison pour laquelle nous avons un MoU avec le Qatar, pour fournir nos connaissances et notre expertise technique, pour aider à la mise en œuvre de ces réformes. »

L'entretien n'a duré que dix minutes, l'ambassadeur a rapidement balayé nos questions d'un revers de la main, visiblement agacé par celles-ci. Quelques mois plus tard, nous tombons sur un rapport datant de 2022 du Comité suprême pour la livraison et l'héritage (SC), un organisme gouvernemental qatari chargé de l'organisation de la Coupe du monde. Si le gouvernement qatari a avancé dans la réglementation des logements des travailleurs, comme l'ambassadeur suédois le souligne, c'est *a minima*. Ouvrant sur un genre nouveau : la taylorisation du logement des ouvriers. En voici quelques extraits :

> ***Normes pour le bien-être des travailleurs [rappelées aux entreprises] :***
> ***– Les travailleurs doivent bénéficier gratuitement d'un matelas, d'un oreiller, de deux ensembles de draps et de taies d'oreiller et d'une couverture.***

- Les chambres auront une dimension minimale de 6 m² de surface au sol par personne, y compris l'armoire.

- Les lits doivent mesurer au minimum 1,0 m x 2,0 m et être d'une hauteur minimale de 300 mm à partir du matelas et jusqu'au sol.

- Un lit par personne. Le partage de lit entre les shifts de jour et de nuit est interdit.

- [Une armoire] d'au moins 180 cm de haut, 90 cm de large et 45 cm de profondeur [minimum] doit être fournie par travailleur dans chaque chambre pour le stockage de ses effets personnels.

- Le sol et les murs de la chambre doivent être exempts de moisissures et de débris et être faciles à nettoyer.

- Lorsque l'hébergement est alimenté par des générateurs diesel, aucun bâtiment habitable ne doit être situé à moins de 30 m.

- Aucun des chemins à l'intérieur [du camp] et autour du site d'hébergement [des ouvriers] ne doit être entravé par des débris et/ou des matières dangereuses, et ce, afin de permettre un déplacement sûr et sans entrave du personnel.

- Le logement [des travailleurs] doit contenir au minimum un W.C. pour six lits.

- Chaque W.C. doit être contenu dans une cabine privée et verrouillable.

- Les planchers et les murs de la salle d'eau doivent être exempts de moisissures et de débris et être faciles à nettoyer.

- Seule de l'eau potable doit être fournie pour les douches et les ablutions. L'eau chaude et l'eau froide doivent être fournies à toute période de l'année.

– Chaque chambre doit bénéficier d'une climatisation suffisante pour refroidir une pièce entièrement occupée pendant les périodes les plus chaudes.
– Tous les réservoirs d'eau utilisés pour la douche et les ablutions doivent être abrités et isolés ou équipés de dispositifs de refroidissement. L'eau utilisée à cet effet doit être testée périodiquement par l'entrepreneur pour s'assurer qu'elle est exempte de contaminants.

Pour s'assurer que les nouvelles politiques sont correctement mises en œuvre, le ministère du Travail dit avoir intensifié ses campagnes de contrôle des entreprises, donc des chantiers et des logements des travailleurs. Le ministère a mené 21 644 inspections en 2019, 33 546 en 2020 et 33 880 en 2021. Des vérifications aux résultats contestés si l'on en croit le témoignage précédent de Malcolm Bidali qui nous a raconté comment les entreprises, prévenues en amont, pouvait en effet maquiller, réorganiser, nettoyer les logements à leur guise pour éviter des sanctions. Le nombre de visites des logements paraît également insuffisant et a peu augmenté depuis 2020.

MOHAMMAD SIRMARA, DIPLOMATE SIERRA-LÉONAIS AU KOWEÏT.*

« La plupart de nos concitoyens ici sont des femmes. 80 % sont des domestiques de maison. En 2020, nous en avons comptabilisé 1 080. En 2017, notre gouvernement a, cependant, suspendu le visa n° 20 [relatif au métier de domestique]. Nous ne délivrons plus ce visa de travail aux femmes à destination du Koweït à cause de l'accumulation de désastres humains. De nombreuses Sierra-Léonaises continuent cependant de s'y rendre illégalement en transitant par les pays voisins comme la Guinée-Bissau, le Ghana, le Togo ou encore le Liberia.

Elles ne savent pas ce qu'elles risquent en venant travailler au Koweït. Dans ma carrière de diplomate, c'est la première fois que je suis confronté à autant de violence vis-à-vis des miens. Tous les mois, en moyenne, on reçoit entre 10 et 15 appels de femmes en détresse. Certaines se plaignent de tortures psychologiques, de cadences de travail indécentes. Moi, j'appelle ça de l'esclavagisme parce que ces femmes sont corvéables à merci. Il y a aussi des cas de harcèlements sexuels venant souvent du maître de maison qui ne se gêne pas pour les toucher. Mais peu de femmes osent franchir le pas et nous appeler, ou même éconduire leur patron, parce qu'elles ont honte. Celles qui le font sont obligées de s'enfuir. Notre ambassade dispose de logements pour ces femmes qui ont échappé à leur employeur et souhaitent rentrer au pays. En 2019, on en a rapatrié pas moins de 290.

Aucune femme arabe n'est domestique. Donc, forcément, les Africaines ou les Asiatiques qui font ce métier sont regardées avec dédain et sont perçues comme inférieures. Les employeurs les déshumanisent et sont protégés par la loi locale, donc c'est très difficile de traduire en justice un citoyen koweïtien.

Je n'ai jamais oublié le beau visage de l'une d'entre elles… C'était il y a six ans, nous étions allés la voir à l'hôpital. Elle avait été sévèrement torturée par son employeur. Il avait pour habitude de la brûler avec un fer à repasser électrique ou avec de l'huile bouillante quand elle ne travaillait pas assez vite à son goût. Elle avait aussi certains os fêlés, elle avait perdu l'audition et sa vue avait été endommagée à cause des coups. Il lui manquait également un doigt à la main gauche. La famille koweïtienne pour laquelle elle travaillait l'avait jetée dans la rue comme un déchet… Quand on l'a trouvée, elle a dû être placée en soins intensifs et opérée plusieurs fois. C'est très difficile pour moi de travailler dans ce pays. Quand je suis confronté à tout ça, je me dois de rester professionnel pour que la Sierra-Leone garde un pied ici et qu'on puisse venir en aide à notre peuple en territoire koweïtien. »

NARAD NATH BHARADWAJ, AMBASSADEUR NÉPALAIS AU QATAR DE 2019 À 2021.

« Accordez au Qatar le bénéfice du doute, car je crois fermement que le pays, malgré de nombreuses difficultés, avance dans la bonne direction. Il y a encore beaucoup de choses à améliorer, c'est vrai, mais je trouve que le Qatar a fait beaucoup de progrès par rapport aux autres pays du Golfe. Il a mis en place un droit du travail, il applique les normes minimales pour les travailleurs, il a récemment introduit le salaire minimum. Même si c'est vrai que toutes ces mesures ne sont pas suffisantes au vu du niveau de richesse de ce pays (des pays similaires, et même certains moins riches qu'eux, font mieux : Israël et la Corée du Sud, par exemple).

Les travailleurs népalais sont plus de 350 000, rien qu'au Qatar, à œuvrer dans différents secteurs : la construction, les services, l'aménagement urbain et la construction des stades. Le Qatar ne fournit pas de chiffres précis, mais nous estimons qu'il y a 10 000 à 13 000 Népalais qui construisent des stades. Comme ils sont nombreux et parmi les travailleurs les plus recherchés, le gouvernement du Qatar ne peut pas ignorer leurs problèmes.

On peut noter cependant que la mise en œuvre de la loi est assez difficile et lente. Par exemple, si un travailleur victime d'une injustice est licencié par son entreprise et expulsé du camp de travail où il réside, il n'a nulle part où aller et, si c'est l'été, il mourra sous le soleil. Il ne pourra s'offrir le luxe d'attendre trois, quatre ou six mois pour obtenir justice auprès du tribunal. Et il n'y a aucune disposition pour protéger ces travailleurs engagés dans des procédures judiciaires contre leurs employeurs, comme par exemple leur fournir un logement en attendant d'obtenir justice. Et puis, les services juridiques sont très chers au Qatar. Et vous n'entendrez pas un mot d'anglais dans les cours de justice, toutes les audiences sont en langue arabe. Du coup, les Népalais, incapables de faire appel aux services d'un avocat arabe, ne peuvent se défendre correctement.

Il y a effectivement des décès. D'après nos statistiques, 100 à 150 Népalais meurent sur leur lieu de travail chaque année au Qatar. Je dois reconnaître que le taux d'accidents mortels parmi les travailleurs est certainement plus élevé dans les pays du Golfe qu'au Népal. Plusieurs facteurs doivent cependant être pris en compte. Le Qatar reste un pays aux conditions climatiques extrêmes. De mars à juillet, la température oscille entre 46 et 52 °C. Par conséquent, il y a un réel risque d'accident vasculaire cérébral ou de crise cardiaque. Certains employeurs, pour ne pas diminuer leur profit, choisissent d'enfreindre sciemment les normes. Par exemple, durant l'été, le gouvernement du Qatar interdit le travail en extérieur de 11 heures à 15 heures. Cette disposition est souvent violée, en particulier dans les endroits éloignés où les contrôles sont moins réguliers. Les inspecteurs du travail sont peu nombreux au Qatar. D'autres citoyens meurent d'accidents de la route ou en tombant d'un échafaudage. Il faut nuancer en reconnaissant que, dans certains cas, les accidents sont le fait de négligences individuelles. De nombreux travailleurs arrivent sur les chantiers sans aucune formation préalable. Ils ne sont donc pas conscients des risques. Ils montent sur un échafaudage sans cordes de protection ni équipement adéquat et ont un accident mortel, souvent à cause de chutes d'objets. Ces situations pourraient être évitées avec des mesures de sécurité strictement appliquées.

Lorsque j'étais ambassadeur du Népal au Qatar, j'avais facilement accès aux différents niveaux d'autorité qatarie. Quand il y avait un problème, je pouvais leur parler directement. De manière générale, les autorités qataries sont strictes, mais ouvertes et assez réceptives en ce qui concerne la mise en œuvre des réformes, le paiement régulier des salaires, etc. Pourquoi ne coopéreraient-elles pas, après tout ? Je parle de soucis avec des entreprises privées qui sont responsables du paiement des salaires et de la fourniture d'un logement décent à leurs travailleurs. Nous disposons aussi d'un refuge au sein de l'ambassade pour prendre en charge les travailleurs qui viennent se plaindre d'agression. Nous leur fournissons un logement et organisons leur rapatriement. Ce système n'est pas source de tensions avec les fonctionnaires qataris, car, une fois que le travailleur est à l'ambassade pour demander notre protection, nous avons le droit de l'accorder. Nous négocions avec les autorités habilitées, préparons les documents nécessaires afin de faire annuler le titre de séjour et de récupérer les salaires en suspens, tout ceci pour que le rapatriement se déroule dans la dignité. Nos interlocuteurs qataris promettent de se pencher sur la situation et, dans certains cas, les retards de paiement de salaires sont en effet réglés à l'amiable.

Le marché du travail est encore assez peu organisé. Il n'est pas entièrement placé sous le contrôle et la surveillance du gouvernement et, par conséquent, il y a des cas isolés de violation du droit du travail, mais dans l'ensemble, le gouvernement du Qatar semble réellement essayer d'améliorer la situation des travailleurs. Cela va dans son intérêt, car le pays doit améliorer son image internationale en vue de la Coupe du monde 2022. Si ces cas continuent de se répéter, il sera difficile pour le Qatar de faire bonne figure auprès de la communauté internationale.

En plus des conditions de travail se pose également la question de la ségrégation. Par exemple, certains espaces comme des plages ou des parcs ne peuvent pas être fréquentés par des groupes d'hommes : ils sont exclusivement réservés aux familles. Cela est lié au mode de vie arabe et n'a pas complètement disparu. Ce n'est peut-être pas à cause de leur nationalité que les travailleurs népalais ne peuvent pas accéder à ces lieux, mais je sais qu'il y a des exceptions pour les hommes blancs, qualifiés, éduqués, qui n'ont pas un travail manuel de bas niveau, touchent un salaire élevé, habitent un logement chic. Il m'est difficile de me prononcer, car moi-même je vivais dans une résidence de haut standing et je n'ai donc jamais été discriminé. La vérité, c'est que nous sommes obligés de faire des compromis, parce qu'il y a beaucoup de travailleurs au Qatar qui font vivre leur famille au pays. Que feraient-ils sans ces emplois ? Leurs vies seraient encore plus difficiles. Il peut donc y avoir une sorte d'indifférence face à certaines situations qui sont certes problématiques, mais sur lesquelles on peut difficilement faire pression pour les voir évoluer. Ce tiraillement s'applique également à d'autres pays.

En diplomatie, la capacité de négociation d'un pays dépend de son statut économique et politique auprès de la communauté internationale. Le Népal est un pays pauvre. Beaucoup de jeunes continuent d'émigrer à l'étranger pour trouver des emplois mal payés, ce qui entraîne une sorte de complexe d'infériorité national. Du coup, les habitants des pays du Golfe ont le sentiment que les Népalais ne sont pas capables, qu'ils ne sont pas éduqués, qu'ils ne sont bons qu'à faire un travail manuel, un travail de bas étage. Ce genre de situation rend les négociations diplomatiques difficiles. Cela étant dit, comme il est l'un des premiers pays fournisseurs de main-d'œuvre aux pays du Golfe, le Népal possède une certaine influence. J'ai même l'impression qu'il a été beaucoup plus entendu que le Bangladesh, par exemple, bien que ce pays ait de nombreux travailleurs dans le Golfe. Les travailleurs pensent souvent que le gouvernement philippin a plus d'influence que les autres pays, mais j'ai eu des échanges réguliers avec des diplomates indiens, bangladais, indonésiens, philippins, sri-lankais et tous disent qu'il est difficile de faire remonter les préoccupations des travailleurs à des autorités comme le ministère du Travail au Qatar. Même l'Inde a du mal à faire entendre la voix de ses travailleurs alors même qu'elle a beaucoup d'intérêts commerciaux et de nombreux investissements au Qatar et dans tous les pays du Golfe. Pourquoi ? Dans le cas où un pays refuserait de leur fournir de la main-d'œuvre, les chefs d'entreprise qataris n'auraient aucun mal à trouver des travailleurs ailleurs. Nous, ambassadeurs asiatiques, même si nous nous réunissons régulièrement pour discuter de nos problèmes communs, y compris les questions afférentes aux travailleurs, nous n'exerçons pas de pression collective pour défendre leurs droits, parce que les réalités ne sont pas les mêmes pour tous. Les pays du Golfe traitent chaque pays différemment, en fonction des avantages et des inconvénients qu'ils tirent de cette relation. Chaque pays exportateur de main-d'œuvre n'accorde pas non plus la même importance au droit des travailleurs. Mais il y a des avancées, l'amélioration des salaires minimums est le fruit du travail de plusieurs pays sources, non seulement le Népal, mais aussi l'Inde, le Bangladesh, les Philippines, l'Indonésie, et même les pays africains. »

4

LE COMMERCE TRIANGULAIRE

DE L'ÈRE PÉTROLE

HIER LA CHAÎNE, AUJOURD'HUI LE PASSEPORT

Que ce soit à Mombasa, Shimoni, Tswaka, des villes et des villages entiers du Kenya souffrent de la misère et du chômage. Raison pour laquelle, aujourd'hui, entre 100 000 et 300 000 Kényans travaillent dans les pays du Golfe, notamment en Arabie saoudite, aux Émirats arabes unis et au Qatar, sur plus de 3 millions d'Africains venus de l'est du continent. Une partie de l'ancienne génération s'indigne de ces départs, encore traumatisée par l'esclavagisme mise en place notamment par l'Empire omanais qui, à partir du milieu du XVIIe siècle, s'étendait de la côte somalienne au nord du Mozambique. Mais le trafic d'êtres humains pratiqué dans la péninsule Arabique remonte à encore plus loin. Le commerce d'esclaves s'est développé fortement dans la région au IXe siècle, puis la traite négrière entre l'Afrique et le Golfe a repris entre le milieu du XIXe siècle et le début du XXe siècle. L'esclavage est donc une pratique largement antérieure à la formation des États contemporains du Golfe.

KAMUZU FARRAR, 79 ANS, ET SON FILS TRANCE, 28 ANS, KÉNYANS. TRANCE EST ÉLEVEUR DE VOLAILLE À FRERE TOWN, MOMBASA.

Assis sur des chaises en plastique, à l'ombre de petits arbres, Kamuzu observe avec tristesse des jeunes se droguer, tandis que le second surveille une poule et ses poussins sous une cloche.

KAMUZU | « Il s'appelait John. Mon arrière-grand-père était esclave. Il a été capturé sur les territoires de l'actuel Malawi, par les Arabes à la fin du XIXe siècle. Lui et mes ancêtres étaient dans un bateau pour être vendus dans la péninsule Arabique quand ils ont été sauvés dans l'océan Indien par le capitaine Sir Henry Bartle Frere de la marine britannique. Une partie des miens a été ensuite amenée ici, sur ces terres, dans ce quartier de Mombasa que nous avons construit : Frere Town. Mais toute ma famille n'a pas eu cette chance. Certains ont été vendus comme esclaves à Zanzibar, d'autres à Oman ou aux États-Unis. Je ne pense pas que les Arabes s'excuseront un jour. Mais nous devons d'abord faire en sorte que le gouvernement kényan nous reconnaisse. »

TRANCE | « Nous sommes en train de faire les démarches pour appartenir à une tribu du Kenya. Nous souhaitons intégrer les Kikuyus[1]. Après avoir vécu plus d'un siècle ici, nous ne faisons toujours pas partie des tribus kényanes ni de ce pays. Au quotidien, je dois me faire passer pour un Giriama, une tribu de la côte, même si je n'en suis pas un, afin de survivre. À Frere Town, certains descendants d'esclaves ont préféré changer de nom pour faire plus locaux, pour avoir une plus grande égalité des chances en matière d'emploi, d'études, de logement, etc. Mais moi, j'ai refusé. Au Kenya, quand tu t'appelles Farrar, Botella, Ulady, les gens savent que tu n'es pas du pays, que tu es un descendant d'esclaves venant du Malawi. Même les Somaliens, qui sont arrivés bien après nous, ont été reconnus comme faisant partie des tribus kényanes, mais pas nous. Le gouvernement ne voit pas l'intérêt de nous reconnaître puisque les esclaves étaient et restent des sous-hommes. »

[1] Les Kikuyus représentent la principale ethnie du Kenya.

KAMUZU | « Comment voulez-vous qu'on demande aux Arabes de s'excuser si notre propre gouvernement nous ignore ? Personne ne se bat pour nous. Je suis triste quand j'entends que des gens de chez nous émigrent vers le Golfe pour y trouver du travail. Là-bas, on dit que, dès l'arrivée, votre passeport et tous vos effets personnels sont confisqués. Qu'ils ne vous laissent aucun répit. On vous fait miroiter des choses et vous vous retrouvez finalement à faire des ménages, à être domestique. On dit que vous gagnerez tant, mais on vous ment aussi sur votre salaire. Vous n'êtes pas autorisé à rentrer chez vous pendant des années ni à revoir votre famille. En plus d'un siècle, rien n'a changé, nous sommes toujours leurs esclaves. Mais les gens partent malgré notre histoire et les risques de maltraitance, parce qu'il n'y a pas de travail. C'est différent d'autrefois. Personne ne vous force physiquement, mais c'est la pauvreté, notre vie ici qui nous contraint à partir là-bas. L'histoire se répète, d'une autre manière. C'est de l'esclavage moderne, parce que vous n'êtes pas obligé d'y aller, vous y allez de vous-même. Mon fils a fait des études. Il a été diplômé en 2012, mais jusqu'à maintenant il n'a pas trouvé d'emploi. Aujourd'hui, il élève des poulets pour gagner sa vie. Mais ils ne l'appâteront pas avec leurs offres d'emploi. Jamais mon fils n'ira dans le Golfe. Jamais. Je préfère qu'il souffre ici. J'ai peur qu'ils le déshumanisent, qu'ils le détruisent comme par le passé avec nos ancêtres. »

TRANCE | « Je n'irai pas là-bas parce que c'est une destination de malheur. C'est ancré dans leur culture, les Arabes là-bas ont tendance à mépriser les Africains, à nous considérer comme des êtres inférieurs. Ils ont fait ça à nos ancêtres parce que notre peau est noire. Il faudra beaucoup de temps pour que ça change. Mais ce racisme, cette haine envers nos peuples ne disparaîtra jamais complètement. Aujourd'hui, aucun de ces pays n'a reconnu avoir participé à la traite négrière dans notre pays. Si vous ne reconnaissez pas vos erreurs, vous ne pouvez pas aller de l'avant. Donc, les Arabes du Golfe auront toujours cette mentalité. Certains nous traitent comme leurs ancêtres traitaient nos arrière-grands-parents. La confiscation du passeport a remplacé les chaînes. Si la situation était meilleure au Kenya, croyez-moi, les gens ne partiraient pas dans ces pays. J'ai entendu dire que les femmes domestiques sont maltraitées. Les hommes arabes des foyers dans lesquels elles font le ménage se glissent dans leur chambre la nuit pour les violer et ces femmes ne peuvent pas porter plainte... Mais quand vous avez faim le soir en allant vous coucher... quand vous avez des enfants et que vous voulez la meilleure éducation possible pour eux, que faire ? Qui ne pense pas au passé quand il part travailler dans ces pays-là ? Nous avons appris à pardonner et à aller de l'avant pour le bien de nos familles. Mais si au Kenya il n'y avait pas de corruption, s'il y avait plus d'opportunités d'emploi, si nous, les descendants d'esclaves, nous étions reconnus, si notre vie était belle, peut-être aurions-nous gardé cette rancune dans nos cœurs. Si nous avons appris à oublier comment les Arabes ont traité nos ancêtres, c'est à cause de la pauvreté, sans ça, il n'y aurait pas de pardon. Mais pour nourrir sa famille, il faut ravaler le passé. C'est douloureux. »

À Frere Town, la nouvelle génération n'entretient plus la mémoire de l'esclavage, elle mène une vie précaire, tiraillée entre discriminations ethniques et trafic de drogue. Dans ce quartier de Mombasa, aux maisonnettes aux toits de tôle, il n'est pas rare de marcher sur des seringues usagées. De jeunes bandes regardent la circulation passer. Les regards sont sombres. Des vendeurs à la sauvette proposent des légumes, des chargeurs de téléphone ou des habits de seconde main. Des étendues de déchets calcinés dans la nuit fument sur plusieurs hectares.

C'est à Kongowea, dans cette agitation lugubre, que le cimetière réservé aux familles d'anciens esclaves s'érige en dernier pilier de la mémoire. Un des murs de son enceinte s'est écroulé. Les mauvaises herbes ont recouvert de nombreuses tombes, parfois brisées par des actes de délinquance ou l'érosion. Nous avons suivi Kamuzu et Trance venus ce jour-là se recueillir sur la tombe de John Farrar, l'arrière-grand-père affranchi. Les corbeaux, attirés par l'odeur des ordures brûlées, se sont posés sur deux grands arbres aux troncs torsadés. Des camés sont assis sur des stèles. D'autres sont cachés dans les fourrés pour se piquer. Chacun profite du calme mortuaire pour planer. Après tout, les morts ne jugent pas.

ARNEST MBOTELA, 30 ANS, PARTI TRAVAILLER PRESQUE TROIS ANS AUX ÉMIRATS ARABES UNIS COMME MANUTENTIONNAIRE, DE RETOUR AU KENYA.

Habillé d'une longue *dishdasha* blanche, ce colosse de 2 mètres pousse une brouette sur un chantier de Frere Town. L'homme s'assied quelques minutes sur un canapé poussiéreux et abandonné aux abords du no man's land.

« J'avais toujours en tête le passé d'esclave de mon arrière-arrière-grand-père lorsque j'étais à Dubaï. Je voulais revenir avec le plus d'argent possible et riche pour construire quelque chose ici… Je chargeais des cargaisons lourdes pour des vols commerciaux à l'aéroport international de Dubaï. Je travaillais de 6 heures du matin à 18 heures, avec seulement trente minutes de repos au milieu de ma journée, pendant vingt jours par mois, parfois vingt-huit quand je voulais me faire plus d'argent.

J'étais littéralement courbé toute la journée à cause de la chaleur terrible. Si vous vous plaigniez et revendiquiez vos droits, faisant remarquer qu'il n'est pas légal de faire travailler les gens dehors l'été en pleine journée, alors ils vous traitaient de paresseux et vous risquiez d'être expulsé. Beaucoup de ceux qui ont commencé en même temps que moi n'ont pas tenu les cadences et sont rentrés chez eux. Sur le papier, j'étais un travailleur, mais dans les faits, j'étais un esclave. C'est de l'esclavage moderne : vous travaillez beaucoup, sans repos, sans droits et presque sans rémunération, car votre salaire est très bas. Je gagnais en moyenne 1 500 dirhams émiratis [350 euros] par mois. Quand vous arrivez à l'aéroport, dès le premier jour, votre employeur prend votre passeport. Parce que le passeport, c'est la liberté et que, avec, vous pouvez quitter votre travail pour en trouver un meilleur. Sans passeport, vous n'avez pas le choix, vous n'êtes corvéable pour une seule entreprise. Ce n'est que lorsque vous êtes sur le point de quitter le pays et de rentrer chez vous qu'ils vous le rendent. Quelques heures seulement avant le vol de retour.

Je n'ai que peu de souvenirs de ma vie sur place. Je me souviens des dortoirs de 15 m^2 et des trois lits superposés, de l'absence totale d'interaction avec mes employeurs émiratis. C'était impossible, on ne voyait jamais d'Arabes. Vous fréquentez des Pakistanais, des Indiens, des Philippins, des Ougandais, mais vous ne pouvez pas vous mélanger aux locaux. Ils sont au-dessus. Ils n'occupent que des postes agréables, à des niveaux supérieurs. Seuls les travailleurs les plus qualifiés sont habilités à fréquenter des Émiratis. Moi, non.

Fin 2015, je suis enfin rentré à Frere Town, je n'avais pu épargner que quelques mois de salaire. Le reste, je l'avais envoyé à ma famille au fur et à mesure des années pour qu'elle puisse en vivre. Ça représentait peu d'argent, même dans un pays comme le Kenya. Heureusement, je ne suis pas marié et je n'ai pas d'enfants, l'argent allait à mes parents. Après mon retour, j'ai été rejeté par ma communauté. La jeune génération que je côtoie ne comprend pas mon échec à n'avoir pu économiser suffisamment pour me marier, me faire construire une maison ou ouvrir un commerce tandis que l'ancienne, toujours hantée par les fantômes de la traite négrière et la domination des envahisseurs arabes, me blâme pour avoir trahi la mémoire des ancêtres.

J'ai fait une erreur. Je n'aurais jamais dû aller là-bas. À l'époque, je n'ai pas pensé à notre passé, j'étais obsédé par l'idée de gagner de l'argent et de m'en sortir. La plupart des gens qui partent dans ces pays ne réussissent pas. Quand ils reviennent, ils sont brisés. J'ai été leur esclave, mes aïeux aussi, et je pense qu'aujourd'hui les Arabes devraient s'excuser pour tout ce qu'ils nous ont fait subir. »

EDWARD MUZUNGU KIRINGI, CHEF DE VILLAGE ET GARDIEN DE CIMETIÈRE, ET KARISA RACHIDI, KÉNYANS, RESTÉS AU VILLAGE DE SOSONI.

Sur la côte sud du Kenya, nous rejoignons ensuite le village côtier de Sosoni, situé sur une terre historiquement gorgée de sang. Il nous faut plusieurs heures de moto à travers la brousse depuis le comté de Kilifi tout en longueur pour y accéder. De grands baobabs aux troncs larges et aux branches sèches trônent sur les collines, espacés comme des gens timides conviés à une fête où personne ne se connaît. L'océan Indien se dessine à l'horizon. Autrefois, une rivière y tendait son bras par un estuaire. Il recouvrait les aspérités de cette campagne et les bateaux omanais en profitaient pour charger les esclaves africains capturés au Malawi jusqu'au début du XXe siècle. Edward Muzungu Kiringi, le dernier gardien du cimetière attenant au village, se tient sur une béquille derrière une maisonnette, une casquette sur la tête. Le vieux chef du hameau semble ravi de la visite d'étrangers.

À mesure qu'il avance sur le sol rouge jonché d'herbes rampantes sèches, ses mains tremblantes signalent ici et là de petites pierres plus ou moins ancrées dans la terre. Pas de nom, pas d'inscription, pas de date. « Il y a environ 10 000 esclaves enterrés sous nos pieds », nous raconte-t-il, la mâchoire pendante.

Morts de mauvais traitement ou de la lèpre avant d'embarquer pour le Golfe, femmes, enfants et hommes ont été enterrés là, sur ces collines. Seules des racines et des plantes recouvrant les pierres tombales donnent un peu de singularité à ces sépultures anonymes. « Vous voyez ces grottes au loin ? Les Omanais dirigés par un sultan y avaient établi un camp en attendant que les bateaux se chargent. »

L'ombre d'Oman et des pays du Golfe n'a pas totalement quitté les lieux. Elle n'est plus seulement sous les pieds des villageois, mais s'est également faufilée dans l'intimité des familles.

« Ce qui est impensable, c'est que les Omanais continuent à faire travailler nos filles comme domestiques, se lamente Edward, enjambant dans le même temps une énième tombe d'esclave. Jamais de ma vie je n'irai dans ces pays, ni moi, ni aucun membre de ma famille. »

À Sosoni, comme dans les villages environnants, tout le monde ne connaît pas ce cimetière. « Quand nous étions à l'école, notre professeur nous emmenait ici », se souvient Edward.

Aujourd'hui, ce n'est plus le cas. Aucun panneau n'indique le lieu tombé dans l'oubli. Nous faisons attention à ne pas marcher sur les stèles enfouies. Les populations rurales paysannes environnantes, qui ne gagnent pas plus d'un dollar par jour, sont confrontées à de dures réalités : manger à leur faim, payer les frais de scolarité des enfants. La haine et la colère passent au second plan. Le gouvernement kényan, lui, ne semble pas se soucier de cette histoire. La grande majorité des hommes enterrés sous le sol de Sosoni n'étaient pas des descendants des tribus nationales. Comment ces vastes cimetières ont-ils pu disparaître à ce point des mémoires collectives ? Comment ces crimes, commis par les mêmes acteurs, peuvent-ils perdurer contre ces mêmes populations ? Quand est-ce que les morts de Sosoni obtiendront réparation ?

Edward est accompagné de Karisa Rachidi, une machette posée sur l'épaule. Alors qu'il foule le sol de ses ancêtres, s'arrêtant à chaque pierre tombale identifiée par le chef de village, l'homme de 34 ans ne nous dit pas un mot.

Il se confiera plus tard, quand nous serons de retour au village, dans le lit asséché de l'estuaire. Voilà, Karisa a des problèmes de santé et il pense envoyer sa plus jeune fille à Oman, en Arabie saoudite ou aux Émirats arabes unis pour qu'elle travaille comme domestique.

« Je suis malade. Je dois me faire opérer et je n'en ai pas les moyens. Il ne se passe pas un jour sans que je souffre. Je ne suis plus en mesure de travailler ni de rapporter un salaire à ma famille. Ma fille est d'accord pour partir. Je sais qu'il y a beaucoup de personnes qui sont maltraitées là-bas, mais j'espère que la chance sera avec nous, qu'elle trouvera une bonne maison et qu'elle y travaillera en sécurité. Je suis quand même inquiet. Dernièrement, les autorités ont rapatrié des corps. Nous connaissions certains de ces gens. »

Il marque un temps, essoufflé par son récit, il contemple un petit ruisseau et son débit apaisant. « Rien n'a changé. Avant nous étions vendus comme esclaves. Aujourd'hui, nous partons comme esclaves et nous sommes livrés à des familles. Si vous tombez sur la mauvaise, vous subirez les mêmes tortures qu'autrefois… Peut-être qu'il faut que je l'empêche d'aller dans le Golfe. »

MWANZA MUNGIRI, 51 ANS, KÉNYAN, COMTÉ DE KILIFI.

La campagne côtière de Kilifi, à l'ouest de Sosoni, est pauvre elle aussi. Les hameaux s'érigent au sommet des collines à la terre d'un rouge vif. Sur des sentiers abîmés par les crues, Mwanza Mungiri nous mène à moto jusqu'à sa demeure. Une fois arrivé, il se pose sur une chaise en bois devant la porte d'entrée. Il est habillé d'un imperméable trop long et d'une casquette. Des oies et des poules se chamaillent. Des enfants, curieux de l'arrivée de deux étrangers, se cachent derrière les maisons en terre cuite pour nous observer. Mwanza ne remarque pas l'agitation. Il s'en veut d'avoir laissé partir sa fille, Zainab. Sa femme et leurs enfants le rejoignent, eux aussi rongés par l'angoisse de ne plus jamais la revoir. Le soleil s'est couché derrière les collines, c'est à cette heure tardive que Mwanza peut tenter un appel en Arabie saoudite où elle travaille en tant que domestique. Avant chaque coup de téléphone, son cœur s'emballe. Va-t-elle répondre ? Son *kafeel* a-t-il exigé d'elle du travail en plus ? L'a-t-il maltraitée ? Est-elle seulement encore en vie ? Pendant que son téléphone sonne, Mwanza exprime ses regrets : « Ma fille a dû s'enfuir de chez son premier patron. Elle était maltraitée et n'avait aucun moment pour se reposer. Elle a retrouvé une famille où c'est dur, car elle travaille toute la semaine et tous les week-ends, nuit et jour, mais au moins ils ne la malmènent pas. Le problème, c'est que son passeport est toujours chez son premier *kafeel*. Je me sens mal à propos de ce qui lui arrive… Ici, d'autres personnes sont allées en Arabie saoudite et sont revenues dans un cercueil. Elle doit rentrer à la fin de son contrat, en décembre, et après cela je ne lui permettrai plus jamais d'y retourner. »

Elle finit par décrocher. La lumière du smartphone éclaire les sourires de la famille, soulagée de pouvoir discuter enfin quelques minutes. La conversation tourne autour des dernières nouvelles du village et de la routine de la jeune domestique de 25 ans qui ne se plaint pas, sûrement pour ne pas inquiéter davantage sa famille. Son père nous révélera plus tard que, suite aux sévices subis par son premier *kafeel*, elle avait dû être hospitalisée quelques jours.

HAMADI HAMISI SUPI, 70 ANS, KÉNYAN, FABRICANT DE CORDES À TSWAKA, KENYA.

La ville de Shimoni, située au sud de Mombasa, près de la frontière tanzanienne, est connue pour ses plages de sable blanc, sa mer d'un bleu translucide, ses îles et ses mangroves pleines de vie. La ville a longtemps été un important comptoir des pays du Golfe pour le commerce d'esclaves. Sous un immense baobab, un homme maigrelet patiente, une torche électrique à la main. Il se redresse lentement, puis emprunte dans la broussaille des escaliers s'enfonçant sous terre pour nous faire visiter un impressionnant réseau de grottes souterraines creusées par la mer. Le guide éclaire pour nous un trou creusé dans la roche.

« C'est là que les esclaves pouvaient boire… mais c'était de l'eau saumâtre. »

Au-dessus de sa tête, des chauves-souris lancent quelques ultrasons, dérangées par la visite. Tel un enclos pour bétail, les caves naturelles de Shimoni servaient à entasser avant leur embarcation des centaines de personnes destinées à être vendues à des familles de la péninsule Arabique. Sur une paroi de la grotte, le reste d'une chaîne rouillée pend dans le vide. L'homme à la torche y pose la main et tend le bras à l'autre extrémité. Son visage fait face à la paroi rocheuse humide. « Ils étaient attachés comme ceci. » Nous l'observons de dos, les bras et les jambes tendus pour atteindre l'autre extrémité de la chaîne, dans une position intenable.

Non loin de là, à Tswaka, les anciens n'ont pas oublié. Il nous faut encore de longues minutes de piste à moto à travers les cocotiers, une végétation dense et une terre rouge pour rejoindre le village de pêcheurs. Hamadi Hamisi Supi, habillé d'un costume gris usé, tresse des cordes en feuilles de cocotier devant sa petite maison faite de bois et de boue. Des enfants viennent le déranger. Nous nous asseyons sur de vieilles chaises en plastique rafistolées pour écouter l'ancien.

« Cela fait six mois que je ne dors plus la nuit. Je demande à chaque instant à ma fille d'appeler sa sœur pour vérifier si elle va bien, si elle est en vie. Ma femme est inquiète. Quand je trouve enfin sommeil, c'est elle qui me réveille pour avoir de ses nouvelles. »

Leur fille Zeddy a quitté Tswaka pour aller travailler comme domestique dans une famille bahreïnie.

« Je sais que les Arabes peuvent être violents et cruels. Cela ne fait que quelques mois qu'elle est là-bas, mais elle a déjà eu des problèmes. La famille dans laquelle elle était avant la faisait travailler ailleurs, dans deux autres maisons. »

Sa seconde fille, Zaitun Hamadi, une jeune femme trapue de 23 ans, s'est jointe à la conversation. L'enfant de sa sœur s'est endormie dans ses bras. La petite dernière n'a pas 3 mois. Elle n'a presque jamais vu sa mère. Sa tante chuchote pour ne pas la réveiller : « Ma sœur s'occupait en réalité de trois familles différentes. Elle n'avait aucun temps mort, aucun répit, pas de week-end, pas de vacances. Jamais ! Pendant trois mois, nous sommes restés sans nouvelles. Elle n'appelait pas, elle n'envoyait même pas de SMS. » Malgré la situation que vit sa fille aînée, Hamadi sait qu'il ne pourra empêcher la cadette de partir.

« La faim efface de nos mémoires ce que ces pays ont fait à nos ancêtres. Croyez-moi, lorsque vous donnez naissance à un enfant et qu'il meurt parce que vous n'avez pas fait ce qu'il faut, le passé, vous le mettez de côté… J'ai été videur de boîte de nuit pour les hommes blancs toute ma vie, mais aujourd'hui je suis trop vieux. C'est pourquoi vous me voyez fabriquer ces cordes et les vendre pour 50 shillings kényans [40 cents d'euros]. Combien dois-je en vendre pour pouvoir vivre décemment avec ma famille ? »

C'est une misère comparée au salaire de sa fille qui envoie environ 20 000 shillings kényans [155 euros] par mois. À Tswaka, chaque histoire que nous recueillons a le même refrain : la majorité des villageois partis sont des mères dont les maris ont sombré dans la boisson ou ont quitté le foyer après la naissance du premier enfant. C'est le cas de Zeddy dont l'époux a développé des pathologies psychiatriques graves après le mariage.

ZAITUN HAMADI ET AFYA MWADARUSI, KÉNYANS, UNE JEUNE FEMME ET UN JEUNE HOMME HABITANT TSWAKA.

ZAITUN HAMADI | « L'esclavage d'avant, c'est du passé. Même si nous ne pouvons pas oublier. Vous savez, je suis allée à l'école secondaire avec ma sœur, mais je n'ai pas pu terminer mes études parce que mon père n'avait pas assez d'argent. Alors, suis-je condamnée à rester au Kenya et à laisser mes enfants avoir la même vie que moi ? Non, je veux à tout prix éviter cela. Pour ce qui est de l'esclavage qu'ils pratiquent aujourd'hui, je veux aller dans ces pays et voir cela par moi-même. Je n'ai pas d'autre choix. »

AFYA MWADARUSI | « Ma sœur est en Arabie saoudite. J'ai fait pression sur elle pour qu'elle émigre. Je connaissais un agent qui recrutait des femmes et s'occupait de tout pour qu'elles puissent partir là-bas. Les domestiques ne payent aucuns frais liés au recrutement ou au voyage.

C'est pourquoi, ici, c'est surtout les femmes qui partent. Moi aussi j'aimerais quitter le Kenya, mais je n'ai pas les moyens de payer les frais d'agence.»

Il caresse de la main les pierres d'une bâtisse en construction. Comme tous ceux dont les mères et les sœurs sont parties dans le Golfe travailler en tant que domestiques, sa famille se fait construire une maison en pierre. Avant de partir, l'homme explique que sa sœur a suivi une formation de trois mois à Nairobi pour s'adapter à la culture arabe et surtout aux maisons locales dont le matériel de ménage et le mobilier n'ont pas grand-chose à voir avec les modestes demeures aux murs de boue de Tswaka. Afya nous apprend aussi que sa sœur a dû, par ailleurs, passer plusieurs examens médicaux, dont deux tests de grossesse.

«Je m'étais juré qu'elle n'irait pas dans un de ces pays, mais l'agent m'a promis qu'il la rapatrierait s'il lui arrivait quoi que ce soit.»

Il prononce pour nous un terrible dicton en swahili[1] : «Ce qui est passé n'est pas une maladie. Soucions-nous de ce qui est à venir.»

[1] Langue kenyane.

FAISAL ABUALHASSAN, SAOUDIEN, DOCTORANT EN HISTOIRE AFRO-ARABE À L'UNIVERSITÉ JOHNS HOPKINS, ÉTATS-UNIS.

«Aucun pays du Golfe n'a reconnu officiellement avoir participé à la traite négrière. Une question sensible qu'aucune pétromonarchie ne souhaite aborder publiquement. C'est compliqué. Si vous vous demandez si elle est discutée et reconnue comme un crime de la même manière qu'elle l'est en Occident, la réponse est non. Beaucoup de gens dans le Golfe ont sciemment oublié le recours à l'esclavage à la fin du XIXe siècle et au début du XXe siècle. L'idée qu'on se fait encore dans la région de ce trafic humain est la même que celle des célèbres savants orientalistes de l'Occident qui décrivent "l'esclavage islamique" comme n'étant pas un esclavage productif consacré aux durs labeurs, ou à l'agriculture, mais plutôt un "esclavage de consommation" auquel avaient recours les élites, les membres de la famille royale et l'État pour se constituer un entourage ou recruter des administrateurs et des soldats. C'est historiquement incorrect, mais cela correspond bien à l'idée générale de progrès depuis l'indépendance des États et l'exploitation du pétrole dans le Golfe. L'esclavage est ainsi relégué à l'histoire prémoderne. La question de la reconnaissance publique est d'autant plus difficile qu'elle impliquerait de discuter de mères ou de grands-mères ou d'autres histoires familiales privées et intimes de concubinage et d'asservissement sexuel. Ces sujets ne peuvent être discutés en public avec des personnes extérieures à la famille. Je pense qu'il est donc plus approprié de parler d'ignorance dans les sociétés du Golfe plutôt que de déni.»

LA KAFALA, SOCLE DE L'EXPLOITATION GOLFIENNE

Le Qatar est le seul pays du Golfe à avoir officiellement aboli le système de la *kafala*. Ses voisins n'ont pas encore osé s'attaquer à ce modèle. Mais cette décision place le Qatar face à un dilemme : comment contenter les grandes familles tribales conservatrices et attachées à leurs privilèges économiques tout en affichant aux yeux du monde un certain progressisme ? Alors, malgré l'abolition de ce lien entre *kafeel* et employés, certains mécanismes de contrôle sont toujours en place, permettant aux employeurs de garder la main.

HIBA ZAYADIN, CHERCHEUR SUR LES PAYS DU GOLFE À HUMAN RIGHTS WATCH.

« La *kafala* est un système de gouvernance de la relation employeurs-employés qui lie le statut légal d'un travailleur étranger dans le pays hôte à un patron. Les entrées et sorties du territoire, le renouvellement du permis de séjour, la possibilité de quitter ou de changer d'emploi sont autant d'éléments de la vie du travailleur migrant qui sont entre les mains de son employeur. Celui-ci a ainsi un pouvoir quasi absolu sur ses salariés. Ce système existe dans les pays du Golfe, mais également en Jordanie ou au Liban par exemple, sous des formes différentes suivant les pays. La *kafala* n'est pas le seul problème inhérent aux marchés de l'emploi du

Golfe, mais, quel que soit l'angle selon lequel vous choisissez de regarder la situation, la *kafala* est toujours au centre de l'écosystème dans lequel vivent et travaillent des millions de travailleurs migrants.

Quelles sont les implications de la *kafala* sur la vie d'un travailleur migrant ? D'abord, seul l'employeur dispose du pouvoir de renouveler le permis de séjour – et tous ne le font pas –, le travailleur étranger ne peut pas se rendre de lui-même au ministère du Travail pour effectuer la démarche. Or un permis de résidence non renouvelé place le travailleur en situation d'illégalité, l'exposant au risque d'être arrêté et expulsé après avoir dû acquitter une amende pour dépassement de la validité du titre de séjour, même s'il n'est aucunement responsable de cette situation. Cela arrive souvent et ouvre la porte au travail forcé : des employeurs placent intentionnellement leurs employés dans l'illégalité pour les contraindre à se soumettre. Ensuite, les employeurs peuvent déclarer que leurs salariés sont en fuite. À nouveau, le travailleur se retrouve en situation d'illégalité et risque d'être arrêté et expulsé à tout moment. Ces accusations de « fuite » sont utilisées par les employeurs de plusieurs manières, la plupart du temps dans un esprit d'exploitation : pour punir ou exercer des représailles à l'encontre d'un salarié qui ferait valoir ses droits, par exemple. Aucun État du Golfe ne s'est vraiment emparé de ce sujet. Aucun de ces gouvernements n'a promis de retirer aux employeurs le droit d'accuser leurs employés de fuite.

Il faut replacer ces dynamiques dans la globalité de l'écosystème : les travailleurs migrants, forcés de payer des frais de recrutement exorbitants, arrivent dans le Golfe endettés. C'est un élément central des mécanismes qui permettent aux employeurs de faire glisser leurs salariés vers le travail forcé, sans que ceux-ci se rebellent. Leur dette est trop importante pour qu'ils prennent le risque d'être renvoyés au pays. Tant que cela perdure, les travailleurs demeurent esclaves des dettes contractées.

Les pays du Golfe ont longtemps bricolé avec la *kafala*, introduisant ici et là des réformes minimales, souvent superficielles, trop rarement structurelles, tout en promettant de protéger davantage les travailleurs. Mais ce que nous constatons est que, tant qu'une sorte d'outil de contrôle restera entre les mains des employeurs, les travailleurs continueront à être victimes d'exploitation et d'abus. C'est donc la *kafala* dans son ensemble qu'il faut démanteler pour venir à bout du déséquilibre de pouvoir qui existe dans les relations employeurs-employés. Au cours de la dernière décennie, plusieurs pays du Golfe ont annoncé avoir aboli la *kafala* partiellement ou même totalement : le Qatar, les Émirats arabes unis, le Bahreïn. "C'est fini", ont-ils dit avec audace. Nous avons entendu ces annonces maintes et maintes fois et pourtant nulle part la *kafala* n'a été véritablement démantelée. Pas même au Qatar où des changements significatifs ont pourtant été introduits. De tous ces pays, le plus restrictif demeure l'Arabie saoudite. Tout d'abord, la mise en œuvre des réformes dans les pays du Golfe est trop souvent inefficace et les mécanismes de contrôle ne sont pas solides. Deuxièmement, si les réformes au Qatar et en Arabie saoudite prétendent abolir certains aspects de la *kafala*, d'autres "outils" demeurent à la disposition des employeurs pour extorquer, exploiter et contrôler les travailleurs migrants. Même au Qatar, un travailleur peut encore difficilement changer d'emploi ou quitter le pays. Il doit encore obtenir une permission préalable de son employeur. Cette interdiction ne frappe pas que les travailleurs les plus vulnérables, comme les ouvriers de la construction, les agents de sécurité, les balayeurs, ou les plombiers et les électriciens. Des employés à des postes qualifiés ou de direction sont également victimes de ce contrôle. Eux aussi ont des salaires réduits, en retard ou impayés. Pourtant, tous les pays du

Golfe ont introduit ce qu'ils appellent des systèmes de protection des salaires, mais ils ne traitent que les symptômes, pas le mal à la racine, sans compter que la mise en pratique laisse à désirer : il est déjà trop tard quand ils entrent en vigueur, les vols de salaires[1] ont déjà affecté les salariés.

Je pense que le démantèlement de la *kafala* doit être le point de départ de toute une série de réformes systémiques, car s'en débarrasser ne garantit pas la fin de l'exploitation des travailleurs étrangers. Les travailleurs migrants devraient avoir le droit de se syndiquer et de négocier collectivement, de faire grève… Autant de droits qui ne sont pas garantis aujourd'hui. La Coupe du monde 2022 est l'occasion de mettre un peu de lumière sur ces questions, surtout que les pays du Golfe s'observent beaucoup entre eux et ont un esprit de compétition. Dès que l'un fait un pas dans une direction, les autres suivent. Mais au final, ils ne font que répliquer les modèles imparfaits de leurs voisins et le quotidien des travailleurs étrangers ne change pas.

[1] Terme employé par les ONG, regroupant les salaires impayés, en retard et incomplets.

Pendant un temps, les travailleurs migrants se sont sentis autorisés à s'exprimer, à protester, à saisir un tribunal pour demander justice. Nous avons assisté à des manifestations sans précédent de travailleurs non payés au Qatar. C'était encourageant et le résultat direct de toute cette rhétorique de “réformes en cours”. Mais rapidement les réalités se sont rappelées à nous.

L'arrestation de Malcolm Bidali en mai 2021 a été le coup de grâce. Nous assistons depuis à la mise au pas de ceux qui ont l'audace de s'exprimer. Le signal était clair et les travailleurs migrants l'ont reçu cinq sur cinq : ils ont peur d'être le prochain Malcolm Bidali. Même ceux qui choisissent la voie judiciaire obtiennent rarement gain de cause. Ils s'épuisent à s'engager dans une procédure juridique en bonne et due forme, prennent des risques – car ils savent que l'employeur peut exercer contre eux des représailles –, investissent du temps et de l'argent pour se rendre en ville depuis leurs camps de travail souvent situés en dehors de Doha. Et tout ça, pour rien. Et s'ils obtiennent un jugement en leur faveur, qui confirme que leurs salaires leur sont dus par exemple, cet argent n'arrive jamais. L'employeur continue de faire la sourde oreille. Désemparés, à court d'argent pour continuer une bataille juridique coûteuse, ils finissent par jeter l'éponge et rentrer au pays en faisant une croix sur les salaires impayés. Les employeurs peuvent se permettre de laisser traîner, pas les travailleurs migrants. Nous espérons vraiment que les gouvernements du Golfe se rendront compte que le démantèlement de la *kafala* peut également être bénéfique pour leur propre marché du travail. Les économies mondiales les plus prospères nous montrent que les travailleurs dont les droits sont mieux protégés font preuve d'une meilleure productivité. Malheureusement, nous constatons que les pays du Golfe préfèrent mettre l'accent sur le blanchiment de leur réputation plutôt que de repenser en profondeur leur perception de la question du droit des travailleurs. Ils se présentent sur la scène internationale exactement comme ils savent que la communauté internationale souhaite les voir, mais sur le terrain, les actes ne suivent pas les discours. Nous ne sommes donc pas très optimistes quant à l'avenir. Chercheurs et journalistes nous ont demandé si nous pensions que le choc de crises majeures (crise financière internationale de 2008-2009 et, plus récemment, pandémie de la Covid-19) pousserait les gouvernements du Golfe à créer des sociétés plus équitables. Ce que nous constatons est au contraire symbolique d'un état d'esprit inchangé : ces travailleurs sont jetables. Lorsque les économies du Golfe se contractent sous l'effet d'une crise, hors de question de garantir une protection sociale associée à des travailleurs devenus inutiles. On se débarrasse du problème en les renvoyant dans les pays d'où ils viennent. Une fois la crise passée, les pays du Golfe réimportent quelques centaines de milliers de travailleurs. Car il y aura toujours des gens prêts à partir. Voici la tragique réalité des cycles de la migration de travail. La *kafala* et la mentalité que le système insuffle dans les économies du Golfe ont, c'est sûr, un coût réputationnel pour les pays de la région, mais tout est histoire de ratio coût/bénéfices. Au final, suivez l'odeur de l'argent et vous vous rendrez compte que le système de la *kafala* est très profitable. Une main-d'œuvre bon marché, n'est-ce pas ce que les multinationales du monde entier recherchent ? Cette inlassable quête étend ses ramifications à travers le monde et c'est sur ce terreau que prospèrent les abus des flux migratoires.

Les pays du Golfe ne sont que le maillon d'une chaîne mondiale[1] où ne pas payer des travailleurs vulnérables, de même que retarder les paiements de leurs salaires, est rentable. Dans le secteur de la construction, les donneurs d'ordre ferment les yeux sur les conséquences que leurs retards de paiement ont sur toute la chaîne d'approvisionnement. Un sous-traitant non payé est la garantie de voir les travailleurs au bas de l'échelle ne jamais recevoir l'argent qui leur est dû. Même dans les pays où la volonté politique de combattre ce phénomène existe, les capitaines d'industrie barrent la route à toute réforme visant à donner plus de pouvoir aux travailleurs, car cela irait à l'encontre des intérêts des marges bénéficiaires que l'entreprise affiche fièrement sur le compte de résultat en fin d'année. »

1 La problématique n'est pas spécifique aux pays du Golfe, elle gangrène également la migration vers des pays comme la Thaïlande ou Singapour.

NICHOLAS MCGEEHAN, CODIRECTEUR DE FAIRSQUARE, ONG DE DÉFENSE DES DROITS DE L'HOMME.

« Il me semble important de noter que la *kafala* a été introduite dans les économies du Golfe par les colons britanniques pour l'industrie perlière du Bahreïn, comme moyen de contrôler la main-d'œuvre. Ce sont donc les Britanniques qui ont conçu et mis en œuvre ce système. Lorsque les États du Golfe ont obtenu leur indépendance, ils ont choisi de s'accrocher à la *kafala* qui permet à l'État de ne pas avoir à se mêler de la relation travailleurs-migrants-employeurs. Pour gérer un marché du travail, on peut choisir de tendre vers une approche où les salaires sont attrayants et où le respect des droits salariaux est garanti aux travailleurs afin d'attirer les meilleurs candidats. Ou faire l'inverse : opter pour une approche coercitive avec un système qui lie les travailleurs aux emplois et utilise la force, l'intimidation, la peur ou tout autre type de pression, économique par exemple, pour imposer aux salariés de rester.

À mon sens, c'est ce qui se passe dans la région du Golfe où cette main-d'œuvre massive, essentiellement expulsable, à très bas salaires et remplaçable à tout moment profite probablement à tout le monde à un certain niveau. Tous les acteurs de ce système l'approuvent-ils ? Sans doute que non. Je pense que beaucoup de multinationales sont mal à l'aise avec les abus, l'exploitation… et qu'elles préféreraient que ça n'existe pas. Loin de moi pourtant l'idée de considérer les entreprises comme non responsables. À l'aise ou pas, ces multinationales se sentent dans l'obligation d'être présentes pour rester compétitives et défendre leurs parts de marché. Elles disent aussi que se tenir à l'écart du système rendrait les choses encore pires. Je ne crois pas à ce dernier argument, mais c'est celui qu'elles avancent.

Si nous pouvions faire en sorte que des entreprises du secteur de la construction, par exemple, agissent de manière responsable et disent à leurs ambassades : « Écoutez, nous voulons travailler ici, mais nous ne pouvons pas le faire avec un tel système », peut-être qu'une pression serait alors exercée sur les États du Golfe. Mais les entreprises ne se positionnent pas suffisamment. En fin de compte, qui va vraiment choisir de prendre position lorsque l'obtention de ces contrats de construction qui se chiffrent en dizaines, voire en centaines, de millions dépend des mêmes personnes au pouvoir qui maintiennent la *kafala* en vie à bout de bras ? Personne. Alors les multinationales disent se concentrer sur ce qui est en leur pouvoir – assurer la sécurité de leurs salariés, réguler leurs chaînes d'approvisionnement – et laissent de côté les grandes questions structurelles qui, politiquement, présentent un risque trop important de se faire exclure des grands appels d'offres étatiques qu'elles convoitent toutes.

Selon moi, ce qui se passe dans le Golfe relève d'un réseau de travail forcé, supervisé par les politiques, sur fond d'un État qui ferme les yeux, de concert avec des agences de recrutement et des entreprises sans scrupules qui trompent les travailleurs pour les soumettre à des pratiques de travail profondément abusives. C'est ce système que nous devons démanteler, la *kafala* en est un élément clé, mais le problème est bien plus grave. »

AHMED HUSSAIN AL-KHALAF, 70 ANS, RICHE HOMME D'AFFAIRES QATARI À LA TÊTE D'AL-KHALAF TRADING & MARKETING, REGROUPANT 20 ENTREPRISES ET 20 000 SALARIÉS.

« Nous sommes une entreprise familiale vieille de 70 ans. Quand j'ai repris la tête du business, nous étions majoritairement dans l'agroalimentaire. Aujourd'hui, si vous demandez à un Qatari s'il connaît Al-Khalaf, il vous parlera de nos produits. Nous possédons six fermes sur 750 000 m² de terrain. Nous nous sommes lancés récemment dans la culture hors-sol de légumes et dans l'aquaculture. Nous nous occupons de la commercialisation de chacune de nos productions et commençons même à exporter nos produits au Koweït et à Oman. Mais comme d'autres business familiaux, nous avons beaucoup d'autres activités, dans les secteurs pétrolier, gazier et du bâtiment… Al-Khalaf est partout. Notre groupe a récemment participé à la construction des stades de la Coupe du monde en partenariat avec des entreprises internationales. Je suis fier de tout ce que ce petit pays a accompli en aussi peu de temps. Les plus jeunes ici n'ont pas connu le Qatar des années 1970-1980. Il n'y avait pas d'électricité ni de climatisation. L'eau était rare et elle était portée par des ânes. Je dis toujours que si vous pouviez vivre et grandir au Qatar à cette époque, alors vous pouviez également le faire sur la Lune. Voilà le mode de vie que nous avions en cette période d'entre-deux avant la découverte des gisements de gaz. J'ai donc été témoin de l'évolution explosive du pays. Nos conditions de vie ont changé, ainsi que celles des travailleurs étrangers.

Grâce à l'accueil de la Coupe du monde, le droit des employés, leurs salaires, la régularité de leur paiement et la qualité de leur logement ont beaucoup progressé. Je dirais que leurs conditions de vie se sont globalement améliorées grâce au durcissement de la réglementation du gouvernement à l'encontre des entreprises privées et aussi des entreprises publiques et semi-publiques. Aujourd'hui, les travailleurs étrangers doivent avoir un logement correct et homologué. Le gouvernement spécifie, par exemple, la taille des chambres, le nombre de personnes par chambre, le nombre de salles de bains… Ils doivent également bénéficier d'installations sportives situées à proximité de leur logement. C'est sans commune mesure avec le passé.

Je ne dis pas qu'il y a quelques années tous les travailleurs étrangers vivaient dans la misère. Ceux qui étaient recrutés par des entreprises internationales et de grandes compagnies locales n'avaient pas à se plaindre. Les abus venaient surtout des petites et moyennes entreprises, parce qu'il n'y avait pas assez de contrôle de la part de l'État. Mais depuis les réformes mises en place pendant l'été 2020, ces chefs d'entreprise ont été forcés d'améliorer les conditions de vie de leurs salariés. Le gouvernement est aujourd'hui très précautionneux, surtout vis-à-vis des paiements. Avant, les entreprises se permettaient de ne verser aucun salaire pendant quatre ou cinq mois, parce qu'elles avaient elles-mêmes des impayés avec leurs sous-traitants. Mais aujourd'hui, ce n'est plus possible. Chaque travailleur doit être payé à la fin du mois et si des entreprises payent en retard, le ministère du Travail peut bloquer leur activité. Donc les entrepreneurs dans ce pays ne peuvent se permettre de plaisanter avec ça.

Personnellement je soutiens les réformes et la fin de la *kafala* pour des raisons économiques. Si je veux faire venir des travailleurs étrangers, je dois payer un ticket d'avion, des frais de recrutement pour les agences. Ça me coûte entre 10 000 et 15 000 riyals [entre 2 500 et 3 700 euros] seulement pour faire venir un nouveau travailleur. Si cet homme est déjà dans le pays et souhaite changer d'entreprise et venir travailler pour moi, c'est gagnant-gagnant. Comme vous le savez, avant il était impossible pour un salarié de changer d'entreprise et d'emploi sans accord de son patron… Désormais, j'épargne les frais de voyage pour en faire venir de nouveaux puisque j'en ai déjà sous la main et avec de l'expérience. Souvent, pour mes projets de construction, je fais appel à de la main-d'œuvre pour une durée de deux ans. Après, je dois les renvoyer chez eux et ça me coûte aussi de les réexpédier dans leur pays. Si d'autres entreprises du Qatar me demandent ces salariés, alors on n'a qu'à juste les transférer et ça nous fait économiser de l'argent.

Je trouve que l'instauration d'un salaire minimum est également importante pour le travailleur. Ces gens touchent de petits salaires dans leur pays. Avant, quand ils émigraient, ils gagnaient entre 300 et 400 dollars, ce qui était très peu pour vivre. Aujourd'hui, le salaire minimum a beaucoup augmenté. Aux alentours de 1 500 riyals [380 euros], je crois, y compris le logement et la nourriture. C'est un salaire confortable pour les familles. Car oui, un Indien ou un Népalais, ou que sais-je, a une famille là-bas, il ne faut pas l'oublier. Peut-être même que dix personnes vivent sur son salaire envoyé tous les mois.

Et puis, franchement, le salaire de la main-d'œuvre n'est pas ce qui nous coûte le plus cher à nous, chefs d'entreprise. Souvent, la masse salariale ne représente que 25 ou 30 % de la facture totale. D'ailleurs, la plupart des projets d'infrastructures sont financés par le gouvernement. Donc, que vous payiez 400 ou 1 000 dollars, vous mettez ça sur la facture, tout simplement. Elle augmente, mais ça ne vous regarde pas. Tout ça n'a rien de comparable avec le coût des matières premières. Le plus cher, ce sont les matériaux, leur transport en conteneurs a augmenté de 300 %. Donc l'instauration d'un salaire minimum ne nous affecte pas vraiment, nous, entrepreneurs qataris.

J'ai été membre du conseil de la Chambre de commerce du Qatar de 1981 à 1989 et j'en fais à nouveau partie aujourd'hui. Depuis tout ce temps, nous n'avons cessé de discuter de l'amélioration des conditions de vie des travailleurs et des enjeux que cela représente. Mais les réformes dans ce pays sont lentes et c'est pourquoi il a fallu attendre 2020. Et puis, les mentalités changent avec la nouvelle génération de Qataris.

Nous avons eu les premières élections législatives l'an passé. Des jeunes ont fait leur entrée pour la première fois au Conseil de la choura. Le Qatar évolue dans le bon sens. Je suis fier que le Qatar soit le premier pays de la région à avoir mis en place ces réformes pour les travailleurs. Ce pays évolue différemment de ses voisins, nous montrons la voie de l'ouverture. Le Qatar a franchi une très belle étape dans le droit des travailleurs et je pense que ce pays verra de nouvelles améliorations dans le futur. Un jour, les travailleurs vivront ici dans les meilleures conditions du monde parce que le gouvernement agit en ce sens et que notre population accepte ces avancées sans vraiment se plaindre. Je peux l'attester, mes collègues à la Chambre de commerce sont heureux de ces changements. »

Nous l'interrogeons sur la Zone industrielle. Ahmed Hussain al-Khalaf nous avait d'abord donné rendez-vous dans une de ses usines de viande située là-bas, avant de se raviser et de nous inviter dans sa gigantesque et somptueuse villa où des portraits d'hommes fiers, des scènes de chasse et de batailles et des représentations d'animaux sauvages féroces tapissent les murs.

« Ce que vous avez vu là-bas sont de vieux camps situés dans la partie ancienne de la Zone industrielle. Le gouvernement en démolit certains et si vous allez visiter les nouveaux camps, c'est vraiment super. Pourquoi il n'y a pas de station de métro là-bas ? Notre métro est tellement récent, laissez-nous du temps. Je pense que, dans le futur, l'État va étendre le réseau jusque là-bas, mais à cause de la Coupe du monde, ils ne veulent pas multiplier les projets pour ne pas être débordés. Mais je peux vous dire qu'avant il n'y avait même pas de bus et que vous ne pouviez vous y rendre qu'en voiture. Désormais, tous les travailleurs utilisent le réseau de bus Karwa mis en place par le nouveau ministre des Transports. Vous savez, quand je lis toutes ces critiques liées à l'attribution de la Coupe du monde à notre pays, je me dis que c'est juste de la pure jalousie. »

SAYED ALI ZAKIR NAQVI, QUARANTENAIRE, PAKISTANAIS, ENTREPRENEUR À LA TÊTE D'UNE FLOTTE DE TAXIS AU QATAR.

« Une partie non négligeable de mon activité est liée aux passagers arrivant à l'aéroport Hamad International de Doha, un flux qui s'est tari durant la crise de la Covid-19, lorsque le pays a fermé ses frontières. Les hôtels étaient vides et j'ai perdu 70 % de mon chiffre d'affaires. Le lancement du métro n'a rien arrangé pour moi. Les gens commencent à l'utiliser et nos taxis en souffrent. Pour autant, je fais mon possible pour garantir le paiement des salaires de mes 55 employés, car si je les licencie, leurs familles en pâtiront. Sans les salaires que je verse, qui nourrira leurs femmes et leurs enfants ? Alors je pioche dans les économies de l'entreprise et mon épargne personnelle. Je fais vraiment de mon mieux pour soutenir mes employés, mais il y a une limite. Si l'activité ne progresse pas, je n'aurai pas d'autre choix que de prendre des mesures sérieuses. Je pense que toutes les entreprises devraient aider leurs employés durant les périodes difficiles, être solidaires, verser au moins 50 % du salaire si la crise est très sévère, comme lors de la pandémie par exemple. Les histoires de solidarité durant la pandémie sont nombreuses. Des employeurs se sont vraiment arraché les tripes pour soutenir leurs salariés. Il y en a aussi certains, dont de grands noms, qui ont simplement jeté leurs salariés. Cela me choque profondément, car nous parlons ici de multinationales aux reins suffisamment solides pour piocher dans la trésorerie et garantir le versement des salaires.

En ce qui concerne la *kafala*, vous allez sourire, mais j'y suis moi-même soumis. Je suis un homme d'affaires au Qatar, je dirige trois sociétés, mais, aux yeux de la loi, je demeure un employé, un travailleur migrant tout comme mes salariés. L'actionnaire principal, et donc le réel propriétaire de l'entreprise, est un Qatari, comme l'impose la loi du pays. Un étranger ne peut détenir plus de 49 % d'une entreprise enregistrée au Qatar. Alors, en dépit du fait j'ai financé intégralement l'entreprise, mon poste est celui de directeur général. Je suis un salarié! Et à ce titre, je vis les contraintes de la *kafala*, qui n'est saine ni pour les salariés ni pour les entreprises elles-mêmes.

Mon associé qatari a tous les pouvoirs dans la société, même s'il ne participe pas à sa gestion quotidienne. Il a son mot à dire sur tout. Chaque fois que je dois accomplir un acte juridique, les autorités me demandent de venir avec lui. C'est vraiment démotivant, car je suis le signataire et le décideur autorisé de la société. Mais aux yeux des autorités locales, je n'existe pas. Seul l'associé qatari compte. Je vis dans la région du Golfe depuis trente ans. J'étais d'abord aux Émirats arabes unis, puis je me suis installé au Qatar, et rien n'a vraiment changé. Je suis comme handicapé, impossible de frapper à la porte des bâtiments gouvernementaux et de dire: "Excusez-moi, je suis le propriétaire de la société." Ils me répondent systématiquement: "Où est votre *kafeel*?"

Sensibiliser les locaux et obtenir de véritables changements va demander du temps. C'est pourtant dans leur intérêt. Si la *kafala* était supprimée, l'économie pourrait vraiment croître, car les hommes d'affaires étrangers se sentiraient en confiance pour venir investir en toute liberté. Si vous saviez le nombre d'entrepreneurs qui veulent entrer sur les marchés du Golfe, mais choisissent de bouder la région au profit des pays occidentaux où leurs investissements sont plus en sécurité et où ils disposent de droits! Si les pays du Golfe copiaient l'approche occidentale en termes de droit du travail, ils gagneraient la confiance de nombreux entrepreneurs.

Ces dernières années, au Qatar, nous avons cependant assisté à une amélioration avec la suppression du permis de sortie, autrefois obligatoire pour quitter le pays. Moi-même, je devais appeler mon associé avant tout voyage pour obtenir son autorisation signée. Lui comme moi n'en pouvions plus de cette procédure, c'était d'une lourdeur sans nom. Le Qatar doit maintenant aller plus loin et offrir la tranquillité aux hommes d'affaires étrangers, leur garantir un écosystème entrepreneurial de qualité.»

ET NOUS ? LE MALAISE INDICIBLE DES QATARIS

Depuis près de deux siècles, la famille Al-Thani règne sur le Qatar. Elle écoute avec attention les revendications des représentants des autres tribus dans les *majlis*, mais se réserve le dernier mot sur l'ensemble des décisions qui régissent la vie de l'émirat. Les partis politiques sont interdits, le droit d'association ou de manifestation strictement contrôlé, que ce soit pour les étrangers ou les locaux. Malgré son enthousiasme à médiatiser les soulèvements populaires qui ont secoué le monde arabe au début des années 2010, la chaîne Al-Jazeera s'abstient de documenter les nuances la société qatarie, ou même à se poser en défenseur de la liberté d'expression au Qatar.

Début 2020, l'émir du Qatar, Cheikh Tamim ben Hamad al-Thani, a modifié l'article 136 du Code pénal afin de rendre la publication ou le partage de toute information jugée « fausse » par le pouvoir en place passibles de cinq ans de prison et 100 000 riyals [25 000 euros] d'amende. La menace de poursuites judiciaires maintient les journalistes à bonne distance d'une question centrale : les citoyens qataris ont-ils des droits ? Discrètement, dans le secret de communications privées, les Qataris les plus progressistes regrettent le peu d'attention porté au système politique par les médias internationaux, qui préfèrent s'en tenir, selon eux, à un discours simpliste : « une armée de travailleurs pauvres étrangers face à de riches Qataris ».

AHMED*, TRENTENAIRE, QATARI, MEMBRE D'UNE FAMILLE HISTORIQUE DE L'ÉMIRAT, GAY.

« Vous savez le risque que je prends à vous parler ? Protégez vos sources à tout prix, nous vous faisons confiance, ne nous trahissez pas. C'est fort probable que je sois sous surveillance, parce que je communique avec des personnes qui vivent en dehors du Qatar, et, pour les autorités de mon pays, cette simple action signifie que je suis coupable de collusion avec l'ennemi. C'est puni par la loi. Vous savez, même si notre population locale est de taille modeste[1] et que tout le monde se connaît, le Qatar est un pays hautement militarisé.

Je compatis avec Malcolm Bidali, bien sûr, son expérience est traumatisante, mais je m'efforce aussi d'analyser à 360°, d'une manière plus large, plus inclusive, plus systémique. Car ce qu'il a vécu n'est qu'une goutte d'eau dans un océan d'abus. Le droit des travailleurs migrants fait partie d'un problème plus vaste dont il est devenu, à juste titre, le visage. Vous, les journalistes occidentaux, refusez de voir cela. Vous fixez votre attention sur la question des travailleurs étrangers, au détriment d'une vision plus large. Vous êtes enfermés dans des cases réductionnistes, binaires et répétitives qui perpétuent l'image d'un Moyen-Orient médiéval et barbare. Il n'y en a que pour la question du droit des travailleurs, mais qu'est-ce qui vous fait penser que les Qataris ont des droits ?

Honnêtement, Malcolm Bidali – et sans vouloir minimiser le traumatisme enduré : effrayant, éprouvant et humiliant – bénéficie du privilège d'être un étranger. Mais vous demandez-vous ce qu'il en est de nous, les Qataris ? En quoi suis-je responsable de ce qui lui arrive par le simple fait de ma nationalité, alors que je dois, moi-même, me battre pour obtenir le droit de critiquer publiquement les politiques

[1] Le Qatar compte environ 300 000 citoyens qataris pour un total de 2,7 millions d'habitants.

locales ou la concentration du pouvoir entre les mains de quelques individus ? La communauté internationale a beau s'insurger, elle n'évoque pas le cœur du problème. Vous analysez avec passion les symptômes, mais personne ne s'attaque à l'éléphant dans la pièce : le système politique en place au Qatar. C'est pourtant une évidence pour qui cherche vraiment à comprendre le Qatar : mon pays est une entreprise familiale, une kleptocratie au service de la famille dirigeante actuelle que, d'ailleurs, beaucoup de gens ici méprisent, sous sa forme actuelle du moins.

Même ici, au Qatar, la plupart des jeunes de mon âge n'ont pas vraiment conscience de ça, ils sont cajolés par le pouvoir en place et vivent dans une sorte de chambre d'écho, tenus isolés des réalités par une presse locale qui ne publie que des déclarations officielles et se fait le porte-parole d'individus qui ont la mainmise sur le pouvoir politique. Ce n'est pas du journalisme objectif. Le traitement médiatique des questions nationales est très sélectif et lorsque l'affaire Malcolm Bidali éclate, de manière tout à fait prévisible, la presse qatarie se fait discrète sur le sujet. Elle n'en fait bien sûr pas le sujet du jour, c'est alarmant.

De toute évidence, le pouvoir voulait qu'il en soit ainsi. Je salue le courage des 240 étudiants, anciens élèves, professeurs et membres du personnel de la Fondation du Qatar qui ont signé de leur vrai nom une lettre d'indignation. Nous savons les dangers que cela représente. Par honnêteté, je dois mentionner Doha News[1] qui a documenté la situation de Malcolm Bidali. C'est la seule source d'information rafraîchissante dans un paysage bien morose. Mais j'ignore de quelle surveillance ils font l'objet. Comment expliquer la liberté éditoriale dont ils bénéficient pour couvrir des sujets réputés sensibles pour les autres ?

[1] Ce portail d'information en ligne lancé en 2009 a été censuré par les autorités qataries en 2016. Il est resté fermé quatre ans, avant de refaire surface en 2020 avec une nouvelle équipe dirigeante.

Quand le monde va-t-il se réveiller ? Noof al-Maadeed[1] appartient à une éminente famille qatarie et regardez ce dont elle est victime ! On ne sait même pas si elle est en vie, c'est effrayant... Ça me fait peur, on dirait qu'ils jouent avec nos vies. Quel putain de pays fonctionne comme ça ? Je ne pense pas seulement à moi quand je vous parle de tous ces sujets, je pense aussi à ma famille, parce que nous avons tous un pistolet sur la tempe. Au fond, l'appareil de sécurité et la famille royale peuvent nous faire disparaître comme ils le veulent. Les gens pensent que ces choses ne peuvent pas arriver, mais ça arrive. Pour de vrai. Il y a des crimes qui se produisent et qui ne sont jamais signalés. Le Qatar est une jungle dotée d'une justice opaque. Et l'organisation du Mondial de football ne fait que jeter du sel sur la plaie. Plus j'en sais, moins je souhaite en savoir, car Noof n'est que la face immergée des milliers de femmes qui souffrent en silence. Son histoire me brise le cœur. Savez-vous à quel point les femmes sont terrifiées au Qatar ? »

1 Noof al-Maadeed, aujourd'hui âgée de 23 ans, a fui son pays en 2019 pour demander l'asile en Angleterre, accusant sa famille de l'avoir maltraitée physiquement et psychologiquement. Elle est retournée à Doha le 2 octobre 2021, après que les plus hautes autorités qataries lui ont garanti sa sécurité. Quelques jours plus tard, son père a tenté de pénétrer dans l'hôtel où elle résidait. Après plusieurs mois, la jeune femme est de retour sur les réseaux sociaux, semble-t-il réconciliée avec sa famille.

HAYA, TRENTENAIRE, QATARIE, MEMBRE DE LA FAMILLE PRINCIÈRE AL-THANI ET CRITIQUE DU POUVOIR EN PLACE.*

« Il n'y a littéralement rien que je puisse faire, décider ou signer sans la permission de mon père ou, si je suis mariée, sans celle de mon mari. En vertu de la loi, nous sommes la propriété des hommes. Les femmes ne deviennent jamais adultes au Qatar, nous vivons sous le patronage d'un homme. Si je veux obtenir un passeport, je dois prouver que mon père est d'accord. Si j'ai moins de 25 ans et si je suis mariée, c'est mon mari qui doit donner son autorisation, et ce, jusqu'à ce que j'atteigne l'âge de 50 ans, vous vous rendez compte ? Il y a quelques années, j'ai dû présenter une lettre écrite par mon père pour obtenir mon premier passeport. Je suis presque certaine que si j'avais un petit frère âgé de 18 ans, il aurait l'autorité pour le faire à ma place. Quelle humiliation ! Je ne suis plus une enfant…

Le Qatar a récemment supprimé l'obligation pour les travailleurs étrangers d'obtenir la permission de leur employeur pour changer de travail. Mais bon nombre d'institutions publiques, de ministères et d'entreprises privées continuent de nous demander, à nous, femmes qataries, de produire une autorisation écrite de la main de notre père pour travailler. Sans elle, l'emploi nous est refusé, même si nous avons les qualifications et l'expérience requises. Ça me met en colère !

Le Qatar se concentre davantage sur la valorisation de son image auprès de la communauté internationale que sur une réelle évolution de sa société. Le gouvernement se défend en affirmant que les femmes sont présentes à tous les échelons des entreprises et que nous occupons des postes importants, mais il faut regarder de plus près : toutes les femmes qataries sont-elles véritablement libres de choisir leur carrière professionnelle ? La réponse est non. Dans la pratique, les femmes ne sont pas les bienvenues dans de nombreux domaines. Prenez la fonction publique, par exemple, nous sommes en grande majorité cantonnées à des postes perçus par les autorités comme "faits pour les femmes". Les seules femmes qui occupent des fonctions importantes ont été mises là pour faire bien en public, mais elles n'ont pas d'autre rôle que celui d'être les marionnettes des hommes de pouvoir qui se tiennent dans l'ombre. La communauté internationale se fourvoie quand elle croit que la constitution du Qatar est sa véritable loi, mais notre Constitution n'est qu'un bout de papier ! Rien de tout cela ne reflète la réalité des politiques publiques en vigueur. Par exemple, si j'ouvre un compte bancaire et qu'un homme de ma famille souhaite s'y opposer, il n'aura aucun problème à le fermer. Ce n'est écrit nulle part, bien sûr, mais c'est le résultat d'une interprétation des lois. La plupart sont en violation du principe d'égalité de la Constitution.

Alors, oui, j'aime notre émir, mais fait-il du bon travail pour les femmes ? Non. Pourquoi ? Parce qu'il a conscience que cela provoquerait une guerre civile. Beaucoup d'hommes sont encore misogynes, ici. Le Qatar est dirigé par une élite masculine qui est de la vieille école et qui pense que le pouvoir revient aux hommes, que nous, les femmes, sommes condamnées à obéir. Nous n'avons pas notre mot à dire. Notre émir a le pouvoir d'édicter et d'abolir les lois, selon son bon désir, il a toute autorité de faire ce qu'il veut, car le Conseil de la choura n'est rien d'autre qu'un organe consultatif sans réel pouvoir. Mais il ne le fait pas. Au contraire, il n'empêche pas les ministres de mettre en place des politiques qui vont à l'encontre de nos libertés fondamentales. Il se fait discret sur les questions sociales pour apaiser les chefs tribaux qui sont tous, sans exception, des hommes. Il n'a à répondre à aucune femme. L'idéologie qui domine au sein du pouvoir en place est que les femmes qataries doivent être reconnaissantes des acquis déjà obtenus et s'abstenir de demander plus.

Nous sommes perçues localement et à l'international comme des femmes riches ayant une vie agréable. Mais en vérité, notre situation se résume à avoir de l'argent en échange de l'oubli de nous-mêmes. Du coup, beaucoup de femmes au Qatar choisissent de s'autocensurer et d'accepter le système tel qu'il est. Nous vivons le syndrome de Stockholm ! Regardez le Twitter de certaines filles qataries qui parlent ouvertement et publiquement. La plupart du temps, les réactions sont: "Arrêtez de vous conduire comme des folles, vous avez de l'argent."

Mais les choses vont changer, j'y crois. Je place mes espoirs en notre jeunesse qui est de plus en plus ouverte d'esprit et reconnaît l'importance de l'égalité des sexes, cela joue en notre faveur! Et la Coupe du monde 2022 aussi, bien sûr, car l'événement braque les projecteurs du monde entier sur notre pays et sur les violations des droits de l'homme commises.»

ALANOUD, TRENTENAIRE, QATARIE.*

«Je manque de temps, j'ai la trentaine maintenant, et si j'attends encore une décennie que les choses changent au Qatar, alors quand vais-je vivre ma vie de femme? Si j'attends que les autorités évoluent ou que mes compatriotes qataries se lèvent pour demander le changement, ma vie sera bousillée. Et ça, c'est non! Alors, je vais juste travailler encore deux ans et partir dans un pays européen pour refaire ma vie avec mes économies. Je veux me marier avec l'homme que j'aime, mais, problème: il n'est pas qatari. Nous devons donc obtenir l'approbation d'un comité étatique chargé de contrôler tout mariage entre une Qatarie et un étranger. Ce n'est mentionné dans aucune des lois consultables publiquement. C'est comme une réglementation cachée. Personne ne sait d'où ça vient, mais c'est comme ça. Je dois donc remplir un formulaire pour faire une demande d'autorisation en vue d'épouser un étranger, puis attendre que le comité revienne vers moi. Et Dieu sait quand. Il n'y a aucune règle. Cela peut prendre un an, deux ans, six ans, dix ans... C'est soumis à leur bon vouloir[1]. Mon ami est un Noir africain,

[1] Le droit au mariage est inscrit dans la Déclaration universelle des droits de l'homme.

je suis qatarie, nous sommes tous deux musulmans et pourtant les chances que notre union soit approuvée sont infimes. Et dans le cas où ils donneraient un accord préliminaire, alors commencerait l'interrogatoire: "Pourquoi je ne cherche pas à me marier avec un Qatari?"; "Y a-t-il un but non avoué?"; "Qui est-il?"; "Comment vous êtes-vous rencontrés?" Mais ces questions sont d'ordre privé, elles s'immiscent dans mon intimité. Une fois cette humiliation passée, mon ami devra fournir des certificats de réputation, présenter l'état de ses comptes bancaires et un tas d'autres documents.

Nous pourrions choisir de nous marier hors du Qatar et retourner vivre ensemble à Doha, mais ce serait illégal, car notre union ne serait pas reconnue par les autorités qataries. Nous risquerions donc pour moi la prison et pour lui l'expulsion. Pourtant, ça me rend triste de quitter mon pays. Je serais prête à sacrifier beaucoup de choses pour rester vivre au Qatar où le taux de criminalité est très faible, mais vivre ma vie est plus important que tout. Et pour rien au monde je ne souhaite que ma future fille subisse ce que j'ai eu à subir. Je veux juste vivre ma vie sans avoir peur, je veux juste me marier avec l'homme que j'aime sans ces démarches administratives, je veux juste m'habiller comme je veux. Je ne veux pas créer de désordre, je veux juste être moi. Ce n'est pas parce que je n'aime pas porter le hijab, que j'ai un tatouage, que je veux me marier avec un homme étranger, que je suis moins qatarie ou que je suis moins respectable. Cela me rend peut-être différente, mais je mérite quand même d'être respectée. Le Qatar parle à longueur de journée de droits. Mais quelqu'un peut-il me dire quels sont mes droits, à moi?»

ABDULLAH*, QATARI, TRAVAILLE DANS LE MARKETING À DOHA.

« Rien ne changera ici, à moins que les femmes qataries ne prennent leur destin en main. Oubliez l'espoir de réformes sans pression sur le gouvernement. Pour moi, le mouvement féministe saoudien est une source d'inspiration. Les Saoudiennes se sont battues pendant des années avec un acharnement exemplaire. Dieu sait combien de filles sont allées en prison. Elles ont parlé au risque de leur vie, elles ont utilisé les réseaux sociaux, elles se sont enfuies dans différents pays pour vivre et poursuivre leur activisme. Le travail accompli est considérable. Elles méritent amplement les droits récemment acquis. Ici, au Qatar, personne n'a le courage de se battre pour les autres ! Nous, les Qataris, avons été élevés dès notre plus jeune âge à ne pas nous opposer au gouvernement, à être des lâches, à nous taire en échange d'une bonne vie matérielle. Ne combattez pas le gouvernement, une politique ou un ministère, c'est la règle. Vous saviez que la question du droit des femmes a plus évolué en Arabie saoudite au cours des cinq dernières années qu'ici, au Qatar ? Cela devrait nous pousser à réfléchir. Les femmes qataries doivent se lever et s'imposer dans le débat, forcer le changement. La famille régnante doit, en lien avec son rôle de développer le pays, avoir peur d'être questionnée. Mais nous, les Qataris, ne sommes pas assez courageux pour demander des comptes directement à la famille royale. Je suis opprimé, mais je ne suis pas anarchiste. »

Au-delà de leurs revendications, Ahmed, Haya, Alanoud et Abdullah insistent sur leur attachement sincère et profond envers le Qatar. Aux discours révolutionnaires ils préfèrent les appels à une évolution pacifique vers un modèle de société plus inclusif où travailleurs étrangers et citoyens respectent les défis des uns et des autres, et jouissent d'un accès à une justice transparente.

5

L'ONDE DE CHOC

DU TRAVAIL

DANS LE GOLFE

« SANS LA MIGRATION, MON VILLAGE N'EXISTERAIT PAS »

Selon l'Organisation Internationale du travail, un migrant indien peu qualifié employé en Arabie saoudite ou aux Émirats arabes unis gagne en moyenne 1,5 à 3 fois plus que ce qu'il pourrait toucher au pays. Par conséquent, juger la migration vers le Golfe selon le seul prisme des « droits de l'homme » équivaut à balayer les succès économiques et les accomplissements personnels rendus possibles par cette route migratoire. En Inde, le Kerala sur la côte de Malabar est l'un des symboles les plus marquants de cette réussite par la migration économique. La population vit au rythme du Golfe. Les nouvelles de la péninsule Arabique sont suivies avec autant d'intérêt que les informations locales, des boutiques portent le nom de pays du Golfe et près de la quasi-totalité des vols à l'aéroport de Kochi est de retour ou à destination d'Abou Dhabi, Doha, Dubaï, Riyad, Djeddah ou encore Mascate. Mais le Kerala n'est pas seul à jouir des retombées économiques de l'« argent du Golfe ». Dans le Soudan rural, des villages entiers dépendent des envois de salaires de ceux qui sont partis tenter leur chance dans le Golfe.

IRUDAYA RAJAN, CHERCHEUR INDIEN, SPÉCIALISTE DE LA QUESTION MIGRATOIRE KERALITE, THIRUVANANTHAPURAM, INDE.

« Fermez les yeux une seconde et imaginez que la migration vers le Golfe n'ait jamais eu lieu. Les musulmans du Kerala seraient en train de mourir de faim. Pour cette communauté, la migration mène tout droit au paradis ! Certains travailleurs sont peu instruits, ne savent même pas écrire et ils parviennent à envoyer leurs enfants étudier en Australie ou en Europe ! Aujourd'hui, le niveau d'éducation du Kerala est spectaculaire et c'est grâce à la migration. Pour parler du "modèle de développement du Kerala", on reprend les trois M : migration, marxisme et missionnaires. La contribution de la migration aux communautés du Kerala est inimaginable.

Chaque migrant a un rêve, j'appelle ça le projet migratoire : construire une maison, financer le mariage d'une sœur, rembourser des prêts, payer l'éducation supérieure de ses enfants, etc. Tout le monde a un objectif à atteindre lorsqu'il part pour le Golfe, certains vont parvenir à le réaliser, d'autres non. C'est triste, mais c'est aussi la vérité, il y a des travailleurs qui meurent d'accidents ou qui se suicident. Vous savez, entre 30 et 40 % des transferts de fonds envoyés au Kerala depuis l'étranger par les migrants sont consacrés à l'achat de maisons. Les Keralites veulent investir leur argent dans la pierre ! Avant, quelqu'un devait passer environ trois ans dans le Golfe pour gagner suffisamment afin de construire sa maison, mais le coût de la vie là-bas a augmenté et maintenant il faut environ cinq ans, sauf s'ils travaillent de nuit dans un second emploi pour gagner de l'argent plus rapidement. Beaucoup de nos compatriotes enchaînent deux emplois de huit heures par jour chacun. Le souci est qu'ils reviennent avec des problèmes de santé, notamment liés au stress, très fréquent chez les Keralites qui travaillent dans le Golfe.

La migration vers le Golfe est aussi une histoire de prestige social, car vous gagnez en importance dans la société keralite. Nos migrants sont perçus comme riches, cela leur donne le privilège de pouvoir épouser une jolie fille, vous êtes considéré comme un candidat au mariage plus attractif. Tout le monde est impressionné, sans vraiment chercher à connaître votre emploi réel. Si vous travaillez dans un hôtel cinq étoiles, personne ne s'intéresse de savoir si vous n'êtes qu'un simple balayeur. Et 80 % des femmes keralites ne rendent jamais visite à leur mari dans le Golfe, il n'a donc pas nécessairement besoin de donner tous les détails sur son emploi.

Les enfants des travailleurs migrants sont aujourd'hui qualifiés et cherchent à partir vers des pays où ils peuvent obtenir un permis de résidence, comme l'Australie, le Royaume-Uni ou les États-Unis. C'est un défi, le réseau keralite est peut-être très puissant dans le Golfe, mais il est moins influent en Europe et en Amérique du Nord où ce sont les Pendjabis, habitants de l'État Indien du Pendjab, qui dominent. Même dans le Golfe, les dynamiques changent peu à peu. Si les Keralites qui y travaillent sont plus qualifiés qu'avant et mieux payés, les salaires, ici, au Kerala, ont aussi augmenté et se rapprochent de ceux proposés dans le Golfe. La migration vers le Golfe devient donc moins attrayante pour un certain nombre de professions. Le rêve s'estompe petit à petit. Le pic est passé, devrais-je dire. Notre défi à présent est de capitaliser sur cinquante ans de migration pour solidifier notre économie locale. Un pêcheur parti dans le Golfe pendant cinq ans revient avec un statut social différent et ses enfants vont refuser qu'il retourne en mer, affirmant que, après ses années à Dubaï, il ne peut plus être pêcheur ici, il mérite mieux. La communauté pense que vous avez gagné assez d'argent pour vivre tranquillement le reste de votre vie et, bien que ce ne soit pas le cas, vous ne pouvez pas l'admettre publiquement. Il est donc essentiel que l'argent de la migration soit alloué à des investissements productifs, pas seulement à de luxueuses maisons pour paraître en société. Nous devons trouver des idées pour développer l'emploi local. Par exemple, le gouvernement encourage l'auto-emploi, mais beaucoup ont peur, le talent entrepreneurial n'est pas un don dont tout le monde dispose. »

USMAN THONDIYAN, 55 ANS, INDIEN DU KERALA, ANCIEN TRAVAILLEUR MIGRANT EN ARABIE SAOUDITE OÙ IL RÉPARAIT DES CANAPÉS.

« Sans la migration, mon petit village niché dans les régions forestières du Kerala n'existerait pas. Tout ce que vous voyez autour de vous est le résultat de la migration vers le Golfe : les maisons, nos petites échoppes et même la mosquée.

La première fois que je vais en Arabie saoudite, en 1995, j'y vais sans permis de travail, utilisant un visa religieux pour le pèlerinage à La Mecque. Je trouve un travail comme cuisinier et je reste illégalement une année durant. Ce qui devait arriver arriva, un officier de police finit par m'attraper et je suis expulsé vers l'Inde. Après cinq mois au Kerala, je parviens à obtenir un visa de travail pour l'Arabie saoudite via une agence de recrutement et me voilà de retour dans le royaume en 1996. Je décroche un emploi de réparateur de canapés, payé 800 riyals saoudiens [190 euros] par mois, métier que j'exerce jusqu'en 2013. Je travaille sept jours sur sept, de 8 heures du matin à midi et de 15 heures à minuit, mais je suis heureux. La plupart des habitants du Golfe sont paresseux et riches. Du coup, ils font venir des travailleurs comme moi de partout dans le monde. Mais peu importe, après tout, je suis dans le Golfe pour aider ma famille. Je reviens au Kerala seulement tous les deux ans, mais comme je travaille beaucoup, je n'ai pas le temps d'être triste. Je suis un homme peu instruit, j'ai quitté le système scolaire à l'âge de 15 ans. Quelle était ma chance d'avoir une vie décente au Kerala ? Aucune. Le 8 août 2002, j'inaugure ma maison dans le village. Ces 140 m^2 sont le résultat de six ans de travail et un rêve qui devient réalité. Lorsque j'entre dans ma maison pour la première fois, je ressens l'immense fierté d'avoir réussi à atteindre le premier objectif de ma vie. Je dis "Alhamdoulillah" plusieurs fois, pour remercier Dieu ! J'accomplis ensuite mon deuxième objectif : offrir à mes parents le pèlerinage à La Mecque. Puis c'est au tour de mes enfants de bénéficier de mes revenus en Arabie saoudite. J'ai trois fils et une fille. Comme tout père en Inde, mon rôle est de leur offrir une bonne éducation et de marier ma fille, bien sûr. C'est chose faite ! Quand le plus âgé de mes fils a obtenu un bon emploi ici en Inde en 2013, j'ai pu enfin souffler, mon devoir était terminé et je suis rentré à la maison pour de bon. Pour continuer à avoir un petit revenu, je cultive ma propre plantation de caoutchouc au village. J'aime ces beaux arbres, ils symbolisent ma réussite dans la vie. La famille est maintenant bien installée au Kerala, plus besoin d'émigrer dans le Golfe où il fait si chaud. »

E. P. S. BAVA, INDIEN DU KERALA, CHEF DE PLUSIEURS ENTREPRISES EN ARABIE SAOUDITE, TRAVAILLEUR MIGRANT ENRICHI PAR LA MIGRATION.

« Quand j'étais jeune, le Kerala était pauvre, mais mon père exportait du poisson. C'était le roi de la région, en quelque sorte, et les gens nous disaient : "Vous êtes riches, c'est quelque chose auquel nous ne sommes pas habitués !" Alors, quand mon père a tout perdu, suite à une dispute avec ses associés, cela a été un choc de le voir migrer en Arabie saoudite pour tenter de se refaire. Dévasté, j'ai arrêté mes études et je l'ai rejoint dans le Golfe où je suis parvenu à m'associer à 23 autres personnes pour créer une entreprise de textile dans une petite ville à 400 kilomètres au sud de Djeddah, à la frontière du Yémen. Cela a été un échec. J'ai changé de domaine et j'ai ouvert une activité de restauration et de supermarché. Ces business sont plus profitables, notamment parce que nous proposons de la nourriture yéménite et une vaste carte de plats arabes délicieux dont les Saoudiens sont très friands. À l'époque, j'étais payé en fonction des bénéfices de l'entreprise, de 1000 à 2000 riyals saoudiens [240 à 480 euros], mais les affaires marchaient bien et aujourd'hui je suis l'un des hommes les plus prospères de ma communauté.

J'ai inauguré ma maison le 12 décembre 2012, il a fallu quatre à cinq ans pour la bâtir tant elle est grande. Ce n'est pas la maison de mes rêves, mais elle a été conçue par des architectes qui m'ont convaincu que ma demeure devait être le symbole de mon succès. Lors de l'inauguration de ma maison, les habitants de la ville sont tous venus la visiter. Certains m'ont demandé: «Pourquoi as-tu construit une si grande maison? Elle est vraiment massive!» J'ai répondu en souriant: «Si vous avez de l'argent, vous pouvez construire un foyer comme ça.» Peu après, des villas ont commencé à pousser partout aux alentours. En avoir une est une question de prestige pour montrer que vous êtes riche et que vous avez du succès. Les gens peuvent dire que vous avez réussi.

J'ignore si les jeunes se souviendront de la migration dans une ou deux générations, mais c'est important: la transition entre le "pas d'écoles, pas de services, pas de technologies" d'antan et notre développement économique actuel ne s'est pas faite toute seule, Elle s'est faite grâce à l'argent du Golfe. Nous devons nous en souvenir avec une immense gratitude.»

SHEIKH YOUSIF KHAIR ALLAH ALSAMANI, 48 ANS, SOUDANAIS, CHEF DE TANNOOB, UN HAMEAU D'AGRICULTEURS À QUATRE HEURES DE ROUTE AU SUD DE KHARTOUM.

« C'est dans les années 1970 que la migration vers le Golfe a débuté, mais le vrai boom s'est produit durant la décennie 1990. Nos premiers migrants étaient tous des hommes et partaient aux Émirats arabes unis pour travailler comme enseignants ou comptables. Il faut dire que le village était connu pour s'opposer à notre ancien président Omar el-Béchir (et ce, jusqu'à sa chute en 2019) : nous ne bénéficiions donc d'aucun budget public. Nous étions tenus à l'écart par un système politique qui investissait peu dans le développement du pays et encore moins ici, vu nos orientations politiques. Notre stratégie a donc été d'envoyer le plus de migrants possible dans les pays du Golfe pour avoir des devises. Avec cet argent, nous employons ici des travailleurs qualifiés et développons l'économie du village. Nous avons « golfizé » notre pensée économique ! L'argent est vraiment plus important que les compétences, parce que, avec de l'argent, vous pouvez acheter des compétences et investir l'argent qui reste dans des projets. Voyez cette route encore inachevée que nous avons empruntée pour rejoindre le village : c'est grâce à nos migrants dans le Golfe qu'elle a été construite. Avant, il n'y avait rien, ou plutôt si, une piste de terre qui se transformait en marécage gluant dès qu'il pleuvait. Des heures à patauger dans la boue pour rejoindre la route principale. Et, en pleine nuit, lorsque nous devions amener une femme enceinte à l'hôpital pour accoucher, par exemple, certaines décédaient faute d'arriver assez rapidement… Imaginez. La construction de cette route a déjà coûté près de 50 millions de livres soudanaises [100 000 euros]. Elle a été financée à 90 % par nos 500 migrants dans le Golfe pour le bénéfice de nos 4 200 habitants qui sont pour majorité des cultivateurs de coton, soja, blé et maïs doux.

Nous avons trois groupes WhatsApp pour maintenir les liens Tannoob-Golfe et collecter les dons qui financent des projets d'infrastructure, mais aussi l'envoi de villageois en Inde et en Jordanie pour des traitements médicaux. La contribution de la migration au village est inimaginable et la façon dont la communauté tannoobienne du Golfe se soucie de ce qui se passe ici est très touchante. Même s'ils habitent dans les pays du Golfe, ils conservent un lien fort avec notre société. Y compris ceux qui ne sont pas revenus pendant dix ou vingt ans, ils s'intègrent immédiatement dès qu'ils reviennent ici.

Nos ressortissants élèvent leurs enfants selon les traditions de notre village et c'est important que les coutumes et les traditions de Tannoob soient préservées. Au Soudan, c'est la coutume que la mère de l'épouse vienne aider la jeune maman à donner naissance puis à éduquer son enfant. Le bébé entend sa grand-mère lui parler des histoires du village et c'est un bon moyen de perpétuer l'attachement à Tannoob.

Sur votre gauche, c'est le quartier que nous appelons Abou Dhabi, car il est habité par une seule et unique famille dont la plupart des membres vivent encore aujourd'hui dans la capitale des Émirats arabes unis. Toutes les maisons sont construites avec des briques faites avec l'argent émirati ! »

YOUSIF ALHAJ ALI, 53 ANS, SOUDANAIS, PARTI TRAVAILLER COMME PLOMBIER AUX ÉMIRATS ARABES UNIS, REVENU DÉFINITIVEMENT À TANNOOB.

« J'ai travaillé comme superviseur plombier pour la municipalité d'Abou Dhabi. Un Émirati plombier, vous pouvez oublier. Ils ont déjà de l'argent, de grandes maisons, de belles voitures. Pourquoi devraient-ils exercer une profession pénible et se salir les mains dans la tuyauterie ? Moi, c'était mon travail et j'étais heureux de le faire. Mon mariage a été financé par l'argent émirati, ma maison aussi et, à mon retour, j'ai pu avoir la petite boutique de vêtements que je tiens désormais dans le village. J'aime les Émirats arabes unis autant que j'aime le Soudan. C'est comme si mon père était émirati et ma mère soudanaise. J'ai aussi investi dans une entreprise agricole, ici, à Tannoob, pour louer des terres aux autres villageois et cultiver moi-même des tomates, des oignons, des concombres. C'est ma nouvelle vie, ma vie post-migratoire. »

ÉMOTIONS REFOULÉES ET VIES FAMILIALES BRISÉES

Si les succès économiques permis par la migration vers les pays du Golfe sont indéniables, ils masquent un coût social exorbitant. Au premier rang des souffrances émotionnelles et psychologiques : la solitude causée par l'absence d'un mari ou d'un père. Dans certains districts du Kerala, connus localement sous le nom de « poches de Golfe », 60 à 90 % des ménages ont participé à la migration à un moment ou à un autre de leur histoire. Nous sommes allés voir ces hommes et ces femmes qui peinent à mettre des mots sur la douleur.

SHAHANAS IBRAHIM, 24 ANS, INDIENNE DU KERALA, ÉPOUSE D'ARIF, PARTI TRAVAILLER AU QATAR.

« Lorsque j'ai accompagné Arif à l'aéroport en novembre 2016, seulement deux mois après notre mariage, j'étais en larmes. Je ne voulais pas qu'il parte. Le temps de me passer la bague au doigt et de profiter un peu ensemble, il avait déjà rejoint pour le Qatar où il travaille dans une entreprise de matériaux de construction. Il m'a dit qu'il serait de retour dans deux mois, mais je savais bien que ce n'était pas vrai, qu'il ne pourrait revenir que lors de ses prochaines vacances. Il m'a fallu deux semaines pour me remettre de la douleur de son départ. Et l'attente a été longue, il n'est revenu qu'un an et demi plus tard. C'est très long, quand même.

Quand on nous a présentés en vue de notre mariage arrangé, son profil m'a rappelé celui de mon père, qui a travaillé pendant vingt-huit ans à La Mecque, en Arabie saoudite. Comme ma maman, je dois être forte et me débrouiller avec mes émotions refoulées. Mon papa a nommé notre maison la "Maryam Mansion", en l'honneur de maman. C'est mignon. Pourtant, ma relation avec mon père est étrange. Nous ne nous connaissons pas vraiment, car, durant ses années en Arabie saoudite, il n'est revenu à la maison que tous les deux ans. Du coup, il y a toujours eu un fossé entre mon père et moi. Pendant ma jeunesse, j'ai eu du mal à accepter cet homme à qui je n'avais pas l'habitude de parler. Je savais qu'il était mon père, mais j'avais un peu peur de lui, j'étais timide et craintive quand il était à la maison. N'étant pas toujours sage, je craignais qu'il me réprimande. J'ai, par contre, beaucoup d'admiration pour ma maman, seule toutes ces années. Les femmes des travailleurs migrants du Golfe sont plus libres et plus audacieuses que les autres femmes indiennes. Nous sommes tristes du départ de nos maris, mais, si les débuts sont toujours très difficiles, nous apprenons progressivement à faire face. Petit à petit, nous gagnons en confiance, et ça nous donne une grande force intérieure. Ça nous rend plus responsables aussi, car nous devons nous occuper de toutes les tâches domestiques. Chaque fois qu'Arif vient en vacances ici, en Inde, il fait tout. Je lui dis ce que je veux, où je veux aller et il prend les choses en charge. Mais quand je suis seule ici, je ne peux compter que sur moi-même. Au début, dès qu'il y avait un problème, je l'appelais et le dérangeais dans son travail pour lui demander de l'aide. Désormais, je me débrouille seule.

Si d'un point de vue financier tout va bien, il n'empêche qu'Arif me manque beaucoup. Un couple devrait vivre ensemble. Chaque fois qu'il vient pour les vacances, il parle de tout abandonner au Qatar et de revenir au Kerala pour travailler. Mais nous savons bien que le salaire ne sera jamais le même. Il y a des offres d'emploi ici, mais les salaires sont complètement différents. Je ne lui en veux pas : au départ, il voulait rester au Kerala, mais il n'a pas trouvé de travail qui lui convienne et il a, du coup, postulé au Qatar.

Arif me soutient aussi dans la vie, car si certains maris ne veulent pas que leur femme suive des cours à l'université ou travaille, Arif, lui, m'encourage à aller de l'avant et ne fixe pas de règles trop strictes qui m'empêcheraient d'avoir une vie sociale. Après notre mariage, j'ai obtenu une maîtrise. Il vaut mieux travailler et être active, sinon on perd les plus belles années de sa vie assise à la maison, à dormir et à attendre. La plupart de mes amies sont des épouses de migrants du Golfe. Elles ont arrêté leurs études une fois mariées et ne travaillent pas, c'est triste. Elles restent à la maison ! Elles ont oublié tous leurs rêves d'enfance.

Lorsque nous nous rassemblons, nous, les femmes de migrants du Golfe, notre principal sujet de conversation est nos maris qui nous manquent. C'est seulement dans ce cercle très fermé d'amies qui vivent la même situation que nous pouvons exprimer nos sentiments ouvertement, sans crainte d'être jugées. La douleur psychologique liée à la migration est énorme, mais les épouses de migrants du Golfe ne montrent pas cette souffrance émotionnelle aux autres. C'est un secret qu'elles gardent enfoui en elles, dissimulé aux regards des curieux.

Quand je pense à la vie de ma mère, je suis triste de constater tout ce qu'elle a enduré. Je me sens chanceuse d'être de la génération suivante. Même si je suis, moi aussi, mariée à un homme qui vit loin, ma situation est bien meilleure. À l'époque de ma mère, toutes les communications se faisaient par courrier, sans téléphone. Quand elle était à court d'argent, elle devait envoyer une lettre. Aujourd'hui, il suffit d'un SMS et j'ai le virement dans la minute. Vous m'imaginez envoyer des plis postaux à Arif et attendre un mois la réponse ! Nous avons un smartphone pour partager des photos et des vidéos tout au long de la journée, ça nous donne presque l'impression d'être dans la même pièce! Mais toute la technologie du monde ne peut remplacer la communication en face à face. Il y a toujours ce fossé.

À l'avenir, comme beaucoup de jeunes de ma génération, je veux m'installer au Qatar et trouver un petit emploi pour avoir la chance de vivre avec Arif. Nous ne savons pas encore combien, mais nous voulons des enfants. Et une chose est sûre, cela n'arrivera pas tant que nous ne vivrons pas ensemble. Le fossé entre mon père et moi m'a fait beaucoup de mal et je ne veux pas reproduire le même schéma.»

Shahanas Ibrahim a donné naissance à son premier enfant en 2020. Arif vit toujours au Qatar.

WAHEEDA, LA SOIXANTAINE, INDIENNE DU KERALA, ÉPOUSE D'UN TRAVAILLEUR MIGRANT PARTI AUX ÉMIRATS ARABES UNIS PENDANT VINGT ANS.

«Sans mon travail, je serais devenue folle. Attendre sans rien faire pendant un an et demi que votre mari rentre au Kerala pour les vacances, c'est trop dur. Avoir un emploi a tout simplement sauvé ma santé mentale et m'a permis de supporter la séparation. Les années Golfe, de 1993 à 2013, ont été les plus difficiles de ma vie. Quand mon mari était à la maison, c'était le paradis. Quand il était absent, c'était l'enfer, surtout que nous avions trois enfants. Vous savez, ce n'est pas juste le manque physique, il y a aussi un profond manque d'émotions, d'autant que je suis une femme sensible, qui a besoin de partager. Comment blâmer les femmes de migrants qui décident d'avoir une relation extraconjugale lorsque l'on sait que certains maris restent dans le Golfe jusqu'à cinq ans sans revenir? Ce genre de choses arrive ici, au Kerala, malheureusement. La vie moderne n'arrange rien.

Auparavant, toutes les générations d'une famille vivaient sous le même toit et, d'une certaine manière, c'était plus facile. Si une femme de migrant était triste, il y avait toujours un parent pour la réconforter, des personnes avec qui parler. Désormais, les couples vivent moins avec leurs parents. Cela accentue la solitude des femmes de migrants.

Pour exprimer mes émotions, j'écrivais de longues lettres à mon mari. Je le faisais parfois même quand il était à la maison, c'était ma façon à moi de lui faire partager mes sentiments. Lui préférait m'appeler. Les lettres, ce n'est pas trop son genre. De mon côté, je n'aime pas trop le téléphone. Surtout qu'à l'époque il n'y avait qu'un seul téléphone pour tout le quartier, installé chez la plus riche famille de la communauté. Essayez d'appeler votre mari dans une maison étrangère avec des gens qui peuvent écouter les conversations, c'est impossible de parler de sujets privés. Comment vouliez-vous que j'ouvre pleinement mon cœur ? Quelques mois après notre mariage, en 1993, je suis tombée malade et je suis restée clouée au lit. Impossible d'aller chez les voisins pour l'appeler à Abou Dhabi. J'étais très contrariée, surtout qu'il ne répondait pas à mes lettres. Trois ou quatre mois sans la moindre nouvelle, je ressentais vraiment le traumatisme et le chagrin liés à la migration. Quand le téléphone portable a fait son apparition, ça a été l'explosion ! Je pouvais alors lui envoyer des SMS le matin, le midi et le soir, je suis ce genre de femme, vous savez ! Ça me rendait heureuse, même si tous ces messages, ça pouvait l'agacer. Chaque mois, je demandais au photographe du village de venir à la maison pour prendre des photos de nos enfants et je lui envoyais le cliché par la poste pour qu'il puisse les voir grandir. Maintenant, nous avons un album de photos familial bien rempli. Quand il rentrait à la maison, je prenais mes vacances pour passer le plus de temps possible avec lui, mais je devais tout le temps porter ma fille dans mes bras, car elle avait peur de lui. Il est strict, parle fort et s'impatiente vite.

Ça n'aide pas, surtout que je suis l'exact opposé. Ce qui m'a vraiment fait de la peine, c'est que mes enfants n'ont pas reçu l'amour paternel qu'ils méritaient. Pourtant, c'est aussi un mari tendre et il y a des joies associées à la vie d'épouse d'un homme du Golfe : accueillir son mari à l'aéroport, le ramener à la maison pour prendre le petit déjeuner ensemble, ce sentiment de vivre une nouvelle lune de miel chaque fois qu'il revient. Ce sont des moments précieux et excitants. Il avait ce don de me surprendre aussi, de m'avertir de sa venue à la dernière minute. Lorsque je lui demandais quand il allait repartir, il refusait toujours de me répondre. De cette façon, je ne savais jamais combien de temps il restait, combien de temps j'allais être heureuse. Chaque semaine, il pouvait me surprendre à nouveau : "Ce n'est pas cette semaine que je retourne dans le Golfe. Nous avons quelques jours de plus ensemble." Ça me touchait beaucoup.

Au fond, je crois qu'il n'a jamais vraiment aimé repartir vers le Golfe. Sa vie là-bas était difficile, même s'il était trop réservé pour m'en parler. Les Émirats arabes unis, j'y suis allée trois ou quatre fois dans ma vie pour les vacances, mais vivre là-bas, jamais, car j'avais mon travail ici. Croire que la vie dans le Golfe est parfaite est une illusion. Souvent les femmes de migrants n'y ont pas de travail et restent enfermées toute la journée. Lui partait tôt le matin, rentrait tard le soir, faisait des doubles services et, pendant tout ce temps, j'aurais dû l'attendre à l'appartement, à m'occuper des enfants, à cuisiner, j'aurais pris du poids. Ce n'était pas le genre de vie que je voulais, une vie solitaire à Abou Dhabi coupée de ma communauté en Inde qui fait ma joie. »

MOHAMED HASEEB N., CHERCHEUR INDIEN À L'UNIVERSITÉ DE MANGALORE, SPÉCIALISTE DE LA CULTURE POÉTIQUE MUSICALE DU KERALA, ET NOTAMMENT LA « LITTÉRATURE MAPPILA ».

«La tradition d'utiliser la musique et la poésie pour narrer des histoires, transmettre la mémoire d'événements historiques, des messages, des traditions ou des sentiments est ancrée depuis le XVIIe siècle dans la vie des communautés musulmanes du Kerala, notamment dans le district de Malappuram. Nous appelons cela la "littérature Mappila". Les guerres, la lutte contre le colonialisme, les traditions alimentaires et nos modes de vie sont ainsi inscrits pour l'éternité dans ces chants. Le genre musical lancé par S. A. Jameel[1], le Kathu Pattu, qui est à présent un élément de la "littérature Mappila", met en musique les lettres échangées entre les femmes keralites et leurs maris partis travailler dans le Golfe. Ce sont près de 200 chants produits par une trentaine de chanteurs depuis la fin des années 1970 et écrits dans notre langue, le malayalam. Beaucoup de ces chansons se ressemblent, le thème, le rythme, les expressions, mais chacune est unique, explorant une émotion particulière de la migration. Certaines de ces lettres adressées par les femmes à leurs hommes évoquent des sujets tabous dans notre société conservatrice. C'est intime et émouvant. Il y a des mots que certains appellent à censurer, tels que :

> *Je pourrais perdre le contrôle, si tu ne reviens pas pendant des années. Je ne te donne aucune garantie, je pourrais commettre une faute, alors reviens. Si tu n'as pas d'argent, nous aurons une vie simple et mangerons des bols de riz, mais au moins nous serons ensemble. Reviens*

[1] Frappé par l'intensité de la souffrance ressentie par les femmes de migrants, S. A. Jameel, un psychologue keralite devenu chanteur, a donné naissance à un genre musical en 1977 avec le clip *Dubai Kathu Pattu*.

juste au village, considère-moi juste comme un être humain avec des émotions et des sentiments passionnés, pas comme un objet.

Ces chants sont uniques, car ils touchent du doigt, avec subtilité, les dommages psychologiques que cause la migration. Plutôt que de se concentrer sur la diminution de la pauvreté et le faste qu'offre la migration, le Kathu Pattu explore les dommages irréparables causés à la vie sociale du Kerala, l'insatisfaction psychologique, les besoins émotionnels et physiques des êtres humains. Cela soulève une question dont personne ne veut discuter ouvertement ici, au Kerala: qui répond à vos besoins physiques, si ce n'est pas votre mari? Un sujet que les femmes ne peuvent évoquer directement avec leurs maris. Alors ces chants leur permettent de faire passer des messages en toute subtilité. Les femmes de migrants ont pendant des décennies envoyé à leurs maris des paquets contenant des CD de Kathu Pattu. Aujourd'hui, elles utilisent des liens YouTube. L'apparition des chants Kathu Pattu a été une révélation pour les hommes, qui ont soudainement pris conscience de la puissance des désirs refoulés de leurs épouses. Ces chansons décrivent ces émotions d'une manière si vibrante que beaucoup se sont mis à douter de la pertinence d'aller dans le Golfe. Le Kathu Pattu est l'hymne de la migration.

Aujourd'hui, les racines du Kathu Pattu se sont évanouies, car les lettres sont de l'histoire ancienne, remplacées par la communication instantanée à l'ère du smartphone. Mais la douleur de la séparation est intacte et les chants conservent leur importance. Lorsque des femmes de migrants se rassemblent dans les villages de Malappuram, il arrive qu'elles chantent ou écoutent ces musiques qui célèbrent leurs émotions. Le Kathu Pattu survivra à l'épreuve du temps, car ces chants font partie de notre mémoire collective de la migration.»

ASHRAF THAZHE VANNARATH, 56 ANS, INDIEN DU KERALA, OUVRIER DANS LA CONSTRUCTION AU QATAR POUR LA PLUS GRANDE SOCIÉTÉ DE CONSTRUCTION DU MOYEN-ORIENT[1].

« Je suis parti pour le Golfe à l'âge de 24 ans. Marié deux ans plus tard à une voisine de mon village dans le district de Thalassery au Kerala, je suis devenu père pour la première fois à l'âge de 29 ans. Et ce sont des années de regrets et de douleur émotionnelle. La tristesse de ne pas voir ma femme, de ne pas voir mes enfants grandir. Mon entreprise ne me donne que quarante-cinq jours de congés payés tous les deux ans. Aujourd'hui, j'ai 53 ans, ma fille 24. Elle est déjà mariée et a deux enfants. Suis-je passé à côté de quelque chose ? Mon travail au Qatar consiste à donner des signaux aux grutiers qui construisent des infrastructures publiques, à guider leurs opérations. C'est un travail en extérieur. C'est très dur, il fait terriblement chaud. Pour rien au monde je ne souhaite voir mon fils venir travailler dans le Golfe. Je ne veux pas le voir souffrir de la chaleur comme moi. Je lui ai dit d'étudier très dur pour trouver un emploi au Kerala. En été, je travaille de minuit à 11 heures du matin avec une pause de soixante minutes à 5 heures du matin, et cela, sept jours du sept, car le vendredi je fais des heures supplémentaires. Sur le chantier, pas de salle climatisée pour se reposer pendant la pause, seulement des petits ventilateurs. Pour une heure de travail, nous devrions avoir vingt minutes de repos, mais mon entreprise ne nous les accorde pas, sous prétexte que cette règle ne s'applique que le jour. Mais vous savez, la nuit, c'est encore pire. Certes, il n'y a pas de soleil, mais l'humidité est incroyable et, couplée à la chaleur, elle est source de problèmes de santé. Je bois trop d'eau et j'ai des problèmes urinaires. C'est vrai que nous avons accès à un centre médical

[1] Ashraf Thazhe Vannarath ne souhaite pas révéler le nom de la société.

et avons des réductions sur les médicaments, mais bon… Une fois le travail fini, le bus me ramène dans le camp de travail, le dortoir est comme un grand hall où les lits superposés sont groupés quatre par quatre, juste séparés par un tissu. Il n'y a aucune intimité. Pour vous donner une image, c'est comme un train en Inde ! Du coup, pour appeler ma famille, je vais le plus souvent dehors dans la chaleur afin de ne pas déranger ceux qui dorment : certains travaillent de nuit comme moi, les autres de jour. J'ai même arrangé le mariage de ma fille depuis ici, par téléphone. Je ne veux pas qu'elle subisse ce que ma femme endure.

L'entreprise a 15 projets de construction en cours au Qatar, mais nous, les travailleurs, sommes tous centralisés dans ce camp de travail. Cette vie répétitive m'ennuie. C'est la même chose tous les jours, mais je n'ai pas le choix. Je suis tellement désolé pour ma famille restée au Kerala, tellement triste, je pense à eux tout le temps. Ma femme n'arrête pas de me demander de revenir à la maison, mais nous avons besoin d'argent. Et elle ne peut pas venir ici non plus, un logement hors du camp de travail serait trop cher. En voyant des familles se promener ensemble ici au Qatar, je ressens un sentiment de pitié envers ma propre vie. C'est aussi une erreur sur le plan religieux, l'islam exige de prendre régulièrement soin des émotions de sa femme.

Dans deux ou trois ans, le Golfe, c'est fini pour moi, je retourne au Kerala. Mon plan est d'ouvrir une petite échoppe de thé et de mener une vie paisible avec ma famille. Pourtant, même ce projet me rend anxieux, car je ne connais plus personne au village, pas même ma femme. Je vais devoir apprendre à vivre avec elle, car, en plus de vingt-cinq ans de mariage, nous n'avons fait que nous croiser. Comment va se passer le quotidien ? C'est différent que de s'appeler du Qatar. Nous n'avons aucune expérience de la vie de couple. »

RAFEEK RAVUTHER, 52 ANS, PRODUCTEUR INDIEN DE L'ÉMISSION DE TÉLÉVISION PRAVASA LOKAM.

« *Pravasa Lokam*, le nom de mon émission, veut dire “migrants” en malayalam. La grande majorité de nos travailleurs migrants vivent dans le Golfe et ils sont nombreux! Mais avant ce programme, on ne parlait jamais d'eux, que ce soit dans la littérature ou dans les médias. Ils étaient comme invisibles dans notre propre pays. Peu de journalistes s'intéressaient à leurs histoires et à celles de leurs familles restées ici. Il n'y avait rien non plus à propos de l'expérience de nos travailleurs là-bas. En Inde, comme ailleurs j'imagine, beaucoup de rumeurs circulent autour de la migration. On entend tout un tas d'idées préconçues comme : partir dans la péninsule Arabique, c'est l'assurance d'avoir un poste de haut niveau, bien rémunéré et une vie meilleure. Évidemment, ce n'est pas vrai.

J'avais un cousin qui était ingénieur. Il s'appelait Mohammad Guriag. Il a travaillé en Arabie saoudite pendant sept ans, puis est revenu en Inde après la fin de son contrat. Il a cherché un nouvel emploi et a fini par en trouver un à Oman, mais, là-bas, il s'est rendu compte que l'agent qui lui avait trouvé un poste avait menti à l'employeur sur ses qualifications et, par conséquent, il s'est retrouvé sans boulot après avoir contracté une dette abyssale pour obtenir cet emploi. Quatre jours après son arrivée, il s'est pendu. Son histoire a été l'élément déclencheur qui m'a fait imaginer cette émission.

À l'époque, mon frère était journaliste à Dubaï pour *Gulf Today*. Il me racontait souvent au téléphone des histoires de concitoyens indiens disparus. Leurs familles ne savaient pas quoi faire pour retrouver leurs traces. C'est là que nous avons lancé *Pravasa Lokam* et que nous sommes partis sur la piste de ces *cold cases*. Nous en avons retrouvé dans le désert ou sur des bateaux en train de travailler dans des conditions épouvantables. Il y avait aussi des femmes devenues domestiques qui finissaient dans ce que j'appelle des "trous". Leurs employeurs les privent de tout moyen de communication. Elles n'ont plus aucun accès au monde extérieur et s'évaporent à des milliers de kilomètres de leurs familles.

Nous diffusons donc à la télévision les visages de ces hommes et de ces femmes. Nous racontons leur histoire en faisant venir leur famille sur le plateau. Après la diffusion des épisodes, nous avons toujours l'espoir que quelqu'un partagera des informations. Cela fait vingt-deux ans maintenant que nous racontons ces histoires de disparition. À nous seuls, nous en avons traité en tout 1873. La moitié de ces gens ont été retrouvés et sont revenus vivants, soit plus de 900 personnes environ. Soixante-treize ont été retrouvés morts et les autres sont toujours portés disparus. Beaucoup de cas m'ont marqué.

Je me rappelle cet homme que nous avons sauvé, Pokkoya Shamnad. En 2013, il avait émigré au Koweït. Malheureusement, son rêve s'est transformé en cauchemar lorsque son patron a cessé de le payer et que Pokkoya Shamnad a commencé à réclamer son salaire. Il a été battu et jeté de force dans le coffre d'une voiture, puis conduit dans le désert en Arabie Saoudite. Là-bas, son employeur l'a abandonné au milieu de 300 chameaux. Dans ce type de cas, il n'y a aucun moyen pour les familles en Inde de retrouver leurs proches et de leur venir en aide. Ils ne sont pas vraiment disparus, mais sont en réalité des détenus. Heureusement, Pokkoya avait pu cacher un téléphone et a rapidement envoyé une vidéo à sa femme et surtout des images de sa localisation. De temps en temps, l'employeur lui apportait de l'eau et des poulets rôtis, comme à un animal. Mais le reste du temps, il devait se débrouiller pour boire et manger avec les bêtes… Donc il y avait urgence. Nous avons diffusé cette vidéo et l'ambassade indienne en Arabie saoudite a fini par aller le secourir en 4x4 alors que son employeur refusait de le libérer. Il a passé cinq mois comme ça, à vivre comme le bétail qu'il gardait. Mais il est rentré vivant auprès de sa famille. Et c'est ce qui compte.

Au fil des années, nous ne nous sommes pas contentés de diffuser des histoires et d'exposer des cas, mais nous avons développé un large réseau de contributeurs bénévoles dans le Golfe. Ils sont en tout 22, répartis dans toute la région. Ils ont une grande influence dans la diaspora de chacun de ces pays. Je fais souvent appel à eux pour enquêter sur les disparitions. Aujourd'hui, chaque *cold case* est enregistré sur le site web de l'émission avec toutes les informations dont nous sommes en possession. Nos ambassades n'ont pas de personnel suffisant pour venir en aide aux millions de travailleurs indiens de la péninsule Arabique.

Même le gouvernement indien ne possède pas de données sur le nombre total d'expatriés dans le Golfe, sur les problèmes récurrents qu'ils rencontrent, sur le nombre de disparus, de morts, de blessés chaque année. C'est effarant. Par exemple, nous avons 2,5 millions de citoyens indiens rien qu'en Arabie saoudite et 3,5 millions aux Émirats arabes unis, et il n'y a pas de cellule pour observer ce qui se passe pour eux là-bas. Il n'y a vraiment aucune statistique. Je pense que ça ne les intéresse pas de collecter ces chiffres.

En 2021, les envois d'argent des travailleurs du Golfe vers l'Inde ont atteint 81 milliards de dollars[1]. Ce qui fait de nous le pays au monde qui reçoit le plus de fonds venus de notre diaspora. Mais contrairement à des pays comme le Népal, le Sri Lanka, le Bangladesh ou les Philippines, ce montant ne représente que 3 % du PIB national. Voilà pourquoi notre gouvernement ne cherche pas vraiment à protéger ses travailleurs.

[1] En réalité, en 2021, l'Inde a reçu 87 milliards de dollars d'Indiens travaillant à l'étranger.

Je pense donc vraiment que *Pravasa Lokam* est utile à notre pays. C'est aux médias de mettre un peu de lumière sur ces cas désespérés et sur le sujet de la migration vers le Golfe. Les images à la télévision ont un fort impact sur les familles et les travailleurs qui nous regardent. Parfois, on voit même des politiciens ou des diplomates intervenir. Une fois qu'une affaire devient publique, les ambassadeurs sont forcés de réagir.

En vingt-deux ans, nous sommes devenus une émission réputée dans le Kerala et même au niveau national. Mon numéro de téléphone privé fait office de centre d'appel. Je reçois environ dix coups de fil par jour. Nous traitons en général deux ou trois cas maximum par jour. Ça demande beaucoup de travail et de préparation. D'autant plus que je suis souvent la dernière chance des familles qui me contactent. La plupart du temps, elles ont déjà tout essayé, elles se sont adressées aux autorités locales, aux figures politiques, à l'ambassade, aux collègues ou aux voisins de la personne disparue… Je suis leur dernier recours, même si elles savent que, avec moi, elles vont devoir apparaître à la télévision. Les gens qui m'appellent viennent souvent de familles pauvres, ce sont surtout des femmes : des mères, des épouses, des sœurs… Elles sont conscientes qu'elles vont être humiliées aux yeux des autres Keralites. Et je ne n'exagère pas en parlant d'humiliation. Toute la communauté va connaître la précarité de leur situation. Certaines familles doivent admettre que le mari n'a envoyé aucun salaire au cours des six derniers mois. Et ça, c'est une honte sociale. Ou bien que, avant de partir, il avait l'habitude de boire ou que la famille était déjà endettée. Je demande aux gens qui viennent sur mon plateau d'être transparents et précis sur la personne disparue. Il y a aussi une question de sécurité. Si une femme révèle qu'elle est seule, car son mari a disparu depuis longtemps, et que la communauté le sait, cela représente un risque pour son intégrité physique et son statut social. Et bien sûr, c'est toujours difficile de livrer en public ses histoires de couple, avec le risque de se mettre à pleurer. Dans notre société, nous ne montrons jamais ainsi nos émotions.

Il y a aussi des cas où l'homme ou la femme a choisi de sortir volontairement des radars pour échapper aux obligations familiales. Parfois pour fuir un mariage arrangé et commencer une nouvelle vie. Les proches sont bien sûr peu enclins à venir témoigner face à notre caméra.

Malgré tout ça, je dirais quand même que la migration vers le Golfe reste un phénomène positif pour le pays. Tous les travailleurs qui reviennent vivants sont de retour avec de nouvelles idées, de nouveaux talents et des expériences différentes. Je n'oublie pas que si notre région a pu se développer, c'est uniquement grâce aux travailleurs migrants. »

VIOLÉES DANS LE GOLFE, DISCRIMINÉES AU NÉPAL

Originaires des villages reculés des flancs de l'Himalaya et des plaines de la frontière indo-népalaise, de jeunes femmes endurent une double peine. Attirées vers les pays du Golfe par des promesses de salaires attrayantes, elles sont violées par leur employeur ou l'agent de migration chargé de leur trouver un emploi. Quand, de cette relation forcée, naît un enfant, preuve irréfutable du crime dont elles sont coupables selon les textes juridiques des pays du Golfe qui, à l'exception des Émirats arabes unis, criminalisent toute relation sexuelle hors mariage, elles sont renvoyées à Katmandou où elles se voient affublées du titre de « pestiférées ». Rejetées par leurs parents, leurs maris et la communauté dont elles sont originaires, mères d'un enfant auquel le Népal refuse de donner la citoyenneté, ces jeunes femmes échouent dans les abris de deux ONG chargées de faciliter leur réintégration. D'autres font le choix d'abandonner l'enfant pour revenir au village où elles se terrent.

SHANOLI*, NÉPALAISE, PARTIE À DUBAÏ ET AUJOURD'HUI AGRICULTRICE.

« Avant de partir à Dubaï, je menais une vie modeste d'agricultrice dans mon village de la municipalité de Thakurbaba dans l'ouest du Népal. Ma besogne quotidienne consistait à aplanir les champs, retirer les pierres, creuser les sillons. Ma famille est pauvre, sans réelles ressources économiques, comme la plupart de ma région. Donc, quand j'ai entendu dire que beaucoup de filles du coin trouvaient des emplois bien payés à Dubaï, j'ai décidé de partir moi aussi. L'agent de migration m'a promis un nouveau départ et beaucoup d'argent. Il m'a dit : "Reste ici et tu n'auras jamais rien, va à Dubaï et ton salaire sera de 40000 à 50000 roupies népalaises [305 à 380 euros]. Tu pourras aider ta famille à couvrir ses dépenses quotidiennes."

Mais rien ne s'est passé comme prévu. Quand j'ai débarqué à Dubaï, avec un simple visa touriste en main, tout était très différent du Népal ! Il n'y a pas de gratte-ciel à Katmandou, encore moins dans mon village. Je suis arrivée dans une maison où vivaient 13 autres filles népalaises qui attendaient d'être "déployées" chez leurs employeurs respectifs. C'est là que le pire calvaire de ma vie a commencé et que l'agent de migration a révélé sa vraie nature. Il m'a enfermée dans une pièce avec deux autres filles. Régulièrement, il venait me violer et, comble de l'humiliation, devant les deux Népalaises. Nous avions à peine de quoi nous nourrir. Moi qui croyais prendre un nouveau départ dans la vie, me voilà devenue une esclave. Un soir, environ un mois après mon arrivée, l'homme a oublié de verrouiller la porte à double tour comme il avait l'habitude de le faire. Avec mes deux compagnes de malheur, nous savions que c'était là notre seule chance de fuir. Nous avons fait semblant de sortir les ordures pour ne pas éveiller les soupçons au cas où notre tortionnaire se réveillerait. C'est ainsi que nous nous sommes échappées, toutes les trois, mais en abandonnant les autres filles de la maison derrière nous : nous n'avions pas les clés des autres pièces. Une fois dehors, nous avons dû affronter cette immense ville de Dubaï que nous ne connaissions pas. Nous avons marché sans savoir où aller, à l'aveuglette, entre tous ces bâtiments de la taille d'une montagne. À force de déambuler le long de routes où le vacarme des voitures et des camions nous assourdissait, nous sommes arrivées à une station-service. Le visage des pompistes nous a rassurées : ils étaient népalais. Toujours paniquées, nous leur avons raconté notre histoire et demandé de l'aide avec l'espoir qu'eux au moins étaient des hommes bons. Ces pompistes ont compris que la situation était grave et ont proposé de nous aider. Ce qui a suivi est un miracle. Après quelques appels téléphoniques, ils nous ont dit d'attendre avec eux, quelqu'un allait venir nous chercher. Quelques minutes plus tard, d'autres hommes népalais sont arrivés à la station-service et nous ont demandé de les suivre. Ils appartenaient à une organisation qui vient en aide aux Népalais en détresse à Dubaï. Nous sommes restées plusieurs jours dans leurs bureaux, sans jamais connaître le nom de leur organisation. Je crois qu'elle n'est pas légale aux Émirats arabes unis. Toujours est-il qu'une semaine plus tard nous étions à l'aéroport pour prendre un avion, direction Katmandou. Nous venions juste d'être sauvées de l'enfer. Pourtant, le soulagement de rentrer au Népal a été de courte durée. Déjà à Dubaï, j'avais commencé à me sentir toute bizarre. Et si j'étais enceinte ? Avant de retourner auprès de mon mari, il me fallait en avoir le cœur net et j'ai passé un test de grossesse. Là, le ciel me tombe sur la tête : je porte en moi l'enfant de mon violeur. Je n'ai pas d'autre choix que de raconter à mon mari ce qui m'est arrivé à Dubaï. Sa réaction est sans appel : "Si tu reviens dans notre maison au village avec ce bébé, je te tabasse jusqu'à ce que tu meures sous mes coups. C'est tout le village qui te rejettera." Prise de peur, je décide d'avorter pour effacer de la terre cette preuve de mes viols. En état de choc, je ne parviens plus à penser clairement. Ma sœur prend le relais et organise mon avortement.

Tout comme le viol, l'avortement m'est imposé par un homme. Je n'ai aucune liberté de choix pour mon propre corps. Si ma famille avait accepté le bébé, j'aurais certainement été heureuse de le mettre au monde. Je n'ai qu'un seul enfant, une fille de 8 ans. Un petit frère ou une petite sœur aurait pu lui tenir compagnie, mais mon mari en a décidé autrement. Au-delà de l'enfant perdu, je me sens humiliée et triste, car les habitants de mon village savent tous que mon mari a menacé de me répudier si je n'avortais pas. Ils sont au courant de ce qui m'est arrivé à Dubaï et je sens des jugements dans leurs regards. J'ai parfois l'impression qu'il ne me reste plus qu'à mourir, car il n'y a plus de place pour moi ni dans le Golfe ni dans mon village au Népal. De façon générale, notre société porte déjà un regard très critique vis-à-vis d'une femme qui migre pour le travail. Lorsqu'elle quitte le pays pour aller gagner de l'argent hors des frontières, on commence à la dénigrer, à la juger, à émettre des doutes sur ses mœurs. J'étais déjà victime de ces jugements lorsque je suis partie à Dubaï. Après l'avortement, je suis rentrée au village et j'ai vécu un nouvel enfer. Les habitants du village et mon mari se sont ligués pour me harceler et faire de moi la pestiférée de la communauté. Épuisée d'entendre tous ces ragots à mon sujet, j'ai décidé de partir. Je vis à présent chez mes parents, dans un village où personne, à l'exception d'eux, ne connaît mon histoire. Mais déjà, certains voisins me demandent pourquoi je suis revenue si rapidement de Dubaï. Quel événement peut expliquer une migration vers le Golfe d'un mois seulement ? s'interrogent-ils. Quand les voisins me posent ce type de questions, je reste sans voix, car je n'ai rien de crédible à répondre. Comment puis-je mettre des mots sur ce dont j'ai été victime entre les mains de cet agent sans être jugée ? C'est traumatisant.

Je hais les deux pays, les Émirats et le Népal. Durant ma captivité, les deux autres filles m'ont raconté plein d'histoires sordides sur les employeurs arabes, ce ne sont pas des gens bons. Et comment puis-je aimer les Népalais ? À Dubaï, c'est un homme népalais qui m'a violée… De retour au pays, ce sont les membres de ma propre communauté qui m'ont stigmatisée. L'agent de Dubaï, les employeurs, le propriétaire de la maison, tous sont impliqués dans l'exploitation sexuelle organisée des filles népalaises. Celles qui migrent vers le Golfe viennent de villages où les conditions de vie sont difficiles et où le revenu des familles est misérable. Elles partent dans les pays du Golfe pour fuir un quotidien morose et pesant et améliorer la vie de leurs familles. La plupart sont honnêtes, naïves et ignorantes des réalités du monde. Cela fait d'elles des proies faciles : faciles à convaincre de partir vers le Golfe avec une promesse alléchante, faciles à manipuler une fois sur place.

Dans une certaine mesure, une meilleure éducation pourrait aider à prévenir certains problèmes, notamment l'exploitation sexuelle, mais tant que nous n'aurons pas d'emploi bien rémunéré ici au Népal, la migration existera. Les femmes continueront de partir vers le Golfe, à la merci des agents de migration. Après une bataille juridique avec mon mari, j'ai enfin obtenu la garde de ma fille qui habite maintenant avec moi. Mon souhait est de lui offrir une éducation de qualité jusqu'au niveau universitaire pour qu'elle puisse trouver un emploi de bureau et ne pas mener la vie que je subis. Et pour la protéger des ragots incessants, je rêve de quitter le Népal pour aller vivre en Inde. »

GOKARNA BISTA, NÉPALAIS, POLITICIEN ET ANCIEN MINISTRE DU TRAVAIL.

« En 2018, je suis devenu ministre du Travail de notre nation pour une période de vingt mois. Pendant mon mandat, j'ai essayé de mettre en œuvre des règles et des règlements pour mieux accompagner nos concitoyens qui choisissent la migration comme voie professionnelle. J'ai en effet constaté que les travailleurs migrants qui veulent aller à l'étranger manquent d'informations et que, parfois, les agents de migration et d'autres personnes impliquées dans les processus migratoires gagnent énormément d'argent et violent les lois.

Avant le départ, il y a beaucoup de promesses de la part des employeurs qui ont besoin de main-d'œuvre : en termes de salaires, de logements, de contrats de travail, mais beaucoup de travailleurs n'obtiennent rien de tout cela lorsqu'ils arrivent dans le Golfe. La problématique principale concerne le salaire, l'écart entre les promesses et la réalité est énorme. Pour partir, les travailleurs sont contraints de payer des frais d'agence de migration afin d'obtenir un visa, de passer des tests médicaux, etc. Beaucoup de services qui, selon les lois népalaises, devraient être gratuits, mais qui ne le sont pas dans la pratique. Dans le cas spécifique des femmes, le problème est que la plupart d'entre elles vont d'abord en Inde en bus pour ensuite prendre un avion, échappant ainsi aux lois en vigueur au Népal qui n'autorisent pas les femmes à migrer vers les pays du Golfe pour y occuper des emplois de travailleuses domestiques. Ces routes migratoires alternatives, et illégales, sont suggérées aux femmes népalaises par certaines agences de migration. Le ministère du Travail, sur preuves fournies par des sources, nous a fait arrêter certains agents et fermer plusieurs entreprises qui s'étaient rendues coupables de ces activités illégales. Nous voulons vraiment sévir contre ces personnes qui ciblent principalement les jeunes filles népalaises les plus vulnérables pour les envoyer dans les pays du Golfe. Nous sommes bien sûr au courant du contournement des règles et des départs via les aéroports indiens. Nous avons demandé au gouvernement indien d'arrêter et de questionner toute femme népalaise seule en partance vers un pays du Golfe. Ils le font, parfois, mais beaucoup de femmes réussissent quand même à partir.

Dès leur arrivée dans les pays du Golfe, nombre de nos travailleurs sont exploités, victimes du travail forcé : confiscation de leurs passeports, horaires de travail abusifs, absence de couverture médicale en cas d'accident du travail nécessitant une hospitalisation, sans oublier le non-respect de leur personne. Parfois, lorsqu'un travailleur migrant népalais perd un proche au pays, il n'est pas autorisé par son employeur à aller assister aux cérémonies et à la crémation, alors que la présence des proches est requise, selon nos coutumes locales. De manière générale, l'idée qui règne dans les pays du Golfe est que l'employeur, plus puissant, supérieur, domine les travailleurs migrants. Ces derniers doivent accepter de se soumettre, c'est une sorte de règle tacite. Personne ne se soucie de ce que souhaitent les travailleurs. Les patrons imposent leur cadence, vidant leur main-d'œuvre de toute humanité. Le gouvernement népalais porte une part de responsabilité dans cette situation, notamment parce que nos travailleurs n'ont pas les compétences appropriées ; ils sont souvent sans éducation et parlent mal anglais. Lorsque les employeurs leur imposent des pratiques de travail qui vont à l'encontre des règles et des règlements du pays, ils se soumettent, n'élèvent pas la voix, car ils ne se sentent pas qualifiés ou éduqués pour le faire.

Le manque de spécialisation est l'un des fléaux qui place les femmes népalaises souhaitant travailler dans les pays du Golfe en situation de grande vulnérabilité. Les options de destinations sont également un problème, car elles sont limitées. Les "bons" pays, qui assurent la protection des travailleurs, comme les pays d'Europe par exemple, sont hors de portée pour nous, car la plupart des pays européens n'accueillent pas de main-d'œuvre étrangère. Notre principal marché se trouve donc dans le Golfe. Accroître leur niveau d'éducation permettrait d'envoyer les migrants vers des pays plus stables, mais c'est un luxe que nous n'avons pas encore. L'immense majorité de notre main-d'œuvre part donc vers la Malaisie et les pays du Golfe où elle ne peut pas s'unir dans le cadre de syndicats pour faire entendre sa voix.

Durant mon mandat, le ministère du Travail a augmenté le salaire minimum de 39 % jusqu'à 13500 roupies népalaises par mois [102 euros], avec pour but d'inciter nos travailleurs à rester au pays plutôt qu'à migrer. Ma volonté est que les salaires au Népal soient les mêmes que dans les pays du Golfe, ainsi la migration ne serait pas uniquement motivée par le seul impératif économique. Mais même avec de telles mesures, et malgré les risques qu'elle implique, la migration ne se tarira pas. Dans notre culture, travailler à l'étranger est une fierté sociale pour les hommes. C'est perçu comme un accomplissement qui vous offre une place dans la société. »

KASMITHA, 29 ANS, NÉPALAISE, PARTIE À OMAN, DE RETOUR AU NÉPAL.*

« J'ai quitté l'école à l'âge de 13 ans. Trois ans plus tard, mes parents m'ont mariée à un homme qu'ils ont choisi pour moi. Je quitte alors ma famille et mes deux frères pour aller vivre dans la maison de mon mari. Je deviens agricultrice, comme mes deux parents. Mon travail, qui consiste à prendre soin des animaux de la ferme, des chèvres, des buffles, n'est interrompu que par mes grossesses, j'ai deux enfants. Tout semble aller pour le mieux, jusqu'à ce que la violence arrive. Mon mari et ses parents commencent à me frapper. Un beau jour, j'en ai assez. Je décide de reprendre mon destin en main et de quitter le foyer conjugal pour retourner vivre chez mes parents. Depuis, je suis toujours mariée sur le papier, mais bel et bien séparée dans la pratique. Mon mari refuse de me donner la garde des enfants et me demande de financer une partie des dépenses quotidiennes et leur école.

Face à une telle charge financière, sans éducation ni expérience professionnelle, la seule option qui s'offre à moi est la migration vers le Golfe.

Au courant de mon intention de migrer, une connaissance de mes parents vient me proposer de partir au Koweït. Après quelques hésitations, j'accepte. Je prends un bus pour Lalitpur, dans la banlieue sud de Katmandou. Je reste cinq ou six jours dans la maison de cet homme, en compagnie de quelques autres femmes qui, comme moi, sont en partance pour le Koweït. L'homme se charge de faire toutes les démarches pour le visa, les billets d'avion, etc. Je me dis que l'itinéraire est simple : un bus jusqu'à l'aéroport international de Katmandou, puis un vol vers le Koweït où mon employeur m'attend. Au fil des jours, le plan change. Les autres filles et moi-même devons maintenant d'abord voyager en bus jusqu'à la frontière indienne, la franchir en tuk-tuk et monter dans un autre bus, indien cette fois, direction New Delhi d'où nous partirons vers le Koweït. À notre arrivée à New Delhi, là encore, nous passons quelques jours à attendre dans un appartement, mais celui-ci a tout d'une prison, rien à voir avec Lalitpur. Et surtout, nous sommes maintenant aux mains d'agents de migration indiens. Une femme népalaise nous a juste conduits ici, depuis Katmandou, puis elle est repartie. L'ambiance est glauque, c'est effrayant et traumatisant, mais, au moins, nous sommes nourries correctement. Quelques jours plus tard, les agents m'ordonnent, ainsi qu'à trois autres filles, de prendre mon sac pour aller avec eux à l'aéroport international Indira Gandhi à New Delhi. Je suis excitée à l'idée de partir enfin pour le Koweït, mais, une fois arrivée au terminal, c'est la douche froide. Nos tickets mentionnent comme destination Colombo, au Sri Lanka. Qu'allons-nous faire là-bas ? Une escale, nous disent les agents. Mais une fois sur place, nous vivons dans de mauvaises conditions. La pièce ressemble, elle aussi à une prison et, cette fois, nous n'avons ni nourriture en quantité suffisante ni habits propres pour nous changer. C'est dans cet appartement que nous comprenons que nous sommes embarquées contre notre gré dans une sorte de trafic, un corridor de migration illégale. Impossible de faire demi-tour, nous sommes dans un autre pays, à des milliers de kilomètres de chez nous, sans argent. La seule solution est de nous laisser conduire par ces agents de migration et de voir où ça nous mènera. À l'affût, nous écoutons attentivement les conversations des Indiens, où le mot "Oman" revient souvent. Pas une seule fois il n'est question du Koweït. C'est étrange. Lorsque nos passeports nous sont enfin rendus, accompagnés de plusieurs documents officiels, nous lisons avec attention pour comprendre. Et c'est le choc, nous sommes en partance pour Oman, pas pour le Koweït. Depuis le début, l'agent népalais a menti. Moi qui lui faisais confiance.

C'est la nécessité de couvrir les frais de scolarité de mes enfants qui m'a poussée à partir vers le Koweït. Promesse m'a été faite d'un vol direct entre Katmandou et le Koweït, et je suis maintenant prise au piège entre le Sri Lanka et Oman, sans aucun revenu à envoyer au pays. Je suis perdue. Lorsque j'arrive à Oman, je réalise la complexité de ma situation, car je suis entrée par une voie illégale, je suis vulnérable, sans documents à présenter. Suis-je ici avec un visa de travail ? Sûrement pas, vu que l'agent de migration népalais m'a menti depuis le début. Ils ont dû m'envoyer ici avec un visa de touriste. Beaucoup de questions se bousculent dans mon esprit : à quoi vont ressembler mes journées de travail ? Quel genre de travail vont-ils me demander de faire ? Quel sera le comportement de mon patron ?

À peine débarquée, je suis emmenée au bureau que tiennent les agents indiens à Mascate. On me fait monter dans un bus et, après une nuit sur des routes perdues dans l'immensité d'un désert dont j'ignore même le nom, me voici arrivée dans ma nouvelle vie : Salalah. On me conduit à trente minutes de la station de bus, dans la maison où je vais travailler et, à ma plus grande surprise, cette famille omanaise est composée de 30 personnes. Trente! C'est le logis familial. Les six garçons du couple, une fois mariés, y vivent avec leurs conjointes et leurs enfants. Je suis la seule domestique de toute la maison. Je dois nettoyer, cuisiner, etc. Seule pour 30 personnes! Il n'y a aucun décompte des heures de travail. Je travaille du matin au soir, parfois sans dormir, car je n'ai pas le temps. Parfois, je n'ai pas de repas pendant plusieurs jours de suite. Je dispose bien d'une chambre, même si je n'ai pas l'occasion d'en faire grand usage. La porte ne ferme pas à clé, n'importe qui peut entrer. L'intimité, il faut l'oublier. Après dix-neuf mois, mon patron recrute deux autres travailleuses domestiques pour m'aider, car je suis épuisée. On me confie la responsabilité de former ces deux autres Népalaises et de leur expliquer comment maintenir la maison propre.

Tout au long de mon séjour dans cette maison, le frère de la femme de mon patron, qui a 25 ans, me fait des avances. Il veut coucher avec moi, mais je ne le veux pas. Il insiste lourdement, mais je tiens bon. Chaque fois que je le rejette, il rentre plus tard. Un jour, alors que la plupart des membres de la famille sont partis en vacances, sauf lui, il rentre du travail, va prendre une douche, puis entre dans ma chambre où je me repose, car la charge de travail est moins importante vu que la famille est partie. Il n'a aucune difficulté à le faire, vu que la porte ne ferme pas. Il me saute dessus, me viole sans que je puisse résister. Après m'avoir "terminée", ses premiers mots sont: "Garde le silence. Tu ne dois raconter à personne ce qui s'est passé, ni aux membres de ma famille, ni à tes proches, ni à la police, sans quoi je te tue sur le champ, dans ce lit." La situation se reproduit les jours suivants. Il me viole cinq ou six fois et je finis par tomber enceinte. S'il me faut deux à trois mois pour en être certaine à 100 % et confirmer l'arrêt de mes règles, quelques jours suffisent pour qu'au fond de moi je sache que je suis enceinte de mon bourreau. Comme je ne peux rien dire, je prétends me sentir nauséeuse pour être emmenée à l'hôpital. C'est la femme du patron qui m'accompagne. Au cours des discussions avec les docteurs, la vérité éclate : son employée de maison est enceinte. Mais elle fait comme si de rien n'était.

De retour à la maison, mes employeurs augmentent la charge de travail et m'imposent d'effectuer de nouvelles tâches, comme le nettoyage des climatiseurs par exemple. Un jour, la femme du patron me demande même pourquoi mon ventre est plus apparent qu'auparavant. Ma grossesse est relativement discrète et je porte des vêtements amples pour la cacher, mais tout de même. Obligée de ne rien dire sur ma véritable condition et les raisons qui m'y ont conduite, je dois éloigner les soupçons de la famille qui émet des doutes sur les changements visibles de mon corps. J'utilise l'excuse du travail : "Mon corps grossit en réaction à trop de travail." La réponse semble leur convenir. Ils me donnent simplement quelques médicaments et m'ordonnent de me remettre à la tâche. Ma charge de travail, énorme, reste la même jusqu'au matin de mon accouchement, avec mon violeur vivant dans la même maison.

Nous sommes un mois après le début du ramadan. Le manque de sommeil et le travail jour et nuit précipitent la naissance, qui se produit durant la fête de l'Aïd. Je prétends avoir un mal de tête violent et suis amenée à l'hôpital par mon employeur et sa femme. Je suis enceinte de huit mois, je viens de perdre les eaux, mais le médecin refuse de m'accoucher, car je ne dispose pas d'assurance santé. Ma carte d'identité népalaise ne suffit pas. Je suis transférée vers un autre hôpital où mon patron connaît quelqu'un. Toujours aucune remarque de la part de la famille. Ils font semblant d'ignorer que je vais donner naissance à un enfant. Personne ne me demande comment j'ai pu tomber enceinte.

Après plusieurs heures d'efforts, mon enfant naît. C'est un garçon. Nous sommes en juillet 2018. Mon patron et sa femme partent, me laissant seule à l'hôpital. Je ne reçois que les visites d'un officier de police qui vérifie chaque jour que je suis bien dans la chambre. Aucun des 30 membres de la famille ne se manifeste. Au bout de quatre jours, la femme de mon employeur vient me chercher avec mon bébé. Direction le poste de police où elle me dépose avant de repartir en trombe, me laissant seule face à mon destin. Après un interrogatoire rapide, je suis conduite en prison où je reste avec mon enfant pendant quatre mois, l'allaitant comme je peux. Derrière les barreaux, je ressens un sentiment de haine envers l'enfant. Parfois, je le bats avec l'intention de le tuer. J'ai peur pour son avenir et veux en finir. Je reporte sur mon enfant la rage que j'éprouve contre mon violeur. Nous sommes beaucoup de femmes dans cette prison, toutes dans la même situation : mère d'enfants nés de viols. Les autres femmes, originaires du Sri Lanka, des Philippines, d'Inde, me demandent de me calmer : "Pourquoi bats-tu ton propre enfant ? Ne fais pas ça !" Elles savent ce que je ressens et ce que je vis au quotidien avec ce petit être. Elles aussi sont passées par ce sentiment de dégoût.

Durant la détention, des policiers viennent régulièrement me demander qui est le père. Je suis en prison, je n'ai plus rien à perdre, alors, je décide de révéler le viol et que le père est le frère de la femme de mon patron, un Omanais, donc. Chacun de mes propos est contesté : "Comment se fait-il qu'un citoyen omanais ait une relation avec toi, simple travailleuse domestique ? Comment est-il possible que tu aies un enfant avec lui ?" Ils réclament des détails sur les viols et chacune de leurs questions est une torture. Souvent, l'officier de police me blâme, m'accusant d'avoir couché volontairement avec d'autres travailleurs étrangers vivant dans le quartier. Je rétorque que je suis venue ici pour gagner de l'argent et payer les frais de scolarité de mes enfants, mais il vocifère que je suis une menteuse. Un jour, les policiers amènent le frère de la femme de mon patron pour une confrontation et, après quelques questions, le placent en détention. Mais il est rapidement libéré. Il nie en bloc et les policiers nous emmènent au tribunal pour une audience durant laquelle je n'ai pas la liberté de m'exprimer. Lui, au contraire, a le droit de marteler son point de vue : je suis une femme aux mœurs douteuses qui entretient des relations sexuelles avec plusieurs hommes étrangers vivant dans le quartier. J'ignore si le tribunal a condamné cet homme à une peine de prison, mais j'en doute fortement. Après avoir donné naissance à l'enfant, je n'ai jamais remis les pieds chez mon employeur, étant passée directement de l'hôpital à la case prison, puis de la prison à l'aéroport pour être renvoyée au Népal.

Lors de l'audience au tribunal, lorsque l'on me demande si je souhaite emmener mon enfant au Népal, je réponds que si mon violeur m'autorise à rester à Oman avec lui, je choisis cette solution. Non pas parce que j'aime ce monstre, mais parce que retourner au Népal est bien pire que de vivre avec lui. Cela signifie tout perdre. C'est la fin de ma vie. Quand l'enfant aura dans les 13 ans, il sera assez grand pour que je puisse rentrer au pays. Les gens m'auront oubliée d'ici là, mais pour l'instant, l'histoire est encore trop récente. Je dois rester ici, même si c'est avec mon violeur. Mais il refuse. Alors, je m'inquiète : si je reviens avec un enfant né hors mariage, ma communauté va se retourner contre moi et personne ne voudra de mon enfant. Il sera le paria du village, sans nationalité ni certificat de naissance. Je suis terrifiée à l'idée de rentrer au Népal. Oman ne peut délivrer de certificat de naissance, car l'enfant est né de père inconnu. C'est la règle et c'est donc avec un document de voyage temporaire pour mon fils que j'embarque pour Katmandou.

De retour au Népal, je suis prise en charge au refuge pour femmes migrantes en détresse de l'ONG Pourakhi

Nepal. Lorsque je descends de l'avion, une femme vient me chercher. Elle me demande avec beaucoup de gentillesse pourquoi j'ai l'air faible, si ce petit garçon est bien mon fils et elle se renseigne sur mon expérience migratoire. Je passe un an et demi au refuge pour me préparer à réintégrer la société et apprendre des compétences qui peuvent me permettre de devenir indépendante financièrement, histoire de gagner de l'argent pour mon enfant. Au début, je ressentais toujours de la colère contre mon enfant, mais petit à petit, l'aide psychosociale prodiguée par Pourakhi Nepal m'a aidée à me calmer, à apprendre à l'accepter, à l'aimer et à me sentir mieux en sa présence. Dans le même temps, les assistantes sociales de l'ONG ont contacté ma famille pour lui expliquer ma situation et les aider à comprendre. Ma mère et d'autres membres de ma famille m'ont appelée pour m'encourager à revenir au village avec l'assurance d'être accueillie à bras ouverts. Mon père et ma mère m'ont dit d'oublier le passé, qu'ils allaient me défendre contre les jugements des autres et m'aider à trouver un emploi dans le village pour m'assurer un futur. Ils savent que si j'ai quitté le Népal, c'est à cause des tortures de mon mari et de l'obligation de payer les frais de scolarité de mes enfants. Ils sont prêts à m'accueillir, mais, pendant des mois, je doute de leur sincérité. Deux ans après mon retour, j'accepte enfin de répondre à un appel de mon mari et, dans les semaines qui suivent, de revoir mes enfants pour la première fois. Avec le temps, je finis aussi par accepter de revoir mes parents, mais sans retourner au village. Je ne veux pas subir les regards des gens. Du coup, j'ai trouvé un petit emploi dans un village à trois heures de celui de mes parents, où personne ne connaît mon passé. Mon fils né du viol vit avec mes parents. Impossible de le garder avec moi, ça donnerait lieu à toutes sortes de questions sur ses origines. Au moins, je vis incognito, mais je souffre en silence. Je suis inquiète pour mon fils. Il n'a pas de carte d'identité, rien. Il est apatride et ne peut pas aller à l'école au Népal. J'ai bien essayé de l'inscrire dans une petite école privée pas chère, mais ça n'a pas duré. Au bout d'un an, les responsables de l'école m'ont demandé son certificat de naissance. Aujourd'hui, mon fils ne va plus à l'école et j'ignore quand il pourra le faire. Il va bientôt avoir 4 ans. Quand je me souviens d'Oman, d'avoir été exploitée comme une esclave, des viols, je me sens impuissante, sans voix, je pleure à chaudes larmes. C'est si douloureux pour moi de voir toutes ces filles partir chaque jour pour les pays du Golfe, des rêves plein la tête. Mon histoire n'est pas isolée. »

MANJU GURUNG, COFONDATRICE DE L'ONG POURAKHI NEPAL.

« Notre organisation a été fondée en 2003 par des travailleuses migrantes népalaises de retour de l'étranger. Je m'étais moi-même rendue au Japon pour rejoindre mon mari qui travaillait là-bas. J'avais choisi de rester sur place, même si mon visa touristique arrivait à expiration, et je m'étais retrouvée travailleuse sans papiers. L'entreprise de mon mari m'offrait un emploi payé 600 yens [4 euros] l'heure, alors que mes collègues masculins, même ceux qui étaient en situation irrégulière, en recevaient plus du double, 1 500 yens l'heure. À mon retour au Népal, je me suis posé la question suivante : si, malgré mon haut niveau d'éducation, j'ai dû faire face à tant de problèmes, qu'en est-il des femmes peu éduquées ? Pourakhi Nepal est né de ce constat.

À cette époque, la question de la migration au féminin n'est pas connue du grand public. La société est catégorique : une femme ne peut en aucun cas quitter le foyer familial pour aller travailler seule à l'étranger, sans hommes de sa famille pour l'accompagner. Et aujourd'hui encore, même si les choses s'améliorent, ce n'est toujours pas accepté. Il y a une discrimination envers toute femme partant à l'étranger.

La raison est simple : la société népalaise est centrée autour d'une structure patriarcale qui limite le rôle des femmes à la vie domestique. Cette mentalité fait que nos hommes ne peuvent accepter l'idée de notre indépendance financière. Mais cela va plus loin : jusqu'en 2007, l'article 12 de la loi sur les migrations soutenait cette pensée patriarcale, spécifiant que seuls les hommes pouvaient migrer à l'étranger pour y occuper un emploi, et non les femmes et les enfants. Dès la création de notre ONG, nous comprenons combien cette loi est discriminatoire et décidons de nous battre pour faire changer les textes. En 2007, nous nous réjouissons de voir notre plaidoyer fonctionner avec la mise en place de l'article 8 qui spécifie qu'aucun travailleur ne peut être discriminé sur la base de son sexe. Des années de travail, de lobbying, d'éducation de nos élites politiques et, enfin, un changement majeur pour ouvrir les voies de la migration aux femmes de notre pays. Aujourd'hui, toute femme népalaise peut partir travailler à l'étranger. Une exception cependant : elles ne sont pas autorisées à se rendre dans les pays du Golfe pour y occuper des emplois de travailleuses domestiques, ce qui représente pourtant le premier potentiel d'emplois pour ces femmes. C'est pour contourner cette interdiction qu'elles passent par l'Inde. Une route intermédiaire que les agents de migration véreux exploitent, offrant aux femmes des opportunités inaccessibles sans leurs services.

Sans même parler de migration, être une femme au Népal est difficile. Avant le mariage, les femmes s'occupent de leurs familles. Après le mariage, elles s'occupent de la famille de leurs maris. Elles n'ont pas d'identité propre, elles sont comme des marchandises, une marchandise féminine. Très peu de politiques soutiennent notre combat. Le gouvernement est-il actif pour aider ces femmes ? Malheureusement, non. Il n'y a aucune structure en place.

Nous avons bien un ministère de la Femme et de l'Enfance, mais sa compréhension du problème des femmes abusées se limite aux bordels du Népal où des femmes se prostituent. Les fonctionnaires ne connaissent rien à la migration internationale et ont en quelque sorte une définition très classique de l'expression "trafic d'êtres humains", sans réellement de nuances. Nous faisons notre maximum pour que les institutions saisissent la complexité du problème, mais le système politique de notre pays n'aide pas. Les ministres changent très souvent. Lorsque nous évoquons le cas des travailleuses migrantes violées dans le Golfe, il nous est souvent rétorqué, avec un air ahuri : "Oh, ce type de choses arrive ? Vraiment ?"

Pourakhi Nepal est actif via un réseau de travailleurs sociaux qui sont d'anciens migrants, répartis dans 21 districts à travers tout le Népal, soit sept provinces. Nous les formons et leur donnons les moyens d'agir dans leurs communautés et localités respectives, et bien sûr ils sont nos représentants auprès des gouvernements locaux.

Les femmes ne sont pas les seules à avoir besoin d'aide, les enfants aussi. Tous ces enfants nés de viols à l'étranger et même de relations consenties hors mariage n'ont pas d'identité ici au Népal. La mère est népalaise et notre Constitution prévoit que l'enfant puisse recevoir une carte d'identité pour devenir citoyen népalais. Mais dans la pratique, cela n'arrive pas. L'état d'esprit des décideurs politiques et de la justice est, pour une bonne partie, pris dans un carcan patriarcal. Les agents chargés des questions de citoyenneté refusent de donner des papiers à ces enfants, non parce qu'ils n'en ont pas le droit, mais parce qu'ils ne le souhaitent pas à titre personnel. Ils se justifient en disant que légalement, et c'est un mensonge, ils ne sont pas tenus de donner ce type de document, que ce n'est pas légal et que les demandes doivent être rejetées. Nous nous battons pour que le gouvernement népalais accorde à ces enfants un certificat de naissance, car ce précieux sésame est le document le plus fondamental d'une vie. Cela rend possibles une éducation normale et, plus tard, l'intégration sur le marché de l'emploi, la location d'un appartement, l'ouverture d'un compte en banque, la souscription d'une assurance santé, l'obtention d'un passeport, etc. Tous ces "rejetés du Golfe", sans citoyenneté, sont la face sombre de la migration qui construit nos villages. Nos décideurs politiques doivent avoir une idée claire des aspects positifs de la migration pour notre économie, mais aussi des conséquences négatives. Ils doivent absolument ouvrir les yeux sur son coût social. Je suis optimiste, car je rencontre de jeunes politiciens, notamment des maoïstes et des communistes, qui sont prêts à parler de ces questions.

Il n'existe aucune donnée chiffrée sur le nombre de femmes qui reviennent d'un pays du Golfe avec un enfant né d'un viol. Nous avons simplement les chiffres de notre modeste refuge à Katmandou. Entre 2009 et 2017, sur les 1 968 femmes que nous avons reçues, environ 85 d'entre elles sont venues avec un enfant né hors mariage à l'étranger et, dans 25 % des cas, ces nouveau-nés étaient le résultat d'un viol, le plus souvent de la part de leur employeur. C'est sans compter toutes celles qui reviennent enceintes et avortent.

Pendant la crise de la Covid-19, nous avions plus de 30 femmes ici. Nous essayons de réintégrer celles qui sont mentalement les plus fortes dans leurs familles et communautés respectives, en prenant soin de leur fournir une formation à l'entrepreneuriat pour qu'elles puissent gagner leur vie une fois dans leur village, par exemple en créant un petit commerce de vente de légumes. Et puis, il y a les autres, celles qui ont besoin d'une attention plus spécifique pour s'en sortir. Elles ont avant tout besoin de motivation, de compétences, de bien-être psychosocial et d'une meilleure estime d'elles-mêmes. Nous devons les stimuler et les soutenir pour qu'elles puissent prendre un nouveau départ. Le point commun entre ces deux groupes est le kit de "premier secours" que nous fournissons : un lit pour dormir et se reposer, des repas chauds, du calme, des traitements médicaux et un suivi psychosocial. La brutalité avec laquelle ces femmes ont été traitées dans les pays du Golfe dépasse l'imagination. Dans certains cas, la femme devient violente, incontrôlable et nous n'avons pas d'autre choix que de l'emmener directement à l'hôpital psychiatrique. Nous avons vu des femmes jetées littéralement hors du Golfe, arrivant à l'aéroport pieds nus, les vêtements débraillés, en situation de malnutrition et sans un sou en poche.

Revenir dans son village avec dans les bras un enfant né d'un viol commis dans le Golfe est impensable la plupart du temps. La stigmatisation est difficilement tolérable pour une jeune femme qui vient juste de vivre l'une des expériences les plus traumatisantes de sa vie. La société blâme la victime et la désigne comme responsable de ses malheurs. Après tout, n'a-t-elle pas franchi volontairement le pas de la porte de la maison d'un autre homme que son mari ? La famille n'adhère pas forcément à ce point de vue, mais elle fait partie intégrante de la société et doit donc se conformer à la norme sociale pour continuer d'exister. Ces femmes n'ont nulle part où aller, il n'y a plus de place pour elles dans la société. »

« J'AI PERDU MON MARI, JE N'AI PLUS RIEN »

Il nous a fallu vingt-quatre heures de bus branlant pour rejoindre les plaines agricoles du sud du Népal. Les paysages sont tristes. Au sud de Katmandou, le tourisme et ses bénéfices ne ruissellent pas. Les paysans vivent avec quelques buffles, parfois une ou deux chèvres, et cultivent majoritairement du blé et des lentilles sur de petits bouts de terre loués. À chaque village, des haut-parleurs communaux crachent des sonorités locales, parfois interrompues par des chants religieux hindouistes de femmes ou d'hommes aux voix pincées. Sur ces étendues plates, l'horizon s'étend à l'infini. Des fumées noires s'échappent des cheminées d'usines à briques et obscurcissent le ciel. Des villageois font flamber du foin pour se réchauffer. Les regards sont bas. Tout le monde s'affaire en silence pour remplir le soir venu les ventres de la famille. C'est dans ces campagnes moroses que nous avons rencontré la majorité des familles népalaises endeuillées.

Dans cette ruralité népalaise pauvre, des milliers d'hommes et de femmes s'envolent chaque année pour le Golfe, certains ne reviennent jamais. Pas un hameau n'est exempt de ces familles endeuillées. Voilà plusieurs décennies que ces contrées se sont habituées aux cris de femmes et d'hommes à l'arrivée du cercueil de leur proche décédé au loin. Pendant nos entretiens, les Népalais le formulent ainsi : « Il est mort là-bas. » Comme pour souligner cette extrême distance et le flou qui entourent le décès.

Nous avions préparé des questions et attendions des réponses. Nous pensions que les veuves népalaises nous décriraient leurs maris défunts, raconteraient des anecdotes, un souvenir. Nous voulions rendre leur humanité à ces hommes morts réduits à des statistiques par les ONG. Cela s'est révélé impossible. L'expression de nos émotions et notre rapport à la mort varient selon les pays. Au Népal, que pouvaient bien ressentir des veuves de travailleurs face à deux journalistes français venus les trouver dans leur demeure, posant des questions intimes, ravivant soudainement des souvenirs douloureux ? Nous avons tenté avec précaution de comprendre qui étaient leurs époux et de donner à ses femmes suffisamment d'espace pour exprimer leurs sentiments. Mais rien de cet ordre n'est jamais vraiment sorti de nos entretiens. On nous a dépeint des hommes droits, dont les envois de fonds réguliers permettaient de soulager la famille, un temps. Les souvenirs de moments partagés à deux ne sont apparus qu'en de rares occasions, jamais spontanément. Nous n'avons cependant jamais insisté ni tenté de nous immiscer dans des réminiscences encore éprouvantes. Nous avons scruté les visages à la recherche d'une émotion. Beaucoup de ces femmes avaient été mariées enfants à leur mari, lui aussi mineur dans bien des cas. Mais ces mariages arrangés, et l'amour incertain qui découle de ce genre d'union, ne pouvaient expliquer à eux seuls cette absence physique et verbale d'émotion. Dans la société népalaise, il est peu admis socialement d'exprimer ses sentiments, qui plus est pour une femme. Il nous a fallu l'accepter. Les femmes n'avaient pas de dates précises du décès de leurs maris. Inconcevable dans notre esprit. Pas non plus de photos, d'instants communs immortalisés. Elles nous ont montré de petites photos d'identité, des visages d'hommes aux expressions figées, convenant à l'administration, mais peu à une nécrologie. C'est donc avec leurs émotions – et pas celles que nous imaginions – que ces femmes nous ont raconté la disparition de leurs maris.

SITA KUMARI PASMAN, 32 ANS, VEUVE DE PASMAN ANIL KUMAR, TRAVAILLEUR IMMIGRÉ MORT AU QATAR EN 2016.

« Mon mari et moi nous sommes unis lorsque j'avais 11 ans, lors d'un mariage arrangé, comme c'est la norme, ici, au village. Il s'appelait Anil Kumar Pasman. Il était né en 1987 et il est mort le 22 octobre 2016. C'était un homme bien élevé, sans vice, doté d'un caractère facile. Il ne fumait pas et ne buvait pas et les villageois de notre communauté me disaient sans cesse : "N'est-ce pas l'homme idéal ?"

Ensemble nous avons eu un fils et une fille. Avant de se résigner à partir pour le Golfe, mon mari était un *haruwa-charuwa*, il travaillait dans les champs pour un revenu de misère et nous peinions à joindre les deux bouts. En 2008, il a décidé de céder aux sirènes de la migration. Après avoir emprunté 200 000 roupies népalaises [1 500 euros] auprès du "riche" de notre village pour payer les frais de recrutement demandés par l'agent, il est parti à Dubaï où il gagnait 1 200 dirhams émiratis par mois [295 euros]. Après quelques mois, il a commencé à envoyer de l'argent. Son salaire couvrait toutes nos dépenses. Il a même pu aider financièrement son père et sa mère, tous deux malades. Puis, en 2012, son entreprise, dont j'ignore le nom, a décidé de le transférer au Qatar où ils avaient besoin de plus de main-d'œuvre pour la Coupe du monde de football qui se préparait, lui avait-on dit. Là-bas, il gagnait 1 200 riyals qataris par mois [300 euros]. Il supervisait le stationnement des véhicules de construction sur le parking du chantier de l'un des stades. Il aidait à garer les camions, les engins de chantier, les véhicules des managers.

Un jour, pendant sa pause, à l'heure du déjeuner au Qatar, mon mari m'appelle. Il est sur le parking. Nous échangeons quelques mots, puis la ligne coupe soudainement. Je me dis qu'il n'a plus de crédit et je retourne vaquer à mes occupations. Plus tard dans la soirée, des amis de mon mari au Qatar publient un post Facebook pour annoncer qu'il est mort lors d'un accident. Une voisine qui est tombée dessus vient me prévenir. Je suis analphabète, je ne peux même pas lire les caractères qui s'affichent sur l'écran et annoncent la mort de mon mari. Mais je suis remplie de tristesse et de douleur. Je me suis souvenue du dernier regard porté sur lui.

Plus tard, j'apprendrai ce qui s'est passé. Lorsque nous étions au téléphone, mon mari se tenait à côté du camion-citerne qui apportait de l'eau pour les employés. Nous discutions et il n'a pas fait attention. Le conducteur ne l'a pas vu et lui a roulé dessus. Mon mari est mort écrasé, alors que nous étions en pleine conversation. Le lendemain, le téléphone sonne, je décroche. C'est un homme de l'entreprise qui emploie mon mari au Qatar. Il parle une langue étrangère, et, comme je ne comprends pas, il passe le téléphone à un autre homme, un Népalais cette fois, mais ne parlant qu'une langue locale, je ne comprends pas vraiment. L'appel est court, une minute, et je crois comprendre que mon mari n'est pas mort, mais hospitalisé pour être soigné. Mensonge ? Je n'en sais rien, mais dix-huit jours plus tard, mon mari revient au Népal dans un cercueil. Lorsque son corps arrive à la maison, tous les membres de notre communauté m'entourent et je perds connaissance. Tout le monde pleure sur son cadavre, puis les hommes l'emportent pour la crémation. Parti en Inde pour affaires, le "riche" pour qui mon mari travaillait avant de partir dans les pays du Golfe n'était pas là pour la cérémonie. À son retour, un mois plus tard, il m'a rendu visite pour me présenter ses condoléances. Je le connaissais, car, devenue *haruwa-charuwa* à mon tour depuis le départ de mon mari, je travaillais dans ses champs environ dix heures par jour, souvent sept jours sur sept, en échange de riz et d'un petit salaire mensuel d'environ 7500 roupies népalaises [55 euros]. Lorsqu'il n'y avait pas de travail dans les champs, il m'envoyait sur ses chantiers de construction où ma tâche était de porter des seaux de sable sur ma tête.

Quand mon mari était dans le Golfe, notre famille pouvait manger de la viande. Mais après sa mort, tout a changé. J'ai bien reçu 2 millions de roupies de la part du Département népalais de l'emploi étranger au titre de la compensation [15200 euros], ainsi que la même somme de la part de l'employeur de mon mari au Qatar. Mais cet argent a été dépensé dans l'achat d'une maison. Il fallait nous mettre à l'abri, avoir un toit. C'est déjà ça, mais mon petit salaire, dont la majeure partie est payée en riz, suffit tout juste à acheter de quoi manger. Je n'ai pas une roupie de trop. Lorsque je suis malade et que je ne peux pas aller au champ, le stress est encore plus grand. Comment aurons-nous quelque chose sur la table si je ne vais pas travailler ? Mes enfants vont encore à l'école publique, mais elle n'est pas bonne. J'aimerais les inscrire dans le privé, mais avec quel argent ? Des gens de notre communauté sont venus à la maison pour me proposer de marier ma fille, mais là encore, tout est en suspens, car je n'ai pas les moyens de payer la dot. Ici, au Népal, il est obligatoire de fournir une dot. Si la fille est d'une grande famille, éduquée et talentueuse, la question de la dot est secondaire, mais pour nous, les pauvres, c'est la règle, il n'y a pas le choix. Sans dot sur la table, l'homme qui souhaite ma fille s'en ira. Quand j'y pense, j'ai des insomnies. Mon fils, je veux qu'il parte dans le Golfe, mais d'abord il doit faire des études et être assez éduqué pour pouvoir faire la part des choses entre ce qui est bien et ce qui est mal. »

SHASHI KUMARI YADAV, 28 ANS, NÉPALAISE, TRAVAILLEUSE SOCIALE DANS LA PROVINCE N° 2.

« Depuis mon village de Pipra Pra Pi, proche de la frontière indienne, je travaille pour l'organisation non gouvernementale Safer Migration Project (SaMi), un projet entre les autorités népalaises et le gouvernement suisse. Nous effectuons un travail de terrain ultra-local, au plus proche des communautés. Pour ma part, je suis spécialisée dans le conseil psychosocial aux femmes et enfants de travailleurs migrants, tout particulièrement dans les foyers frappés par le décès du père de famille. La souffrance est bien souvent insupportable et entraîne des problèmes psychologiques et des situations humaines dramatiques. Les problèmes s'accumulent pour ces familles : l'impossible remboursement des emprunts, le poids des dépenses courantes, bien sûr, et aussi le fléau de la stigmatisation. Une femme qui vit seule est mal perçue ; on lui reproche tous les maux du village, sur fond de croyance religieuse et dogmatique. C'est une torture mentale à laquelle, bien souvent, les membres de sa propre famille se livrent également, lui prêtant des relations avec les hommes du village. Notre ONG est la seule à offrir une aide psychosociale de ce type dans la région et nous sommes débordés. Les besoins sont tellement importants que ma tristesse n'a pas le temps de s'exprimer, je la refoule tout simplement. Sur le territoire dont je m'occupe, sur environ 4500 foyers, au moins 200 d'entre eux ont perdu un homme dans les pays du Golfe. Le père de famille tient bien souvent à bout de bras toute la famille et sa mort signifie la déscolarisation quasi immédiate des enfants. C'est un gâchis sans nom. Même si l'enfant est doué et souhaite continuer l'école, sa mère sera financièrement incapable de lui offrir ce privilège et il finira irrémédiablement par exercer un travail manuel ou par sombrer dans des activités illicites. L'avenir de ces enfants est condamné. À titre d'exemple, sur les 200 familles que je viens de mentionner, les enfants de 50 d'entre elles travaillent à l'heure actuelle dans les champs pour aider à nourrir leur famille. Dans la quasi-totalité des cas, ces enfants sont psychologiquement instables et tombent dans la petite criminalité. Il y a donc bien un lien de cause à effet entre la mort des travailleurs migrants dans les pays du Golfe et l'augmentation du travail des enfants dans les environs de Pipra Pra Pi.

Le gouvernement devrait mettre en place des programmes de soutien plus efficaces, au moins pour assurer l'éducation des enfants et leur garantir un avenir. Les pays du Golfe ont aussi leur part de responsabilité. Ils ont ôté la vie du père de ces enfants, pourquoi ne font-ils pas preuve de bonté pour venir en aide à ces familles ? Manquent-ils de moyens ? Je ne le crois pas. Peut-être manquent-ils plutôt d'humanité et ne se soucient-ils tout simplement pas du sort de ces enfants. Pour autant, la colère des gens ici est avant tout dirigée contre le gouvernement népalais jugé incapable de bâtir une économie solide susceptible d'employer la population de notre pays. Le plus frustrant est l'ignorance qui empêche ces familles de convertir leur frustration en actions. Demandez-leur si elles pensent être l'épine dorsale de l'économie népalaise et la réponse sera irrémédiablement "non". Comme elles sont incapables d'affirmer leur point de vue, leur souffrance est invisibilisée. Personne ne les écoute, à l'exception de quelques politiciens en quête de voix durant les périodes électorales, mais cela n'est jamais suivi d'action. Une disposition existe pourtant, pour offrir de l'argent aux familles des travailleurs migrants décédés, mais personne n'était au courant : c'est nous qui y avons sensibilisé la communauté. »

RAJAN PRASAD SHRESTHA, DIRECTEUR EXÉCUTIF DU DÉPARTEMENT NÉPALAIS DE L'EMPLOI ÉTRANGER, L'AGENCE GOUVERNEMENTALE RESPONSABLE DU BIEN-ÊTRE DES TRAVAILLEURS MIGRANTS.

« C'est un fait, la migration de travailleurs est devenue un mal nécessaire. Nous envoyons chaque année des centaines de milliers d'hommes à l'étranger, principalement en Malaisie et dans les pays du Golfe où les Népalais ont été marchandisés. Le gouvernement népalais fait de son mieux pour mettre en place de très bonnes initiatives, mais ce n'est pas suffisant. Nous recevons chaque jour deux ou trois cadavres à l'aéroport international Tribhuvan, le principal du pays. Et pas seulement des cercueils : également des milliers de travailleurs migrants blessés, malades, handicapés. C'est pourquoi je dis que la migration est devenue un mal nécessaire.

Le Département népalais de l'emploi étranger joue un rôle central dans la gestion du retour des corps. Tout d'abord, nous engageons un dialogue avec l'employeur pour le convaincre de payer les frais de rapatriement en avion. S'il refuse, nous mobilisons les ressources de notre fonds d'aide sociale, ici, au Népal, pour assurer l'achat du cercueil et son transport. C'est très coûteux : au minimum, 300 000 roupies népalaises [2 200 euros] pour le rapatriement d'un seul corps depuis les pays du Golfe. Une fois que le cercueil est arrivé à l'aéroport international Tribhuvan, nous offrons un service de transport gratuit vers le village d'origine du travailleur décédé. Tout ceci a un coût pour le Népal. Directement ou indirectement, le coût social de la migration de travail est élevé et supporté par tous les échelons de notre société, des familles au gouvernement. J'ai parfois l'impression que, dans les pays du Golfe, la vie d'un travailleur népalais a moins de valeur que celle des citoyens de ces pays. Mais que puis-je faire depuis ici pour combattre cette mentalité ?

Cette année, nous disposons d'un budget prévisionnel de 1,4 milliard de roupies népalaises [10,4 millions d'euros]. Notre rôle principal est de nous assurer de la bonne santé physique et mentale des travailleurs migrants, de conduire des programmes d'assistance et de promouvoir une migration plus sûre. Par exemple, nous fournissons une aide financière allant jusqu'à 700 000 roupies népalaises [5 200 euros] à la famille de chaque travailleur migrant décédé à l'étranger. Et nous les aidons également à obtenir un dédommagement de la part des compagnies d'assurances à hauteur de 1,4 million de roupies népalaises [10 400 euros]. Ce sont plus de 2 millions de roupies népalaises que la famille reçoit pour tenter de se remettre sur pied après la mort de leur proche. Et ce n'est pas tout, nous accordons des bourses d'études aux enfants de ces familles pour garantir leur scolarité jusqu'à l'âge de 18 ans. Le gouvernement népalais fait tout son possible pour que la prochaine génération ne se retrouve pas dans la même situation, pour que ne se répètent pas les circonstances auxquelles leurs parents ont été confrontés et au contraire pour faciliter leur intégration sur le marché de l'emploi local.

Nous fournissons également un soutien financier pour les traitements médicaux de nos travailleurs migrants qui reviennent malades. Un comité composé de médecins évalue chaque cas. S'il est grave et correspond à nos critères, un rein défaillant par exemple, nous recommandons une prise en charge financière du traitement médical, avec un maximum de 700 000 roupies népalaises [5 200 euros] par patient. De même, si un travailleur migrant tombe malade dans le pays où il travaille, au Qatar par exemple, nous fournissons un soutien financier pour couvrir le coût de son hospitalisation. Nos services d'assistance ne sont cependant pas infaillibles : la famille doit déposer une demande pour en bénéficier et, dans les villages reculés, il y a parfois un manque d'information. Beaucoup de gens ne sont pas au courant de telles aides. Surtout que la demande doit être déposée en personne dans nos bureaux à Katmandou. C'est pourquoi nous mettons l'accent sur la diffusion de l'information au plus grand nombre. Nous avons un centre d'appel, et aussi un programme hebdomadaire de trente minutes sur la télévision népalaise pour évoquer les questions liées à la migration, une émission de radio, et bien sûr nous sommes présents sur les réseaux sociaux pour toucher un large public. Nous avons monté 152 centres de ressources pour les migrants : disséminés dans chaque gouvernement local, ils permettent de dispenser, avant le départ, des programmes d'orientation de deux jours. Si un Népalais a par exemple l'intention d'aller au Qatar, nous lui donnons des informations sur ce pays, sa situation politique, économique, sociale et culturelle. Nous lui communiquons les dispositions en matière de droit du travail. Ces formations sont obligatoires et nous permettent de comptabiliser le nombre de travailleurs népalais qui migrent par la voie légale. À ce jour, nous en recensons 1,9 million à travers 68 pays dans le monde. 85 % d'entre eux vont dans les pays du Golfe ou en Malaisie.

Se pose bien sûr la question des très nombreux travailleurs qui migrent de leur propre chef en transitant par un pays tiers, l'Inde par exemple, ou en se rendant dans le pays de destination avec un visa touristique. Nous n'avons aucune donnée chiffrée sur ces migrations, et ces migrants sont exclus de nos programmes d'assistance. Officiellement du moins, car nous envoyons chaque année de l'argent aux ambassades dans les pays de destination pour venir en aide à tout Népalais dans le besoin, même s'il n'a pas migré via le canal réglementaire. Par contre, si ce travailleur migrant décède sur place, sa famille ne recevra aucune compensation de notre part. Notre mandat est de cibler les personnes ayant obtenu l'autorisation de travail préalable. La question des travailleurs migrants quittant le Népal sans protection est un problème de première importance qui implique directement les agences de recrutement népalaises. Je ne peux pas nier la possible existence de pratiques de corruption où agences de recrutement et parlementaires agissent main dans la main pour préserver les intérêts de cette industrie. Mais à notre niveau, la priorité est de combattre les rabatteurs au niveau local qui sont les petites mains dans les territoires des agences de recrutement basées à Katmandou. Sans eux, rien n'est possible. C'est au niveau local que la suggestion de migrer en dehors des voies légales est faite aux travailleurs migrants. Nous devons donc travailler très dur pour informer les populations et les sensibiliser au fait que toute migration doit s'effectuer dans le cadre légal.

Avant la pandémie de la Covid-19, le gouvernement était engagé dans un changement d'approche pour tenter, par tous les moyens, de garder les jeunes au pays, de développer notre marché de l'emploi local en proposant des formations gratuites, une meilleure éducation. Cela, dans le but de renforcer notre capital en ressources humaines. Nous voulions aussi favoriser le retour de nos travailleurs migrants. Mais ça, c'était avant la pandémie. Avec l'effondrement du secteur touristique, la situation du marché du travail au Népal est bien pire qu'avant et les Népalais sont encore une fois sur le départ. Les cadavres vont de nouveau affluer.»

MANJU DEVI MANDAL, NAGENDRA MANDAL, 75 ANS, MANISH MANDAL, 34 ANS, RESPECTIVEMENT ÉPOUSE, PÈRE ET FRÈRE DE KRIPAL MANDAL, 38 ANS, OUVRIER DANS LE BÂTIMENT, PARTI AU QATAR.

Dans une clairière, à l'orée du village de Ghodghans, un cercueil de bois clair attend sous de grands arbres. Une écriture au feutre noir est grossièrement taguée sur le couvercle. On peut y lire:

Dépouille
Kripal Mandal
Homme, Népal
Bordereau de transport aérien : MAWB/157/7264 1973
Vol : QR0650/04
DOH/KTM

À une dizaine de mètres, un petit groupe de femmes voilées, portant des tuniques colorées, se tient à distance, séparé d'une poignée d'hommes aux regards sans éclat. Famille, amis ou voisins sont venus reconnaître le corps de Kripal Mandal, mort d'une crise cardiaque au Qatar le 17 février 2022, à 38 ans. Sa dépouille est arrivée au petit matin, transportée par une ambulance gouvernementale. Des cris fendent le silence. Une femme s'écroule et perd connaissance. D'autres se cachent le visage. L'atmosphère s'alourdit et les cris se multiplient quand le frère de la victime, Manish, accompagné d'autres hommes, s'apprête à ouvrir le cercueil. Le groupe de femmes se précipite vers le corps enveloppé d'un drap blanc. Les hommes tentent de les en empêcher. À la vue de la silhouette inerte, des femmes s'arrachent les cheveux. Certaines sont comme en transe. Des enfants sont là également, les yeux interrogateurs, collés aux hanches des adultes. Le visage du défunt finit par être dévoilé. L'épouse de Kripal, les jambes coupées par l'émotion, tombe à genoux. Aux pieds de la dépouille, elle se penche pour prendre une dernière fois le visage de son mari entre ses mains, mais elle en est empêchée par les hommes. Un vieil homme maigre, habillé d'un sarong et d'un débardeur rendus gris par l'usure, la suit. Le vieux Nagendra a reconnu son fils. Lui aussi veut se prosterner sur le visage de Kripal, mais il est retenu par un homme.

Le cercueil est ensuite chargé sur un lit de bois construit à la hâte. Les femmes se dispersent dans un brouhaha de sanglots et rentrent au village. Les hommes, eux, se dirigent vers la rivière, accompagnant Kripal pour son dernier voyage. À travers champs, ils se relaient pour porter le cercueil. Le cortège arrive en contrebas d'une petite digue. Un trou est creusé dans un silence de mort, près du cours d'eau. Les hommes ne pleurent pas. Le cercueil est ouvert une seconde fois. Le corps nu de Kripal est enveloppé dans un nouveau drap blanc et placé dans le trou en position fœtale. Des bouts de bois, du charbon et de la terre le recouvrent peu à peu. Le cercueil est brisé en morceaux pour ajouter du combustible. Les gestes sont mécaniques, aucune émotion n'est perceptible. Que ressentent-ils ? Difficile à dire. La scène à laquelle nous assistons tranche totalement avec la précédente. Manish, le frère de Kripal, s'avance le premier avec une torche et répand le feu sur une extrémité du bûcher. D'autres hommes l'imitent. Une épaisse fumée noire s'échappe des berges. Vient ensuite l'odeur de la chair brûlée. Nagendra Mandal se tient aux côtés de ses deux fils. Stoïques, sans un mot, les hommes observent les flammes grignoter le corps. Un à un, ils finissent par regagner le village. Kripal s'en est allé.

MANJU DEVI MANDAL | « C'est la sœur de mon mari, qui vit également au Qatar, qui m'a appelée pour me dire que mon mari était mort. L'entreprise qui l'employait ne m'a jamais donné de nouvelles. Il m'arrive d'être en colère contre eux et de vouloir les frapper. J'en veux plus à l'entreprise qu'au Qatar. Pour eux, je ressens une profonde haine. »

NAGENDRA MANDAL | « Mon fils est revenu mort du Qatar et nous avons été abandonnés par l'employeur qui n'a pas daigné nous verser la moindre compensation. Mais que pouvons-nous faire ? Nous sommes impuissants face à cette injustice. »

MANISH MANDAL | « Pendant onze ans, mon frère a travaillé comme ouvrier dans le bâtiment pour une agence de main-d'œuvre jordanienne basée au Qatar. Il était employé au gré des besoins sur différents sites pour un salaire mensuel moyen de 1300 riyals qataris [320 euros]. Le nouvel aéroport international Hamad, le métro de Doha, les stades de la Coupe du monde 2022 : mon frère a travaillé sur tous ces chantiers. Aux côtés d'autres Népalais, de Philippins, de Bangalais, d'Indiens, de Sri-Lankais, il a aidé à bâtir le Qatar. Ce pays nous offre de l'argent et nous construisons le pays à la place des Qataris. Ils ont le choix, mais nous, nous ne l'avons pas. Si les travailleurs népalais ne veulent plus aller au Qatar, d'autres pays prendront le relais pour fournir de la main-d'œuvre. Les agences de main-d'œuvre, comme celle qui a employé mon frère, contribuent à nous transformer en marchandises qui peuvent être expédiées çà et là pour répondre aux besoins du moment, vendues d'une entreprise à l'autre. Nous, les travailleurs népalais, ne sommes pas traités comme des êtres humains, les entreprises nous forcent à travailler sans relâche, sans repos. Par exemple, mon frère travaillait officiellement huit heures par jour, mais bien souvent il faisait des heures supplémentaires et cela se transformait en douze heures par jour, six jours sur sept. Le 17 février 2022, vers 23 heures, Kripal est mort d'une crise cardiaque dans le dortoir qu'il partageait avec cinq autres ouvriers, crise cardiaque sans nul doute causée par les trop longues heures de travail. Avant de décéder, il allait pourtant bien et n'avait aucun problème de santé. Le matin même, il était allé travailler comme d'habitude. Maintenant qu'il est mort et n'est plus d'aucune utilité pour l'entreprise, ses managers ne se soucient plus de nous. Où est l'indemnisation pour sa mort ? Le Qatar organise la Coupe du monde 2022 et va briller aux yeux du monde entier, mais, ce qui nous préoccupe, nous sa famille, c'est de n'avoir reçu aucune compensation pour le décès de mon frère. Nous voulons demander une indemnisation à son entreprise, mais nous ne savons même pas à qui nous adresser ni même combien demander. Pour être honnête, l'entreprise nous a envoyé 8287 riyals qataris [2060 euros] au titre de la fin du service de mon frère, mais c'est tout, pas un centime de plus. Mon frère a passé presque toute sa vie professionnelle au Qatar, mais l'entreprise se mure dans le silence quand il s'agit d'honorer sa contribution au Qatar. »

MANJU DEVI MANDAL | « J'ai perdu mon mari, je n'ai plus rien. La seule source de revenus du foyer a disparu, car personne d'autre ne travaille dans la famille. Comment allons-nous couvrir les dépenses ? Comment vais-je nourrir mes enfants et les soigner ? Pour l'instant, ils vont encore à l'école, mais je crains que cela ne dure pas. Je me débats pour essayer de continuer à payer leurs frais de scolarité : j'ai demandé au gouvernement de m'aider, mais, à ce jour, je n'ai toujours rien reçu. Peut-être que des membres de la famille m'aideront, car si je n'ai pas de revenus rapidement, mes enfants vont devoir quitter l'école. Je suis, pour le moment, plus préoccupée par leur éducation que par leur emploi futur. »

NAGENDRA MANDAL | « Kripal laisse derrière lui cinq enfants, quatre filles et un garçon, qui se retrouvent seuls, sans père. Vous pouvez imaginer combien je me sens triste. Le pire, c'est que deux de ses filles de 16 et 18 ans ont atteint l'âge de se marier. Nous devons trouver une solution rapidement, ce qui signifie couvrir tous les frais : la cérémonie de mariage, la dot, etc. Et que puis-je faire pour aider et gagner de l'argent à mon âge ? J'ai 75 ans. Quand je pense à Kripal, j'ai les larmes qui me montent aux yeux. Je me souviens de la dernière fois où il est venu passer des vacances au village. Même en congé, il voulait travailler et se rendait aux champs tôt le matin jusqu'à tard le soir pour augmenter les revenus de sa famille. C'était un homme qui travaillait dur. Nous ne nous voyions pas souvent. Depuis son départ au Qatar, il y a onze ans, il n'était revenu que trois fois. Lorsque

Kripal est parti au Qatar, j'ai eu le sentiment de le perdre. À la vue de son cercueil, mon cœur s'est brisé, car, cette fois, je l'ai perdu pour de bon. Malgré toute ma douleur, il m'est impossible de déconseiller à nos jeunes de se rendre dans les pays du Golfe. D'ailleurs, mon autre fils, Manish, travaille lui aussi au Qatar. Comment puis-je l'empêcher d'y retourner, malgré la mort de son frère ? Nous n'avons pas le choix, nous sommes pauvres et c'est notre seule option. Le faible développement de l'économie népalaise nous force à partir, quoi qu'il en coûte. »

NOTE DES AUTEURS

Dans ce livre, une soixantaine de travailleurs et leurs parents se racontent. Ils sont originaires du Soudan, du Kenya, d'Ouganda, du Togo, de Madagascar, d'Inde, du Népal et des Philippines. Pour ce genre de témoignage, intimiste, dense, détaillé, il était inconcevable de ne pas nous déplacer. En 2019, nous sommes partis en Inde et au Koweït. En 2021, nous avons voyagé au Soudan et au Kenya. Puis, au début de l'année 2022, nous avons rejoint le Qatar, par deux fois, puis enfin le Népal. Pour trouver ces hommes et ces femmes habitant parfois dans des contrées reculées, à plusieurs jours de route des capitales, nous nous sommes appuyés en partie sur des journalistes locaux. Ramu Sapkota au Népal et Dominic Kirui au Kenya nous ont fait part de nombreuses histoires relatées dans le livre avant notre arrivée sur place. Nous nous étions concertés en amont pour trouver des pistes de récits variées. Grâce à leurs réseaux et leurs recherches, ils nous ont envoyé quelques lignes sur ces hommes et femmes repérés ici et là. Une fois que nous avons été sur place, Dominic et Ramu nous ont accompagnés partout. Nous avons parfois enchaîné plusieurs jours de bus, de taxi-voiture, de moto et de rickshaw, dormant peu, pour mener à bien ce travail. Au Népal, prendre le bus pour parcourir 400 kilomètres ne prend pas quelques heures, mais vingt-quatre heures. Les routes sont dévastées et les virages escarpés dans la montagne nous ont souvent fait craindre le pire. Il nous est arrivé de sortir du bus en pleine nuit, car nous n'avions confiance ni en le chauffeur ni en son véhicule. Au Kenya, c'est surtout l'ivresse des conducteurs que nous craignions. Une nuit, nous avons forcé l'un d'eux à s'arrêter au milieu de nulle part pour qu'il dessaoule. Un bus chargé de réfugiés somaliens nous a pris en cours de route, bravant le couvre-feu pour rejoindre Nairobi.

Nos deux fixeurs n'ont jamais rechigné malgré les conditions de travail parfois improbables. En tout, au Kenya, nous avons fait 3000 kilomètres pour aller à la rencontre des pêcheurs du lac Victoria et des descendants d'esclaves. Au Népal, nous avons parcouru 2900 kilomètres de montagnes et de vallées pour donner la parole aux familles des travailleurs disparus. Dominic et Ramu, ayant la trentaine comme nous, se sont identifiés aux jeunes immigrés de leurs pays respectifs interrogés. Eux aussi auraient pu prendre le chemin de l'exil vers le Golfe. Pour des raisons personnelles, ils ne l'ont pas fait. Parfois, ils nous ont servi de traducteurs quand notre anglais ne suffisait pas. Écouter les récits tragiques de leurs concitoyens et nous transmettre la somme de toutes ces histoires a été certainement un exercice douloureux pour eux.

Au Qatar, il y a eu aussi Albat et Joey. Ils n'ont pas été des fixeurs, mais se sont avérés décisifs pour nos recherches sur place et notre sécurité. On peut les appeler des héros ordinaires. Des hommes qui avaient tout à perdre et rien à gagner à parler, dénoncer, révéler. Pourtant, ils l'ont fait. Plusieurs fois, nous nous sommes sentis coupables de leur faire prendre autant de risques pour un ouvrage qui ne bouleverserait pas leur quotidien. Après chaque visite de la Zone industrielle, nos nuits n'étaient pas tranquilles. Allait-on nous démasquer et venir nous chercher ? Que deviendraient Joey et Albat par notre faute ? Quelles seraient nos marges de manœuvre pour les aider en cas d'arrestation ?

Des interrogations saines, mais qui font douter. Informer, mais à quel prix? Parfois, la culpabilité l'emporte sur l'information. L'État qatari le sait pertinemment et en joue. Les journalistes occidentaux ne risquent rien, ou si peu. En revanche, aucun des individus interrogés n'en sortira indemne. Un jour que nous jouions aux parfaits touristes au souk, un groupe de policiers est venu à notre rencontre. Ils avaient l'air de savoir qui interpeller. L'un d'eux s'est adressé à nous en arabe avant que son collègue ne répète en anglais pour nous signifier de remonter nos masques. Le palpitant est monté. Finalement, rien de bien terrible, mais la paranoïa et la lourde responsabilité des vies de nos camarades ont pesé sur la fin du séjour.

Sans le travail de ces brillants collaborateurs, ce livre n'aurait pas pu se faire.

REMERCIEMENTS

Carrozza Heliarisoa, Fatma Ben Hamad, Les Observateurs de France 24, Ramu Sapkota, Dominic Kirui, Mohamed Mohideen, Sajid Zubair, Albat, Joey, et toutes celles et tous ceux qui ont accepté de témoigner. Mention particulière à Irudaya Rajan dont la passion, contagieuse, pour la migration de travail vers les pays du Golfe est à l'origine de ce livre.

AUX ÉDITIONS MARCHIALY

Jake Adelstein,
Tokyo Vice
Le Dernier des yakuzas
J'ai vendu mon âme en bitcoins

Cristian Alarcón,
Que ma mort soit une fête

Sinar Alvarado,
Portrait d'un cannibale

Noé Álvarez,
10 000 km

Jorge Enrique Botero,
Attends-moi au ciel, capitaine

Jean-Charles Chapuzet,
Mauvais plan sur la comète
Du bleu dans la nuit

John Danalis,
L'Appel du cacatoès noir

Timothée Demeillers et Grégoire Osoha,
Voyage au Liberland

Sonia Faleiro,
The Good Girls

Armand Gatti,
Envoyé spécial dans la cage aux fauves

Manon Gauthier,
Les Pièces manquantes

Alma Guillermoprieto,
La Révolution, la danse et moi

Allison Hoover Bartlett,
L'Homme qui aimait trop les livres

Kirk Wallace Johnson,
Le Voleur de plumes

Kapka Kassabova,
Lisière
L'Écho du lac

Jay Kirk,
Esquive le jour

Raphaël Krafft,
Les Enfants de la Clarée

Jessica J. Lee,
Deux arbres, une forêt

Karim Madani,
Jewish gangsta
Tu ne trahiras point

Raphaël Malkin,
Le Rugissant
Lieutenant Versiga

Juan Pablo Meneses,
La Vie d'une vache
Le Prodige

Miguel Prenz,
La Guerre des dinosaures

Evan Ratliff,
Disparaître dans la nature

Alberto Salcedo Ramos,
L'Or et l'Obscurité

Anjan Sundaram,
Kinshasa jusqu'au cou
Bad News

Taina Tervonen,
Les Fossoyeuses
Les Otages

Titaÿna,
Une femme chez les chasseurs de têtes
Les Ratés de l'aventure

Simon Worrall
Le Faussaire de Salt Lake City

Cet ouvrage est le trente-huitième à rejoindre la bibliothèque des éditions Marchialy. Le papier de couverture est l'Old Mill Bianco, et le papier intérieur le Munken Print White. Pour l'illustration de couverture, Guillaume Guilpart a réalisé une estampe très grand format 70 x 100 centimètres.

Composition et mise en pages
Studio Abble à Paris

Dépôt légal : octobre 2022
Achevé d'imprimer en juillet 2022 chez Aubin Imprimeur
ISBN : 978-2-38134-029-6